古典詩歌研究彙刊

第三四輯

龔鵬程 主編

第6冊

元代「和陶詩」研究（上）

陳 騰 飛 著

國家圖書館出版品預行編目資料

元代「和陶詩」研究（上）／陳騰飛 著 -- 初版 -- 新北市：
花木蘭文化事業有限公司，2023〔民 112〕
目 4+188 面；17×24 公分
（古典詩歌研究彙刊 第三四輯；第 6 冊）
ISBN 978-626-344-354-9（精裝）
1.CST：詩評 2.CST：詩學 3.CST：元代
820.91　　112010193

ISBN-978-626-344-354-9

古典詩歌研究彙刊
第三四輯　第 六 冊　　ISBN：978-626-344-354-9

元代「和陶詩」研究（上）

作　　者　陳騰飛
主　　編　龔鵬程
總 編 輯　杜潔祥
副總編輯　楊嘉樂
編輯主任　許郁翎
編　　輯　張雅淋、潘玟靜　美術編輯　陳逸婷
出　　版　花木蘭文化事業有限公司
發 行 人　高小娟
聯絡地址　235 新北市中和區中安街七二號十三樓
　　　　　電話：02-2923-1455 ／傳真：02-2923-1452
網　　址　http://www.huamulan.tw 信箱 service@huamulans.com
印　　刷　普羅文化出版廣告事業
初　　版　2023 年 9 月
定　　價　第三四輯共 8 冊（精裝）新台幣 16,000 元

元代「和陶詩」研究（上）

陳騰飛 著

作者簡介

陳騰飛，男，漢族，1988年生，河南滑縣人。中國社會科學院研究生院博士（2020），首都師範大學碩士（2013），河南大學學士（2010），美國杜克大學 AMES 中心訪問學者（2012）。發表有《中古之夢與中古文學：「夢得文才」說的現代闡釋》《陶淵明與蘇軾歸隱情結之比較》《李白在長安》《魏晉時代的富豪們》等多篇學術論文及文化隨筆。

提　要

陶淵明在中國文學史和文化史上的聲名經歷了一個由晦而顯的過程，正如錢鍾書在《談藝錄》中所說：「淵明文名，至宋而極。」自蘇軾開啟和陶之風，元明清及近代以降，歷代文人對陶淵明的尊崇絲毫沒有減弱，歷代「和陶詩」創作綿延不絕，成為中國傳統文學研究中的重要學術研究課題。目前，學界對蘇軾「和陶詩」的研究較為充分，對元代「和陶詩」則關注較少。《元代「和陶詩」研究》在佔有大量相關文獻資料和作品文本的基礎上，回到元代的歷史文化語境中，立足於時代、詩人與其心態研究，系統梳理了元代「和陶詩」的創作情況，對郝經、方回、劉因、戴良四位有代表性的和陶詩人的詩歌藝術，進行全面和深入地分析。在此基礎上，比較了元代「和陶詩」與陶詩的異同，探究元代文人和陶的原因以及「和陶詩」的意義與價值，並以「忠節」與「風流」形象為重點，努力挖掘元代對陶淵明形象的建構及其呈現出的文化意蘊。

目次

上　冊

緒　論……………………………………………………1

上　編……………………………………………………17

第一章　歷代陶淵明接受情況梳理……………………19

　第一節　東晉南北朝時期……………………………19

　第二節　隋唐時期……………………………………21

　第三節　兩宋時期……………………………………30

　第四節　金元時期……………………………………37

　第五節　明清時期……………………………………43

第二章　宋元時期和陶現象概述……………………51

　第一節　蘇軾的「和陶詩」…………………………51

　　一、反映謫居的日常生活…………………………55

　　二、表現親情與友情………………………………56

　　三、詠史與說理……………………………………57

　第二節　宋代其他詩人的「和陶詩」………………61

　第三節　元代「和陶詩」概述………………………68

中　編……………………………………………………75

第三章　郝經及其「和陶詩」…………………………77

　第一節　郝經被拘儀真的處境及心態………………77

第二節　郝經「和陶詩」的內容 …………………… 81
一、「河陽有賜田，何日得歸耕」——回憶思歸 …………………… 82
二、「有夢渾未覺，獨醉勝獨醒」——飲酒釋懷 …………………… 86
三、「片天亦愧仰，計拙祇厚顏」——反思現實 …………………… 88
四、「憂道不憂貧，高賢多閉關」——詠史述理 …………………… 91
第三節　郝經「和陶詩」的風格 …………………… 93
一、悲慨沉鬱 …………………… 95
二、平淡自然 …………………… 101
第四章　方回及其「和陶詩」 …………………… 105
第一節　方回降元及其矛盾心態 …………………… 105
第二節　方回對陶淵明的接受 …………………… 110
一、對陶淵明人格的稱頌 …………………… 110
二、對陶淵明詩歌的推崇 …………………… 113
三、自覺地學習陶詩 …………………… 117
第三節　方回「和陶詩」的內容及風格 …………………… 120
一、方回「和陶詩」的內容 …………………… 120
二、方回「和陶詩」的風格 …………………… 123
第五章　劉因及其「和陶詩」 …………………… 129
第一節　劉因的生平及其仕隱心態 …………………… 129
一、劉因的家世及生平 …………………… 129
二、劉因的仕隱心態 …………………… 134
第二節　劉因的慕陶情結 …………………… 139
第三節　劉因「和陶詩」的內容及風格 …………………… 142
一、劉因「和陶詩」的內容 …………………… 142
二、劉因「和陶詩」的風格 …………………… 151
第六章　戴良及其「和陶詩」 …………………… 157
第一節　易代文人與遺民心態 …………………… 157
第二節　戴良對陶淵明的接受 …………………… 162

一、直接表達對陶翁的追慕……………………164
二、使用陶詩的典型意象……………………165
三、對陶詩的互文性建構……………………168
第三節　戴良「和陶詩」的內容及風格………175
一、「風波豈不槧，遊子念歸途」——表達回歸之思………………………………179
二、「尊中有美酒，胡不飲且歌」——表達飲酒之樂………………………………181
三、「舉世嘲我拙，我自安長窮」——表達固窮安貧的思想 ……………………183

下　冊

下　編………………………………………189
第七章　元代「和陶詩」綜論 ………………191
第一節　元代其他詩人的「和陶詩」 ………191
一、舒岳祥………………………………191
二、牟巘 ………………………………194
三、王惲 ………………………………198
四、戴表元………………………………200
五、汪洊雷………………………………204
六、仇遠 ………………………………205
七、于石 ………………………………206
八、方夔 ………………………………206
九、黎廷瑞………………………………207
十、任士林………………………………208
十一、安熙………………………………208
十二、釋梵琦……………………………210
十三、吳萊………………………………211
十四、唐桂芳……………………………212
十五、桂德稱……………………………213
十六、金固………………………………213
十七、謝肅………………………………214

十八、張暎 ……………………………………215
第二節　元代「和陶詩」與陶詩的異同………215
一、在思想傾向上的異同………………………216
二、在藝術風格上的異同………………………223
第三節　元代詩人和陶原因分析 ………………228
一、元代社會與文人心態………………………228
二、蘇軾和陶範式的影響………………………236
三、理學思想的影響 ……………………………238
第四節　元代「和陶詩」的價值 ………………241
一、進一步推動陶詩經典化……………………241
二、塑造陶淵明的理想人格……………………245
三、真實記錄元代歷史與文人心態 ……………247
四、對和陶詩人個體的意義……………………250
第八章　元代對陶淵明形象的建構 ……………253
第一節　遺民詩人對陶淵明「忠節」形象的書寫 ……………………………………254
第二節　散曲作家對陶淵明「風流」形象的書寫 ……………………………………260
一、嘯傲田園的隱士 ……………………………261
二、鄙視功名的達者 ……………………………263
三、逍遙自任的飲者 ……………………………266
結　語……………………………………………271
參考文獻…………………………………………273
附錄　元代「和陶詩」文獻輯錄 ………………283
後　記……………………………………………333

緒　論

每個人心中都有一座桃花源，那裡是令人嚮往和追求的和平、平等、和諧的理想國，也是無數文人騷客寄託情思的精神家園。為我們構建這一東方烏托邦的，正是東晉時期的詩人陶淵明。陶淵明身上的標簽有很多，偉大的詩人、高潔的隱士、快樂的農夫、失意的官吏、自然主義的哲學家……他儼然成為中國文化的一個符號，其安貧樂道的人生態度，質樸真率的性情品格，鄙視權貴的氣節風骨，躬耕田園的生存方式，千百年來溢彩流光生生不息，並深深影響著後來一代又一代文人。陶淵明的詩歌則是中國文學史上璀璨奪目的一顆明星，他開闢的平淡自然之田園詩風佔據中國詩歌的重要一席，蘇軾認為陶詩「自曹劉鮑謝李杜諸人，皆莫及也」〔註1〕，對其無比推崇；王國維在《文學小言》中說：「屈子之後，文學上之雄者，淵明其尤也。」〔註2〕將陶淵明與屈原相提並論，也高度評價陶淵明在文學史上的重要地位；現代著名美學家朱光潛先生也有過評論：「淵明在中國詩人中的地位是很崇高的。可以和他比擬的，前只有屈原，後只有杜甫。屈原比他更沉鬱，杜甫比他更闊大多變化，但是都沒有他那麼醇，那麼煉……淵明則如秋潭日影，澈底澄瑩，

〔註 1〕（宋）蘇軾：《與蘇轍書》，見（清）王文誥輯注、孔凡禮點校《蘇軾詩集》，中華書局 1996 年版，第 1882 頁。

〔註 2〕（清）王國維：《文學小言》，見郭紹虞《中國歷代文論選》，上海古籍出版社 1980 年版，第 380 頁。

具有古典藝術的和諧靜穆。」〔註 3〕從美學的角度對陶詩進行了分析，將他看做屈原與杜甫之間的另一座高峰。陶淵明經過中國歷史文化長河的淘洗，沉澱下來寶貴的精神財富和文學遺產，成為後世文人學習和模仿的典範，而「和陶詩」正是其中學習、接受陶淵明的一種重要形式。

德國哲學家漢斯・格奧爾格・伽達默爾（Hans-Georg Gadamer）認為，任何理解都離不開解釋主體，都是本文擁有的過去視界同解釋主體擁有的現在視界融合後新產生的現時視界。所謂「視界」，就是理解所具備的知識、情感、觀念、閱歷等前提要素的總和，是理解事物的立足點。因此，理解既不是文本的「原意」，也不是解釋主體的主觀臆斷，而是兩者在特定歷史時空下融合後的新的含義。因此理解的歷史性、不確定性決定了文本「原意」的虛無，任何解釋都不可能是對原意的複製。在伽達默爾的理論基礎上，德國文藝理論家、美學家，接受美學的主要創立者漢斯・羅伯特・堯斯（Hans Robert Jauss）進一步提出，美學實踐應包括文學的生產、文學的流通、文學的接受三個方面。接受是讀者的審美經驗創造作品的過程，它發掘出作品中的種種意蘊。藝術品不具有永恆性，只具有被不同社會、不同歷史時期的讀者不斷接受的歷史性。經典作品也只有當其被接受時才存在，讀者的接受活動受自身歷史條件的限制，也受作品範圍所定，因而不能隨心所欲。作者通過作品與讀者建立起對話關係，當一部作品出現時，就產生了期待水平，即期待從作品中讀到什麼。讀者的期待建立起一個參照條，讀者的經驗依此與作者的經驗相交往。堯斯認為，一個作品即使印成書，讀者沒有閱讀之前也只是半成品。文學史的過程就是接受的過程，任何作品都在解決以前作品遺留下來的道德、社會、形式方面的問題，同時又提出新的問題，成為後面作品的起點。〔註 4〕

〔註 3〕朱光潛：《詩論》，三聯書店 1984 年版，第 277 頁。

〔註 4〕〔德〕H.R.姚斯，〔美〕R.C.霍拉勃著，周寧、金元浦譯：《接受美學與接受理論》，遼寧人民出版社 1987 年版，第 24 頁。

接受美學理論為文學研究提供了一個新的研究思路，也開闢出陶淵明研究的新領域。

對應到「和陶詩」研究，後代和陶詩人既是陶淵明的讀者，又是陶淵明的闡釋者，受制於所處時代的價值追求和美學追求，影響到和陶詩人對陶淵明其人其詩的評價態度。如宋代陶詩被奉為經典，因為宋代崇尚平淡質樸的詩風，與陶詩正相吻合。宋人深受程朱理學的影響，在行為上自覺遵守禮教規範，所以特別推崇陶氏對節操的堅守。元代戰亂頻繁、民族矛盾尖銳，文人社會地位低下，許多人選擇隱逸山林，所以隱逸閒適題材的詩歌很多，陶詩自然成為他們倣仿追和的對象。元人標榜忠孝節義，陶淵明「恥事二姓」的忠節品格則被大書特書，這些都是時代制約讀者對文學作品接受的例證。和陶詩人特殊的人生經歷與心態對陶詩的接受也有很大的能動性，激發了他們對陶淵明的特殊興趣與心理共鳴，如蘇軾屢遭貶謫、躬耕東坡的人生經歷，使他能夠更加深刻地體會到陶淵明內心世界的波瀾，與之產生跨越時空的詩歌唱和。元代詩人郝經的被羈真州、方回的以郡降元、戴良的遺民身份等，這些特殊經歷與心態都促使他們更加關注陶淵明其人其詩，他們在接受陶淵明的過程中融合了陶詩文本的「原意」與自己的理解闡發，使陶詩呈現出不同於本原的面目。陶詩典範地位與風格特徵的確立同樣離不開後代詩人的模仿與唱和，以「和陶詩」為例，從詩歌的形式、內容、用典、意象等方面模仿借鑒陶詩，不斷重複並強化陶詩的精神意蘊與藝術風格，使後代讀者在閱讀「和陶詩」的過程中又一次加強了對陶詩的認知與接受。同時，通過陶詩與「和陶詩」的對比閱讀，可以品味出孰高孰下，又進一步突出陶詩的經典性。正如黃庭堅所言：「白樂天、柳子厚俱效陶淵明作詩，而惟柳子厚詩為近。然予觀之，子厚語近而氣不近，樂天氣近而語不近。子厚氣悽愴，樂天語散緩，雖各得其一，要於淵明未能盡似也。東坡亦嘗和陶詩百餘篇，自謂不甚愧淵明，然坡詩亦微傷巧，不若陶詩體合自然也。要知淵明詩，須觀江文通《雜體詩》中擬淵明者，方是逼真。」〔註5〕此外，後代文人還通過「和陶詩」對陶淵明形象進行新的建構，為我們呈現出更加多元和立體的陶淵明形象。

一

受導師范子燁先生的影響，也因為本人喜愛陶詩，被陶淵明的人格魅力所吸引，我的博士論文想圍繞陶淵明來做。眾所周知，陶淵明是一個引人注目的「熱門」作家，對陶淵明的研究已成為一門顯學，許多知名專家學者都曾用力於此，優秀的研究論著也層出不窮，如蕭望卿先生的《陶淵明批評》、袁行霈先生的《陶淵明研究》、錢志熙先生的《陶淵明經緯》、田曉菲的《塵幾錄：陶淵明與手抄本文化》以及業師范子燁先生的《悠然望南山——文化視域中的陶淵明》《春蠶與止酒——互文性視域下的陶淵明詩》等系列著作。可以說，關於陶淵明的研究成果豐碩，且研究視角呈現出多元化的趨勢。面對一座座無法企及的「高山」，我深知自己的學養不足、知識儲備不夠，很難有新的突破和創見，所以就選擇了目前學界關注較少的元代「和陶詩」作為自己的博士論文選題。自蘇軾及蘇門弟子高度推崇陶淵明，大力創作「和陶詩」以來，陶淵明在文學史上的崇高地位才真正得以確立，陶詩的價值亦被廣泛認可。可以說，陶淵明詩歌的意義和價值很大一部分是通過後代的和陶、擬陶、效陶詩創作體現出來的。對「和陶詩」的研究，不僅可以全面把握陶淵明的歷史影響，豐富陶淵明的歷史形象，還可以深入瞭解一個時代的政治氛圍、文化風貌、審美趣向以及當時的文人心態。

近年來，關於「和陶詩」的研究漸多，據筆者所見，已出版的專著有張兆勇《蘇軾和陶詩與北宋文人詞》、楊松冀《精神家園的詩學探尋——蘇軾「和陶詩」與陶淵明詩歌之比較研究》、金甫暻《蘇軾

〔註5〕（明）陳善：《捫虱新話・下集》（二）卷四「擬淵明作詩」條，中華書局1985年版，第86頁。

「和陶詩」考論：兼及韓國「和陶詩」》，以上論著主要集中於蘇軾的「和陶詩」研究。在博士、碩士論文方面，也多是蘇軾和宋代「和陶詩」的研究，對宋以後涉及較少。在陶淵明接受史研究方面，如張宏生《宋詩：融通與開拓》、羅秀美《宋代陶學研究》、黃惠菁《唐宋陶學研究》、李劍鋒《元前陶淵明接受史》以及劉中文《唐代陶淵明接受研究》等專著，釐清了元前對陶淵明的接受史實，其中對重要作家尤其是蘇軾的「和陶詩」創作進行了較為詳細地論述。戴建業《澄明之境——陶淵明新論》中談到陶淵明在元代的接受情況，但內容簡略，不能夠反映其全貌。元代和陶現象很普遍，和陶詩人與和陶作品數量眾多，且元代「和陶詩」是在以蘇軾為代表的宋代著名詩人和陶基礎上發展起來的，從一開始就有較高的起點。元代「和陶詩」因詩人的主體身份、地位、出處的不同形成了各不相同的風格，豐富了元代詩歌的內涵，是陶淵明接受史中的重要一環。同時，元代「和陶詩」承上啟下，引起明清兩代更多詩人對陶詩的關注和參與，是「和陶詩」從萌芽到壯大過程中一座不可或缺的橋樑。對元代「和陶詩」的研究，還有助於進一步把握陶淵明形象的流變，具有重要的意義。

目前學界還沒有專門以元代「和陶詩」為研究對象的專著和論文。袁行霈先生在《論和陶詩及其文化意蘊》一文中，對歷代和陶的作家作品作了較為詳細的梳理和論述，對元代和陶詩人郝經、劉因、戴良等進行了考察，指出了他們不同的和陶詩創作背景與風格特徵，可以說是研究「和陶詩」的奠基之作。但袁先生這篇文章更多的是從宏觀上進行論述，沒有對和陶作品進行深入的分析闡釋，尚有很大的開拓空間。張宏生在《宋詩：融通與開拓》中談到了戴良的「和陶詩」，認為戴良的和陶創作是抒寫自己內心的塊壘，體現了他對改朝換代的複雜思想，論述稍嫌簡略。

近年來，在研究元代詩人郝經、劉因、方回、戴良等人的專題論文中，會提及他們的「和陶詩」創作。據筆者統計，截至目前期刊論文共有 14 篇，碩士學位論文 5 篇。碩士學位論文有王舜華《元人郝經的詩文研究》(2003 年),論文第三章論及郝經「和陶詩」創作,並從身世經歷、作品內容與藝術特色三個方面對郝經和劉因和陶情況進行比較分析,指出二人和陶相同之處在於借和陶來寄託深衷,是對蘇軾「和陶詩」的繼承。王舜華將郝經「和陶詩」劃分為「思歸」、「安命」、「觀物」、「自警」四類,並指出郝經作為儒生與陶淵明思想相去甚遠,也表現在其「和陶詩」悲慨沉鬱、含蓄細膩的風格上面。王麗娜《論郝經的慕陶情結——兼論元代和陶詩》(2007 年),文章通過對郝經的「和陶詩」進行細讀,指出了其「和陶詩」的思想內容:借飲酒詩以抒懷、藉固窮之詩堅守自己的節操、以回歸之詩排解對故國的思念等;進一步分析郝經慕陶情結原因:即對陶淵明任真自得人格的仰慕,對其自然詩風的欣賞和借和陶澆胸中塊壘。文章還總結了元代詩人和陶的原因,就元代「和陶詩」的大致狀況進行綜述,並分析了劉因、戴良、方回的「和陶詩」。王芳《論劉因的和陶詩》(2005 年),對元初文人的隱逸情懷與劉因的仕隱心態進行了論述,通過對劉因「和陶詩」與陶詩的比較分析,指出二者的相似之處在於他們都體會到了山野田園之趣,都喜好飲酒,安貧樂道,堅持君子固窮之志,不同之處在於二者的歸隱原因不同,劉因始終關注著儒家文化的興衰,沒有放棄濟世之心。沈瑩《元人劉因研究》(2012 年),論文中有一節論述到劉因的「和陶詩」,認為劉因的「和陶詩」與陶詩一致的是亦有著樸素、自然和真純的藝術特點,不同的是劉因「和陶詩」更多了幾分沉鬱、頓挫與哀傷之感,因為劉因身為理學家,難以割捨對對歷史、蒼生、現實所固有的思考。袁宗剛《抱道之遺士——元遺民戴良文學思想研究》(2009 年),附錄部分論述了戴良的「和陶詩」創作,認為戴良的「和陶詩」注入了他自己的人生遭遇及時代印跡,詩中透露出歷經末代之變的衰颯與悲傷韻味,源於戴良的遺民心態。論文還對戴良《飲酒》詩的內涵加以分析,比較與陶詩的異同。以上論文只是探討單個作家的和陶情況,對「和陶詩」的思想內容和藝術風格進行簡單論述,沒有將元代整個「和陶詩」的情況進行綜合研究與深入分析,也沒有對元代陶淵明形象的構建進行詮釋，整體研究還不夠深入和全面。

期刊論文方面，關於郝經「和陶詩」研究的有王輝斌《元初詩人郝經詩歌論》、董再琴《郝經的和陶詩評議》、賈秀雲《元代儒學倡導者的悲歌——郝經〈和陶詩〉研究》、劉潔《吾有吾廬心亦安——論郝經「和陶詩」精神家園的構築》、韓維娜《淺析郝經詩歌藝術特色》、張靜《郝經與方回和陶〈飲酒〉詩之比較》。上述論文多分析郝經和陶的背景與心態，如王輝斌將郝經和陶看做是他在儀真館中對人生對現實進行總結與反思的結果，表現了郝經被羈留時的苦悶與痛苦心情，與杜甫晚年創作夔州詩相似。賈秀雲所持觀點與王輝斌相似，她認為郝經「和陶詩」真實記錄了郝經羈留異鄉的種種思考，再現了他孤獨、痛苦的心靈世界。董再琴認為郝經之所以和陶是因為他傾慕陶淵明的氣節，與淵明產生心理上的共鳴，並指出其「和陶詩」帶有明顯的理學家印記，但與陶詩相比缺乏詩歌藝術的內在感染力。劉潔對郝經「和陶詩」的藝術風格進行分析，認為郝經將「自然」的哲學觀念貫穿於「和陶詩」創作之中，呈現出淡泊中和之美，常於平淡中偶用豔麗加以點綴。

關於方回「和陶詩」研究的有夏小鳳《步武淵明追悔己身——方回和陶詩芻論》、劉飛《方回崇陶與南宋後期江西詩派的自贖》。夏小鳳從方回對陶淵明人格精神的追慕、對故園的追思與對往事的追悔三方面展開論述，指出方回借和陶來反思人生，追悔當初的失節行為。劉飛則將方回置於江西詩派的背景之下進行考察，從方回文論家的角度來談他的崇陶行為，並對其「和陶詩」藝術進行簡要分析，指出其雖在詩學批評上崇陶，在詩歌創作上對陶詩孜孜追求，但其清新瘦煉的詩風與陶詩風貌相差甚遠。

關於劉因「和陶詩」研究的有高文《劉因和陶詩及其隱逸文化人格探論》、葉愛欣《元初劉因「和陶詩」的內蘊》、《蘇軾和陶詩與劉因和陶詩異同論》、劉燕《論蘇軾與劉因和陶詩之異同》。高文指出，劉因作為由金入元的遺民，有著忠金的氣節，所以有感於陶淵明的忠於晉室，具有強烈的「陶淵明情結」。她對劉因「和陶詩」的形成及創作進行爬梳，探析劉因「和陶詩」平淡、真率、自然的審美內涵。葉愛欣重點分析了劉因辭官歸隱的緣由，一是因為他對官場浮沉、宦海莫測的深切感觸，二是因為不苟合、躁狂、脆屈的個性使然，對劉因「和陶詩」分析著墨甚少。劉燕從蘇軾、劉因和陶緣由、和陶心境、和陶內蘊三方面進行比較分析，認為相比蘇軾，劉因的出處行止和陶淵明更相似，詩風也更接近陶淵明，體現出了高風亮節的隱士風範。

關於戴良「和陶詩」研究的有魏青《語淡思逸——元遺民戴良的和陶詩述論》、羅海燕《一卷和陶詩 滿腔忠義忱——論戴良的和陶詩創作》、朱春潔《戴良和陶飲酒詩與陶淵明飲酒詩的差異比較》。前兩篇論文都結合文本分析了戴良和陶的主題，主要表現在羈旅思歸、固窮安貧、憂時傷生等方面，另外對戴良與陶淵明在精神上相契合的「忠義」思想一致認同。魏青認為戴良「和陶詩」於平淡之中更見悲涼慷慨之氣，羅海燕指出戴良「和陶詩」將唱和與贈答功能合一，兼有書信作用，又以序文記事，可補史之闕，觀點頗具新意。朱春潔從飲酒的原因、方式、狀態以及所寄寓的情感等層面，比較分析戴良「和陶詩」與陶詩的不同之處，認為陶淵明在飲酒中享受回歸自然的自由，戴良卻在狂飲中排遣故國之愁思，這是戴良達不到陶淵明飲酒境界的原因所在。

要之，以上論文多對單個詩人「和陶詩」的內容、風格、原因以及與陶詩比較等作一般性的分析，沒有從宏觀角度去把握元代「和陶詩」，缺乏系統和深入的研究；沒有將元代「和陶詩」放在整個「和陶詩」發展史上進行關照研究，割裂了連續性，沒有對元代「和陶詩」的價值得出結論。總之，目前有關元代「和陶詩」的研究還很薄弱，缺乏系統和深入的把握，這不能不說是「和陶詩」研究的缺失與遺憾，筆者在論文中將盡力彌補這一空白。

二

元代雖然享國日短，但眾多文人崇陶慕陶，寫下許多和陶詩篇，其中不乏結集者。經過梳理，共輯錄元代「和陶集」9種，其中過半已亡佚，部分還存有詩序，或見於他集，茲錄於下：

（一）郝經《和陶詩》兩卷，見《郝文忠公陵川文集》卷六、卷七

郝經（1223～1275），字伯常，澤州陵川（今屬山西）人，元代著名詩人、理學家。金亡之後，徙居順天（今河北保定）。年少即有才名，曾師從元好問。元世祖時，拜郝經為翰林侍讀學士，並充任國信大使，於中統元年出使南宋，後被軟禁在真州長達十六年。他的「和陶詩」即寫於被羈真州期間。今存《郝文忠公陵川文集》三十九卷（明正德年間鄂州刊本），其中卷六、七為《和陶詩》，共計118首。郝經作有《和陶詩序》：

> 賡載以來，倡和尚矣。然而魏晉迄唐，和意而不和韻，自宋迄今，和韻而不和意，皆一時朋儔相與酬答，未有追和古人者也。獨東坡先生遷謫嶺海，盡和淵明詩，既和其意，復和其韻，追和之作，自此始。余自庚申年，使宋館留儀真，至辛未十二年矣，每讀陶詩以自釋。是歲，因復和之，得百餘首。三百篇之後，至漢蘇李，始為古詩。逮建安諸子，辭氣相高，潘陸顏謝，鼓吹格力，復加藻澤，而古意衰矣。陶淵明當晉宋革命之際，退歸田里，浮沉杯酒，而天資高邁，思致清逸，任真委命，與物無競。故其詩跌宕於性情之表，直與造物者遊，超然屬韻。《莊周》一篇，野而不俗，澹而不枯，華而不飾，放而不誕，優游而不迫切，委順而不怨懟，忠厚豈弟，直出屈宋之上。庶幾顏氏子之樂，曾點之適，無意於詩，而獨得古詩之正，而古今莫及也。顧予頑鈍鄙隘，蹭蹬世網，豈能追還高風，激揚清音，亦出於無聊而為之。去國幾年，見似之者而喜，況誦其詩，讀其書，寧無動於中乎？前者唱喁，而後者和

訛，風非有異也，皆自然爾，又不知其孰倡孰和也。屬和既畢，復書此於其端云。〔註6〕

（二）劉莊孫《和陶詩》一卷（已佚）

劉莊孫（1234～1302），字正仲，號樗園，天台人（今浙江海寧），與舒岳祥、戴表元交好。有《和陶詩》一卷（已佚），今存舒岳祥《劉正仲和陶集序》：

> 自唐以來，效淵明為詩者皆大家數。王摩詰得其清妍，韋蘇州得其散遠，柳子厚得其幽潔，白樂天得其平淡。正如屈原之騷，自宋玉、景差、賈誼、相如、子雲、退之而下各得其一體耳。東坡蘇氏和陶而不學陶，乃真陶也。梅林劉正仲自丙子亂離崎嶇，遇事觸物，有所感憤，有所悲憂，有所好樂，一以和陶自遣，至立程以課之。不二年，和篇已竟，至有一再和者。盡橐以遺予，予細味之，其體主陶，其意主蘇，特借題以起興，不窘韻而學步。於流離奔避之日，而有田園自得之趣；當偃仰嘯歌之際，而寓傷今悼古之懷。迫而裕，樂而憂也，其深得二公之旨哉！予於二公之詩，竊有感焉者。淵明自言性剛才拙，與物多忤，然其詩文無一語及時事，縱橫放肆，而芒角不露，故能名節凜然，而人莫測其涯涘。《歸去來》之作，人謂其恥為五斗米折腰耳，不知是時裕之威望已隆，淵明知幾而去之，此燔肉不至之意也。蘇公始以言語犯世，故罹憂患，自以為吐之則逆人，不吐則逆己，卒吐之。歲晚謫居嶺海之外，交遊息絕，獨尚友古人而追和遺音，則言有可寄之地，不至於不吐而逆己，吐之而逆人也，此昔賢處變之法。予固多言者也，方願學焉。予和陶在正仲之先，編未成，而正仲不予後也，其啟予者多矣。正仲名莊孫，台州寧海人。戊寅九月望日。〔註7〕

〔註6〕（元）郝經：《郝文忠公陵川文集》卷六，明正德年間鄂州刊本，第1a頁。下文郝經「和陶詩」皆引用該本，不再一一注釋。郝經其他詩歌引用《四庫全書》本《陵川集》。

〔註7〕（元）舒岳祥：《劉正仲和陶集序》，見《閬風集》卷十，《四庫全書》本，第4a～5b頁。

（三）劉因《和陶詩》一卷，見《靜修先生文集》卷三

劉因（1249～1293），字夢吉，號靜修。至元十九年應召入朝，為承德郎、右贊善大夫，不久辭官歸隱。元世祖再遣使召之，辭不赴。其所作「和陶詩」共計 76 首，收錄於《靜修先生文集》卷三。（《四部叢刊》影印元至順間刊本）

（四）張養浩《和陶詩》（已佚）

張養浩（1269～1329），字希孟，濟南人，元代著名散曲家。他所作《和陶詩》已佚，今存其和陶詩序：

> 走嘗觀春秋列國諸臣，往來朝聘宴餞及會盟之際，往往賦詩以見志，然所謂賦者，乃引古詩或始章或卒章，斷文取意，未嘗出己意為之。於以見古人於詩，初不必自作然後為工也。詩且取其舊，矧肯和韻乎？
>
> 蓋詩之酬和，始於唐，盛於宋，在今為尤盛焉。然唐之和者，猶不拘之以韻，其拘之嚴者，無過於宋，語雖工而其去古也滋遠。夫詩本以陶寫情性，所謂在心為志，發言為詩，既拘於韻，則其沖閒自適之意絕無所及，惡在其為陶寫也哉！
>
> 余嘗觀自古和陶者凡數十家，惟東坡才盛氣豪，若無所牽合，其他則規規模仿，政使似之，要皆不歡而強歌，無疾而呻吟之比，君子不貴也。余年五十二，即退居農圃，日無所事，因取陶詩讀之，乃不繼其韻，惟擬其題以發己意，可擬者擬，不可者則置之，凡得詩若干篇。既以袪夫數百年滯泥好勝之弊，而又使後之和詩者得以揮毫自恣，不窘於步武。《春秋》之法大復古，則余之倡此，他日未必不見賞於識者云。〔註 8〕

（五）雷思齊《和陶詩》三卷（已佚）

雷思齊，字齊賢，臨川人（今江西臨川）。宋亡之後，棄儒服為道士，居烏石觀，後終於廣信山中。據《四庫全書總目提要》卷三記

〔註 8〕（元）張養浩：《歸田類稿》，臺灣商務印書館 1986 年版，第 499 頁。

載，他著有《老子本義》《莊子旨義》數十卷及《和陶詩》三卷。

（六）呂充隱《和陶詩》（已佚）

呂充隱，字明復，武陟人（今屬河南焦作）。金亡，居襄陽，尋渡江居鄂。見李曾伯《題覃懷呂充隱和陶詩》：「數詩盤谷友人欽，一片柴桑處士心。幾十年間南北事，只令三歎有遺音。」〔註9〕王惲也有詩《題呂充隱和陶詩卷後》。

（七）張北山《和陶集》（已佚）

楊維楨作有《張北山和陶集序》，見《楊維楨集》卷七。其序曰：

> 詩得於言，言得於志。人各有志有言以為詩，非跡人以得之者也。東坡和淵明詩，非故假詩於淵明也，其解有合於淵明者，故和其詩，不知詩之為淵明為東坡也。涪翁曰：「淵明千載人，東坡百世士。出處固不同，氣味乃相似。」蓋知東坡之詩可比淵明矣。天台張北山著《和陶集》若干卷，藏於家，其孫師聖出其親手澤，求余一言以傳世。蓋北山，宋人也。宋革，當天朝收用南士，趨者瀾倒，徵書至北山，北山獨閉關弗起，自稱東海大布衣終其身。嘻，正士之節，其有似義熙處士者歟？故其見諸和陶，蓋必有合者，觀其胸中，不合乎淵明者寡矣。步韻倚聲，謂之跡人以得詩，吾不信也。雖然，世之和陶者，不止北山也，又豈人人北山哉？吾嘗評陶謝愛山之樂同也，而有不同者，何也？康樂伐山開道入，數百人自始寧至臨海，敝敝焉不得一日以休，得一於山者猶矣。五柳先生斷轅不出，一朝於籬落間見之，而悠然若莫逆也，其得於山者神矣。故五柳之詠南山可學也，而於南山之得之神不可學也，不可學則其得於山者，亦康樂之役於山者而已耳。吾於和陶而不陶者亦云。至正八年夏五月六日。〔註10〕

〔註9〕（宋）李曾伯：《可齋續稿前卷．卷六》，臺灣商務印書館，1986年版，第559頁。

〔註10〕李修生主編：《全元文》卷一三〇〇，江蘇古籍出版社1998年版，第四十一冊，第241頁。

（八）釋梵琦《西齋和陶集》（已佚）

釋梵琦（1296～1370），字楚石，小字曇曜，晚號西齋老人，象山（今屬浙江）人。歷住杭州報國、嘉興本覺等寺。晚年建西齋寺於海鹽，退居其中。釋梵琦學行高一世，宗說兼通，禪寂之外，專志淨業。著有《語錄》等，詩存《北遊詩》《天台三聖詩集和韻》《西齋淨土詩》等集。洪武三年，卒於京師天界寺，今存其「和陶詩」7首。朱右有《西齋和陶詩序》：

> 詩者，發乎情也。情則無偽，故莫不適於正焉。古《詩》三百篇，其間邪正、憂喜、隱顯雖不同，而溫柔敦厚之教，無惑乎後世，聖人刪正之，且曰「雅、頌各得其所」，豈欺我哉？自夫王澤既息，大雅不作，郢騷之怨慕，長門之幽思，李陵、蘇少卿之離別，曹、劉、鮑、謝之風諭，亦足以傳誦者，各適其情而已爾。陶淵明當晉祚將衰，欲仕則出，一不獲志，則幡然隱去，夫豈有患得失之意與？故其發於言也，情而不肆，澹而不枯。後之人雖極力仿傚而不可得，趣不同也。蘇子瞻方得志為政，固未始尚友淵明，逮其失意，中更憂患，乃有和陶之作，豈其情也耶？予嘗竊有憾焉。比客海昌，得琦禪師詩一編，曰《西齋和陶集》，讀盡數日，愛其命意措言，妥而不危，雋而不膚，若弗經思慮得者，有陶之風哉！蓋師少從名人，績學知道，凡四主大刹，未嘗容心於出。十年以來，恬退自處，居海鹽天寧寺之西齋，日討索佛書聖典，每有得必忻愉竟夕。道益精詣，不以榮辱得喪撓其天真，為可尚也已。為其徒將鋟梓以傳，予因論次其說，為之序。禪師名梵琦，字楚石。〔註 11〕

（九）戴良《和陶詩》一卷

戴良（1317～1383），字叔能，號九靈山人，浦江人（今浙江諸暨）。曾學文於柳貫、黃溍、吳萊，學詩於余闕，為元末著名遺民詩人，著有《山居稿》《吳游稿》《鄞游稿》《越游稿》。《九靈山房集》卷

〔註 11〕《全元文》卷一五四七，第 529～530 頁。

二十四有《和陶詩》一卷，共51首。謝肅為戴良《和陶集》作序：

古之君子苟秉忠義之心，雖或不白於當時而必顯暴於天下後世者，是固公義之定，亦其著述有所於考也。若楚三閭大夫屈原、漢丞相諸葛亮、晉處士陶潛者，非其人乎？方楚之絀屈原也，秦數紿楚，原復切諫而君弗悟，反信讒而遣之，原雖溘死而其心則見於《離騷》二十五焉。及漢之末有諸葛亮者，感激三顧，輔翼兩朝以再造王業，事雖不就而其心則見於《出師》二表焉。若夫陶潛，乃晉室大人之後，恥事異代，超然高舉，安於義命，雖無益於國而其心則見於歸去來兮辭與諸詩賦焉。之三君子□遇之時不同，忠義之心則一，而天下後世之□共知者也。奈之何，或者作反騷以議□，累書入冦以外，武侯託白璧微瑕以譏靖節，則其忠義之心不亦泯沒於天下後世乎？以今觀之，離騷足以見其愛君憂國雖九死而不悔也。出師表足以見其仗義履正不得與復舊都不止也。歸去來辭與諸詩賦足以見其不慕世榮惓惓乎其本朝也。是以□陽夫子，或校注其遺文，或發明其偉烈，或表見其幽光，於是三君子忠義之心炳乎如白日之行青天矣，亦孰得而泯沒之邪？然余又以謂大夫丞相皆嘗列位於朝，其行事故易考而知也。若處士則徒以一縣令在官不久，尋復歸田，其跡甚隱宜與屈葛若不相似然。然而讀史九章，其首述夷齊，非孔明識義利大分之謂乎。其次述箕子，非靈均不忍宗國危亡之謂乎。其曰精衛填海，非孔明為漢復仇鞠躬盡力之謂乎。其曰與三辰遊，非靈均悲時俗迫隘而輕舉遠遊之謂乎。至於□謂山陽掃國平王去京，不自知其涕之流者，其忠義之心視屈葛為何如也。有志之士讀其詩，未嘗不想見其人，而神交於千載之上，若雲林方先生。是已先生生金華，學於古待制柳公、文獻黃公、忠宣余公，德行文學咸有師授，蔚乎士林之望也。嘗一出仕遭時多故，即浮大海至乎中州方與豪傑者交。而鼎已遷矣，遂南還四明，棲遲於荒閒寂寞之地，不知寒暑之幾易也。其流離顛頓寒饑苦困憂悲感憤不獲其意者，莫不發之於詩。詩之體裁音節渾然天出者，又絕似淵明，非徒踵其韻焉而已，因名之曰和陶集，以予相交之善而深知其音也。俾論次以為之序，予得而誦之，則其豪放之氣猛烈之志寓於高雅閒澹之辭，足以使人嗟歎詠歌之者，不但與靖節異世同符，而離騷之怨慕，出師表之涕泣，亦莫不具在其間也。則是編之傳，豈恃著述之足貴，而忠義之心無愧於古君子者，必將有考於斯焉，其可尚也已。雖然自淵明之後，人知重其詩者不為甚少，韋蘇州學之於憔悴之餘，柳柳州效之於流竄之後。仿之而氣弱者，非王右丞乎？擬之而格卑者，非白太傅乎？而蘇長公又創始和之，自謂無愧於靖節矣，然以英邁雄傑之才率意為之，故無自然之趣焉。有自然之趣，而無柳白黃蘇之失者，其為先生是集乎？當與陶詩並傳於後無疑矣。予非私於先生也，凡覽先生之詩，而能求之於辭意之表者，其必以余為知言哉。先生名某字某號雲林又號九靈山人云。〔註 12〕

〔註 12〕（元）謝肅：《和陶詩集序》，見《密庵集》卷十四，《四部叢刊》本，第 8b～10a 頁。

上　編

第一章　歷代陶淵明接受情況梳理

陶淵明是以一位隱士的形象走進大眾視野的，他「不為五斗米而折腰」的氣節風骨與安貧樂道的生活態度受到時人的肯定與稱讚。隨著時間的推移，人們對他的認識和見解也逐漸深入，開始從各個角度去評陶、研陶，發掘出陶淵明的多面性，如陶的熱忱、豪放、忠憤等，他的形象變得立體起來。對於陶詩，錢鍾書先生在《談藝錄》中從「古今隱逸詩人之宗」，到「淵明在六代三唐，正以知稀為貴」，再到「淵明文名，至宋而極」〔註1〕，就其由晦而顯的過程進行過梳理。歷史上對陶淵明的認識和接受是一個與時俱進的過程，陶淵明的人格之美與詩歌藝術不斷地被發掘、認識和豐富。

第一節　東晉南北朝時期

陶淵明在生前是以隱士而聞名的，他與時人劉遺民、周續之並稱為「潯陽三隱」〔註2〕。顏延之是最早解讀陶淵明的人，在陶淵明去世之後，他作有《陶徵士誄》，敘述了淵明的生平、家世，並高度讚揚他「廉深簡絜，貞夷粹溫。和而能峻，博而不繁」〔註3〕的品行德操，

〔註1〕錢鍾書：《談藝錄》，中華書局 1984 年版，第 88～93 頁。
〔註2〕袁行霈：《陶淵明集箋注》，中華書局 2011 年版，第 421 頁。
〔註3〕《陶淵明集箋注》，第 416 頁。

而對陶氏的文學成就只用「文取指達」〔註4〕四個字來評價，歷來研究者認為顏延之並不欣賞陶的詩文，該說並不準確〔註5〕。沈約在《宋書》中將陶列入《隱逸傳》，將其視作不去就官的隱士，不提他的文學創作；蕭子顯《南齊書・文學傳論》歷述當時較有文名的詩人，獨漏淵明；劉勰《文心雕龍》中也不見陶的身影，可見陶淵明的詩文並未受到廣泛的重視。

鍾嶸在《詩品》中首次對陶詩進行藝術剖析：

> 其源出於應璩，又協左思風力，文體省淨，殆無長語，篤意真古，辭興婉愜。每觀其文、想其人德，世歎其質直，至如歡言酌春酒，日暮天無雲，風華清靡，豈直為田家語耶？古今隱逸詩人之宗也。〔註6〕

鍾嶸對陶詩的風格、語言進行概括，準確把握了陶詩「省淨」、「真古」、「婉愜」等特點，並作出了陶詩「其源出於應璩」的論斷。針對時人對陶詩「田家語」的看法，他進行了反駁，指出其詩也有清靡的一面。從這裡也可以看出，鍾嶸評陶依然沒有跳出當時文學審美的藩籬，具有時代侷限性，但陶淵明已經走進了文學批評家的視野之中，誠如曹旭先生所言：「鍾嶸《詩品》品評陶詩的意義在於，第一次把陶淵明從『隱逸傳』拔擢到詩人的隊伍裏來，陶詩自此始顯。」〔註7〕

南北朝時期最為推崇陶淵明的當屬蕭統了，他不但欣賞陶淵明「貞志不休，安道苦節」的品行，而且「愛嗜其文，不能釋手」。蕭統在其編纂的《文選》中收錄陶詩七題八首，為陶作傳，整理陶的作品編定文集並親自作序。在序文中，蕭統高度讚美陶淵明的人格、品德與文學作品：

〔註 4〕《陶淵明集箋注》，第 415 頁。

〔註 5〕鄧小軍先生在《陶淵明政治品節的見證——顏延之〈陶徵士誄並序〉箋證》一文中有深入論述，詳見《北京大學學報》2005 年第 5 期，第 89～90 頁。

〔註 6〕（梁）鍾嶸：《詩品》卷二，《四庫全書》本，第 5a 頁。

〔註 7〕曹旭：《詩品研究》，上海古籍出版社 1998 年版，第 195 頁。

> 其文章不群，詞采精拔；跌宕昭彰，獨超眾類；抑揚爽朗，莫之與京。橫素波而傍流，干青雲而直上。語事則指而可想，論懷抱則曠而且真。加以貞志不休，安道苦節，不以躬耕為恥，不以無財為病，自非答賢篤志，與道污隆，孰能如此乎？……余愛嗜其文，不能釋手，尚想其德，恨不同時。〔註 8〕

蕭統較為全面地評論了陶淵明的詩文藝術，「文章不群」、「獨超眾類」、「莫之與京」等評價，完全超越了時代對陶淵明的認知，認識到了陶淵明文學作品的藝術價值。序文還首次對陶淵明詩中的飲酒內涵作出詮釋：「有疑陶淵明詩篇篇有酒，吾觀其意不在酒，亦寄酒為跡焉。」〔註 9〕道出了陶淵明嗜酒背後深刻的時代內涵。

在劉宋時期，已經有擬陶作品出現，如鮑照《奉和王義興學效陶彭澤體》、江淹《擬陶徵君田居》，開創了擬陶、效陶詩的先河。何遜、庾信等著名文士在詩中也提及陶淵明或化用陶典。但南北朝時期，對陶淵明的接受還是重人品，輕文品，詩壇的主流審美是詩歌的辭藻聲律與華美文風，陶詩質直的「田家語」還不入時流，對陶淵明詩文的接受還是小範圍的、個別的現象，陶詩的價值還沒有被廣泛認可。

第二節　隋唐時期

由晉宋進入隋唐，最早接受陶淵明的是王通、王績兩兄弟，二人卻對陶淵明有著截然相反的認識與評價。王通在《立命篇》中寫道：「或問陶元亮，子曰：『放人也。《歸去來》有避地之心焉，《五柳先生傳》則幾於閉關也。』」〔註 10〕王通評陶「放人」、「避地」、「閉關」，認為陶淵明是自我封閉、與世隔絕，反對他的人生選擇，成為隋唐之際首個對陶淵明提出貶抑的人。王通作出如此評價，與他的思想密切

〔註 8〕《陶淵明集箋注》，第 423 頁。
〔註 9〕《陶淵明集箋注》，第 422～423 頁。
〔註 10〕北京師範大學中文系、北京大學中文系文學史教研室編：《陶淵明資料彙編》（上冊），中華書局 1962 年版，第 11 頁。

相關。王通堅持儒家立場，致力於周孔之道，以天下為己任，被時人尊為「王孔子」，所以對陶淵明的避世行為持否定態度。

與其兄相反，王績可以說是陶淵明的隔代知音。王績自號「東皋子」，即取自陶《歸去來兮辭》「登東皋以舒嘯，臨清流而賦詩」〔註 11〕。他傚仿陶淵明的生活，耕作於東皋之陽，是一位真正的隱士。王績《答處士馮子華書》云：

> 夫人生一世，忽同過隙。合散消息，周流不居。偶逢其適，便可卒歲。陶生云：「富貴非吾願，帝鄉不可期。」又云：「盛夏五月，跂腳東窗下，有涼風暫至，自謂是羲皇上人。」嗟乎！適意為樂，雅會吾意。〔註 12〕

王績對陶淵明的價值取向與生活方式十分認同，並親身踐行了陶淵明式的隱逸生活。王績作詩也極力模仿陶淵明，大量使用陶典、陶詩意象等，高度融化陶詩，形成了與之相似的詩風。他創作了大量的山水田園詩，如「東皋薄暮望，徙倚欲何依。樹樹皆秋色，山山唯落暉」（《野望》）、「平子試歸田，風光溢眼前。野樓全跨迥，山閣半臨煙。」（《春日山莊言志》）詩風疏淡、清新自然，深受陶詩的影響。清人賀裳曾評價：「詩之亂頭粗服而好者，千載一淵明耳。樂天效之，便傷俚淺，惟王無功差得其彷彿。」〔註 13〕近代聞一多先生也有過評論：「王績的詩，可說是源於陶淵明的……陶淵明死後，他那種詩的風格幾乎斷絕，到王績才算有了適當的繼承人。」〔註 14〕高度認可王績對陶詩的承襲。在文章體裁上，王績也全面傚仿陶淵明，創作有詩歌、賦、祭文、疏、贊、傳記等文體，並模擬《桃花源記》《歸去來兮辭》《五柳先生傳》《自祭文》而創作《醉鄉記》《遊北山賦》《五斗先生傳》《自作墓誌文》等。如《五斗先生傳》：

〔註 11〕《陶淵明集箋注》，第 318 頁。

〔註 12〕（唐）王績：《王無功文集》，上海古籍出版社 1987 年版，卷四。下文引王績詩皆出於此本，不再一一注釋。

〔註 13〕（清）賀裳：《載酒園詩話又編》，摘自郭紹虞編《清詩話續編》，上海古籍出版社 1999 年版，第 296 頁。

〔註 14〕鄭臨川：《聞一多論古典文學》，重慶出版社 1984 年版，第 87～88 頁。

> 有五斗先生者，以酒德遊於人間。有以酒請者，無貴賤皆往，往必醉，醉則不擇地斯寢矣，醒則復起飲也。常一飲五斗，因以為號焉。先生絕思慮，寡言語，不知天下之有仁義厚薄也。忽焉而去，倏然而來，其動也天，其靜也地，故萬物不能縈心焉。嘗言曰：天下大抵可見矣，生何足養，而嵇康著論，途何為窮，而阮籍慟哭，故昏昏默默，聖人之所居也。遂行其志，不知所如。〔註15〕

王績受其兄牽連被罷官，仕途失意，只好借酒澆愁，創作《五斗先生傳》以自況。該文在標題、行文、語言風格上高度模擬陶淵明的《五柳先生傳》，在思想上對酒的愛好亦與之相同。文中借用嵇康、阮籍的典故，表達了對酣飲的讚美，對世俗的譏嘲。可以說，王績對陶淵明的接受達到了一個新高度。

有唐一代崇陶者甚多，錢鍾書先生在《談藝錄》中做過統計，唐代詠陶的詩人有王績、王昌齡、高適、孟浩然、崔曙、張謂、李嘉祐、皇甫曾、嚴維、戴叔倫、戎昱、竇常、盧綸、李端、楊巨源、司空曙、顧非熊、邵謁、李頻、李群玉、盧肇、趙嘏、許渾、鄭谷、韋莊、張蠙、崔塗、崔道融、汪遵等〔註16〕。可見，陶淵明及其詩文在唐代得到了較為廣泛的關注。

初唐時期，文壇上依然彌漫著南朝時的浮豔文風，「承陳隋風流，淫靡相矜」〔註17〕，詩歌追求聲韻之美，注重形色技巧，廣大文人對陶淵明的認識大抵與前代相同。在唐初修成的《晉書》中，陶淵明依然被置於《隱逸傳》，對他的評價還是聚焦於他的隱逸高志與俊偉品節，對他的詩歌創作著墨甚少。在他們眼裏，陶淵明依然是個灑脫的隱士，而非顯達的詩人。之後的「初唐四傑」對陶淵明的認識與接受都不及王績那樣深刻，他們雖革新了齊梁以來萎靡浮華的宮廷詩風，

〔註15〕（清）董誥等編：《全唐文》卷一三二，中華書局 1983 年版，第 1328 頁。

〔註16〕錢鍾書：《談藝錄》，第 88 頁。

〔註17〕（宋）歐陽修、宋祁等撰：《新唐書》卷二〇一。

但對陶淵明平淡自然的詩歌藝術認識不足，詩歌創作上師法陶淵明的印記並不明顯。他們寫的田園詩不多，從中也難尋陶詩平淡中蘊含的深刻哲思。

盛唐時期的士人對陶淵明有了更加深刻的體認，陶淵明作為一個有氣節的隱逸高士與獨具個性的詩人形象得到普遍的認可。陶淵明對盛唐的山水田園詩也產生廣泛而深刻的影響，成為唐代山水田園詩的鼻祖。清沈德潛云：「陶詩胸次浩然，其中又有一段淵深樸茂不可到處。唐人祖述者，王右丞有其清腴，孟山人有其閒遠，儲太祝有其樸實，韋左司有其沖和，柳儀曹有其峻潔，皆學焉而得其性之所近。」〔註 18〕盛唐山水田園詩人從陶詩中獲取的藝術養分頗多，並形成了自己的風格特徵，最具代表性的詩人當屬孟浩然、王維和儲光羲。

孟浩然在性格與詩風追求上都與陶淵明有頗多相似之處。孟浩然早年有積極於世的志向，在進士落第以後，便遁入山林，一生大部分時光是在隱居生活中度過的。他為人清高耿介，十分仰慕陶淵明安貧樂道的生活態度：「嘗讀高士傳，最嘉陶徵君。日耽田園趣，自謂羲皇人」（《仲夏歸南園寄京邑舊遊》）、「我愛陶家趣，林園無俗情。」（《李氏園林臥疾》）作為盛唐時期山水田園詩派的代表人物，他的田園詩歌自覺地向陶淵明學習，形成了疏淡閒遠的詩風，如《田園作》：

> 弊廬隔塵喧，惟先養恬素。卜鄰近三徑，植果盈千樹。粵余任推遷，三十猶未遇。書劍時將晚，丘園日已暮。晨興自多懷，晝坐常寡悟。衝天羨鴻鵠，爭食羞雞鶩。望斷金馬門，勞歌採樵路。鄉曲無知己，朝端乏親故。誰能為揚雄，一薦甘泉賦。〔註 19〕

〔註 18〕（清）沈德潛：《說詩晬語》，見《陶淵明資料彙編》（上），第 199 頁。

〔註 19〕（唐）孟浩然著，佟培基箋注：《孟浩然詩集箋注》，上海古籍出版社 2013 年版，第 458 頁。

詩歌先寫遠離塵囂的田園生活，詩人與隱士為鄰，房子四周果樹環繞，環境清幽宜人。聯想到自己已是而立之年，進而引出功業不就的失落情緒，層遞自然，意境渾厚。全詩多處用陶語，如「弊廬」、「塵囂」、「三徑」、「晨興」等，自然妥帖，詩風平易樸實、清淡自然，頗有陶詩風味。

作為山水田園詩派的另一位代表人物，王維對陶淵明的態度比較矛盾，一方面他批評陶氏的棄官行為：「近有陶潛，不肯把板屈腰見督郵，解印綬棄官去。後貧，《乞食》詩云『叩門拙言辭』，是屢乞而多慚也。當一見督郵，安食公田數傾，一慚之不忍，而終身慚乎？此亦人我攻中，忘大守小，不口其後之累也。」〔註 20〕認為陶淵明「忘大守小」，否定他的出世行為；另一方面王維又很欣賞陶淵明超然物外的隱逸情懷，「酌醴賦《歸去》，共知陶令賢」（《奉送六舅歸陸渾》）、「無才不敢累明時，思向東溪守故籬。豈厭尚平婚嫁早，卻嫌陶令去官遲」（《早秋山中作》），都表達了對陶氏的讚美。他以《桃花源記》為藍本，創作詩歌《桃源行》，質素天然，風流嫣秀，段段景象，親切如畫，成為詠桃源詩中的名篇。王維也自覺地接受了陶淵明田園詩的審美範式，如《輞川閒居贈裴秀才迪》：

寒山轉蒼翠，秋水日潺湲。倚杖柴門外，臨風聽暮蟬。
渡頭餘落日，墟里上孤煙。復值接輿醉，狂歌五柳前。〔註 21〕

詩中「柴門」、「墟里」、「五柳」等皆是陶詩中的典型意象，整首詩風格清雅疏淡，與陶田園詩風格很相似。劉中文在《唐代陶淵明接受研究》中指出：「王維對陶詩閒適、清腴、淡遠的審美範式和藝術境界的認同和接受，不僅將陶詩開創的審美範式提升到新的美學高度，也創造了唐人自覺接受陶淵明田園詩藝術的豐碩成果。」〔註 22〕是很中肯的評價。

〔註 20〕（唐）王維撰，陳鐵民校注：《王維集校注》卷十一，中華書局 1997 年版，第 1095 頁。本文所引王維詩皆出自該本，下文不再一一注釋。
〔註 21〕《王維集校注》卷五，第 429 頁。
〔註 22〕劉中文：《唐代陶淵明接受研究》，中國社會科學出版社 2006 年版，第 144 頁。

儲光羲是又一位大力學陶的詩人，他發展陶詩古樸醇厚的一面，創作了大量的田園詩。儲光羲與陶淵明一樣有田家勞作的經驗，對勞動的苦樂有切身的體會，在他筆下刻畫了田家、漁夫、牧童、獵戶等眾多勞動者形象，如「仲夏日中時，草木看欲焦。田家惜功力，把鋤來東皋」〔註 23〕（《同王十三維偶然作十首》其一）、「超超兩夫婦，朝出暮還宿。稼穡既自種，牛羊還自牧」（《田園雜興八首》其七）、「秋至黍苗黃，無人可刈獲。稚子朝未飯，把竿逐鳥雀。」（《田園雜興八首》其五）真切表現了田家生活，擴大了田園詩的表現範圍。宋代蘇轍很推崇儲光羲，言「儲光羲詩高處似陶淵明」〔註 24〕，認可儲光羲對陶淵明的師範。

盛唐時期，士人普遍懷有積極進取的心態，走上濟蒼生、安社稷的仕進之路成為很多人自覺的追求，李白就是其中的典型代表。李白對陶淵明消極避世的態度有所不滿，他曾論陶「齷齪東籬下，淵明不足群」〔註 25〕，但更多的是對陶淵明的欣賞。李白在詩歌中大量引用化用陶詩、陶典，錢鍾書先生在《談藝錄》中載：「太白《古風》第一首雖數古代作者而不及淵明，他詩如《贈皓弟》《贈徵君鴻》《贈從孫銘》《贈鄭溧陽》《贈蔡秋浦》《贈閭丘宿松》《別中都明府兄》《答崔宣城》《九日登山》《遊化城寺清風亭》《醉題屈突明府廳》《嘲王歷陽》《紫極宮感秋》《題東溪宮幽居》《送傅八至江南序》諸作，皆用陶令事。」〔註 26〕其自然、真率的詩風也與陶相似，如《尋陽紫極宮感秋作》：

〔註 23〕（清）彭定求等編：《全唐詩》卷一百三十七，中華書局 2018 年版，第 1384 頁。如無特別標注，以下儲光羲詩歌引文皆出自該書，不再一一注釋。

〔註 24〕（明）高棅：《唐詩品匯》，上海古籍出版社 1982 年版，第 138 頁。

〔註 25〕（唐）李白著，（清）王琦注：《李太白全集》，中華書局 1977 年版，第 993 頁。如無特別標注，下文李白詩歌引文均出自該書，不再一一注釋。

〔註 26〕錢鍾書：《談藝錄》，第 88 頁。

何處聞秋聲？脩脩北窗竹。回薄萬古心，攬之不盈掬。靜坐觀眾妙，浩然媚幽獨。白雲南山來，就我簷下宿。懶從唐生決，羞訪季主卜。四十九年非，一往不可復。野情轉蕭散，世道有翻覆。陶令歸去來，田家酒應熟。〔註27〕

詩人借眼前之秋景，懷古思今，全詩意境清微，幾近自然。《唐詩品匯》評：「其自然不可及矣。東坡和此有餘，終涉擬議。」〔註28〕李白進一步昇華了陶淵明傲岸的人格精神，其「安能摧眉折腰事權貴」的思想和陶淵明「不為五斗米折腰」的精神一脈相承。李白推崇陶淵明的隱逸高志，在許多詩歌中表達了對陶淵明隱居生活的嚮往，如「桃花流水窅然去，別有天地非人間」（《山中問答》）、「功成拂衣去，歸入武陵源」（《登金陵冶城西北謝安墩》）、「何日到彭澤，長歌陶令前」（《寄韋南陵冰，余江上乘興訪之遇尋顏尚書笑有此贈》）但李白對陶隱逸情懷的認同只是停留在認知層面，並沒有去親身踐行。

杜甫在價值觀與人生選擇上與陶更相牴牾。和王維、李白一樣，他也對陶淵明表達過不滿：「陶潛避俗翁，未必能達道。」〔註29〕很不贊成陶的歸隱田園，但同時對陶的田園詩又十分推崇，在詩歌中大量引用陶典，如「鳥雀依茅茨，藩籬帶松菊。如行武陵暮，欲問桃花宿」（《赤谷西崦人家》）、「野外貧家遠，村中好客稀。論文或不愧，肯重款柴扉」（《范二員外邈吳十侍御郁特枉駕闕展待聊寄此》）、「雲散灌壇雨，春青彭澤田。」（《題鄠縣郭三十二明府茅屋壁》）他以農舍、村居、田家、牧童、漁夫、老翁為對象，寫下了大量田家詩，繼承和發展了陶淵明田園詩「尚真」的藝術。杜甫還是第一個將陶淵明與謝靈運並稱的人，「焉得思如陶謝手，令渠述作與同遊」（《江上值水如海勢聊短述》），可見陶淵明在杜甫心中的崇高地位。

〔註27〕《李太白全集》卷二十四，第1114頁。

〔註28〕（明）高棅編：《唐詩品匯》，上海古籍出版社1982年版，第108頁。

〔註29〕蕭滌非主編：《杜甫全集校注》，人民文學出版社2014年版，第1381頁。如無特別說明，下文杜甫詩皆出於此書，不再一一注釋。

不僅在創作上，盛唐詩人在詩論中也開始品評陶淵明。王昌齡在《詩格》中將詩分為「高格」、「古雅」、「閒逸」、「幽深」、「神仙」五類趣向，把陶詩作為「閒逸」詩的代表，進一步發掘了陶詩的藝術特色。詩僧皎然評陶詩：「陶令田園，匠意真直。春柳寒松，不凋不飾。」〔註 30〕認識到了陶詩語言質樸、情意真直的特點。

中唐時期，大唐王朝那種高昂、恢弘的氣象不再，社會政治的變動引起士人心態的變化，他們積極樂觀的人生態度變得暗淡了，多了一層憂患意識與矛盾心態，迫切需要精神解脫的方法。這時候，陶淵明被他們引為知音，以消解內心的愁苦，陶淵明的影響進一步擴大，他的人品和詩品引起時人更為廣泛的關注，韋應物、元稹、白居易等人都深受陶淵明的影響，尤其以白居易為甚。

白居易一生仕途坎坷，鬱鬱不得志，使他在精神上更加向陶淵明靠近。他十分欣賞陶淵明固窮自守的高尚節操，如《訪陶公舊宅》云：

> 垢塵不污玉，靈鳳不啄羶。嗚呼陶靖節，生彼晉宋間。心實有所守，口終不能言。永惟孤竹子，拂衣首陽山。夷齊各一身，窮餓未為難。先生有五男，與之同飢寒。腸中食不充，身上衣不完。連徵竟不起，斯可謂真賢。我生君之後，相去五百年。每讀五柳傳，目想心拳拳。昔常詠遺風，著為十六篇。今來訪故宅，森若君在前。不慕樽有酒，不慕琴無弦。慕君遺榮利，老死此丘園。柴桑古村落，栗里舊山川。不見籬下菊，但餘墟中煙。子孫雖無聞，族氏猶未遷。每逢姓陶人，使我心依然。〔註 31〕

詩中敘述了陶淵明忠於晉室、拒絕宋廷徵辟等史實，反映了陶安貧樂道、不慕榮利、忘懷得失的高尚節操，表達了對陶淵明的崇敬之情。「常愛陶彭澤，文思何高玄」（《題潯陽樓》），白居易十分欣賞陶淵明

〔註 30〕（唐）皎然：《講古文聯句》，見《唐人文集叢刊》卷十，上海古籍出版社 1992 年版，第 89 頁。

〔註 31〕（唐）白居易撰，謝思煒點校：《白居易詩集校注》卷七，中華書局 2015 年版，第 594～595 頁。本文所引白居易詩，均出自該本。

高古玄遠的詩風，並創作《效陶潛體》詩十六首，對陶的人生態度、人格精神、哲學思想、愛酒內涵等做出了深刻闡釋。尤其到了晚年，白居易寫下大量的閒適詩，對陶詩的模擬很多，如《醉吟先生》是模擬陶淵明的《五柳先生傳》，《自戲三絕句》是傚仿陶淵明的《形影神》。清趙翼在《甌北詩話》中說：「香山詩，恬淡閒適之趣，多得之於陶、韋。」〔註 32〕指出了白居易「閒適詩」是對陶淵明詩歌的繼承。

大曆詩人對陶祖述甚多，表現為認同其高雅脫俗的志趣、閒適的生活態度以及更為理性地認識陶詩的藝術價值。其中，韋應物學習陶詩的沖淡、真率，作有效陶體詩《與友生野炊效陶體》《效陶彭澤》兩首。

晚唐五代詩人在詩歌創作上追求淡泊情思，推崇沖淡之美，效陶、頌陶詩不斷出現。這一時期的重要詩人如杜牧、李商隱、皮日休等對陶都有所接受，陸龜蒙寫有許多頌陶的詩歌，如「靖節高風不可攀，此巾猶墜凍醪間」（《漉酒巾》）「如能攲腳南窗下，便是羲皇世上人」（《和同潤卿寒夜訪襲美各惜其志次韻》），表達了對陶淵明品格的欣賞。

縱觀隋唐五代，對陶淵明的接受可以說是與時俱進，從推崇陶淵明的人格精神到認同、欣賞陶詩，自覺學習傚仿陶詩，理性地看待陶詩的藝術價值，首次將「陶謝」並稱等，對陶淵明的接受達到了新的高度。唐代對陶淵明的接受有深刻的社會原因：一方面，唐代政治環境寬鬆，道家思想流行，唐人追求人格獨立與個性自由，尚隱之風長盛不衰，如王維、孟浩然、儲光羲等詩人都有過隱居經歷，隱逸山林成為時人欣賞和傚仿的一種生活方式，陶淵明自然而然會走進他們的視野；另一方面，唐代承襲隋代的科舉制度，其中進士科是以詩賦取士，《文選》受到廣大文人的追捧和重視，再加上陶集的流傳，使得唐人能夠廣泛接觸到陶淵明的作品。

〔註 32〕（清）趙翼：《甌北詩話》，人民文學出版社 1963 年版，第 68 頁。

第三節 兩宋時期

兩宋時期，對陶淵明的接受進入高潮期。宋人對陶淵明的品格高度崇拜，主要推重陶淵明的不慕榮利、不屈於權勢，如林逋《省心錄》曰：「陶淵明無功德以及人，而名節與功臣、義士等，何也？蓋顏子以退為進，甯武子愚不可及之徒與。」〔註 33〕梅堯臣詩云：「淵明節本高，曾不為吏屈。斗酒從故人，籃輿傲華紱。」〔註 34〕朱熹在詩文中也多次稱讚陶淵明：「晉、宋人物，雖曰尚清高，然個個要官職，這邊一面清談，那邊一面招權納貨。陶淵明真個能不要，此所以高於晉、宋人物」〔註 35〕、「平生尚友陶彭澤，未肯輕為折腰客。」(《題霜傑集》)陸游也將陶引為同道：「千載無斯人，吾將誰與歸。」(《讀陶詩》)宋人將陶淵明作為理想人格的楷模予以歌頌。另一方面「淵明文名，至宋而極」〔註 36〕，宋人真正意識到陶淵明是位出類拔萃的詩人，對其推崇備至，陶詩的藝術價值得到普遍的認同。正如袁行霈先生所說：「上自宰相、朝臣，如宋庠、王安石、歐陽修、蘇東坡；下至隱士、僧侶，如林逋、思悅，莫不有評陶的言論。」〔註 37〕宋代文人從人品與詩品兩方面對陶淵明作出深刻解讀，尤其是在詩歌方面：「把陶詩推到了詩美理想的典範地位和無人能及的詩史巔峰，從而牢固地奠定了陶淵明在中國詩歌史上的獨特地位。」〔註 38〕確立了陶詩的典範地位。

宋初，白體、晚唐體、西崑體等佔據文壇主流，如賈島的「苦吟」，西崑體的繁縟詩風是詩壇學習的對象。最早接受和高度評價陶

〔註 33〕《陶淵明資料彙編》(上冊)，第 23 頁。

〔註 34〕(宋)梅堯臣：《送永叔歸乾德》，見《陶淵明資料彙編》(上冊)，第 23 頁。

〔註 35〕(清)陶澍：《靖節先生集·諸本評陶彙集》，《四部備要》本，第 101 頁。

〔註 36〕《談藝錄》，第 88 頁。

〔註 37〕袁行霈：《陶淵明研究》，北京大學出版社 1997 年版，第 192 頁。

〔註 38〕李劍鋒：《元前陶淵明接受史》，齊魯書社 2002 年版，第 220 頁。

淵明的是歐陽修：「吾見陶淵明，愛酒又愛閒」〔註39〕、「晉無文章，唯陶淵明《歸去來兮辭》。」〔註40〕歐陽修崇陶與他倡導的古文運動不無關係。第一個大力提倡並學習陶詩的是梅堯臣，他在《答新長老詩編》中說「唯師獨慕陶彭澤」〔註41〕，將陶淵明作為唯一的師法對象，作有《擬陶詩三首》《擬陶潛止酒》《擬形影神》等詩，在形式與風格上都與陶詩很相似。他首次挖掘出陶詩「平淡」的美學價值，並將其作為寫詩的最高法則：「作詩無古今，唯造平淡難。」〔註42〕他在詩文中屢屢提到「平淡」，並將其與陶詩並提：「中作淵明詩，平淡可擬倫」（《寄宋次道中道》）、「方聞理平淡，昏曉在淵明」（《答中道小疾見寄》），他認為「平淡」是陶詩美學價值的集中體現，對宋代詩人認識、探究陶詩平淡之美具有開創性意義。王安石對陶詩也很欣賞，尤其是對《飲酒》其五，評價其「詩人以來，無此四句」〔註43〕。王安石取材於《桃花源記》作《桃源行》詩，重又展現陶淵明筆下的理想世界。他的詩中經常出現「松菊」、「柴門」、「桑麻」等意象，可以看出陶淵明對其影響之深。

在宋代，對陶淵明推崇備至的當屬蘇軾。當代學者李澤厚曾說：「終唐之世，陶詩並不顯赫，甚至也未曾遭李杜重視。直到蘇軾這裡，才被抬高到獨一無二的地步……千年以來，陶詩就一直以這種蘇化的面目流傳著。」〔註44〕蘇軾在年輕時就有匡濟天下的偉大志向，但他

〔註39〕（宋）歐陽修著，李逸安點校：《歐陽修全集》卷五十四，中華書局2001年版，第766頁。

〔註40〕（宋）歐陽修：《跋退之送李愿序》，見《蘇軾文集》卷六十六，中華書局1986年版，第2057頁。

〔註41〕朱東潤：《梅堯臣集編年校注》，上海古籍出版社2006年版，卷十三。下文引詩皆源於此，不再注釋。

〔註42〕（宋）葛立方：《韻語陽秋》，見《歷代詩話》，中華書局1981年版，第483頁。

〔註43〕（明）都穆：《南濠詩話》，見丁福保輯《歷代詩話續編》，中華書局1983年版，第1342頁。

〔註44〕李澤厚：《美學三書》，安徽文藝出版社1999年版，第161頁。

的一生仕途坎坷，多次遭貶，對蘇軾的心理造成沉重的打擊。面對失落的現實世界，他敞開懷抱走進陶淵明的精神世界，尋求心靈的超脫。他傾慕陶淵明的為人，把他當成自己的精神偶像、異代知音，蘇軾詩曰：「但恨不早悟，猶推淵明賢」（《和陶怨詩示龐鄧》）、「夢中了了醉中醒。只淵明，是前生」〔註 45〕、「吾於淵明，豈獨好其詩也，如其為人，實有感焉。」〔註 46〕蘇軾喜愛陶淵明的詩歌，他在《與蘇轍書》中說：

> 吾於詩人，無所甚好，獨好淵明之詩。淵明作詩不多，然其詩質而實綺，臒而實腴，自曹、劉、鮑、謝、李、杜諸人，皆莫及也。吾前後和其詩凡一百有九篇，至其得意，自謂不甚愧淵明。〔註 47〕

蘇軾獨好陶詩，認為陶淵明超越了李白和杜甫等人，把陶淵明推崇到至高無上的地位。在梅堯臣提出陶詩「平淡」之美的基礎上，蘇軾進一步探究了陶詩隱含在「平淡」之下的「綺」和「腴」的內蘊，對陶詩的解讀又深入一層。蘇軾還是第一位大力進行和陶的詩人，通過「和陶詩」來表達對陶淵明的傾慕，也借和陶行為來澆自己心中之塊壘。在蘇軾的影響之下，蘇轍與蘇門文人紛紛創作「和陶詩」，和陶現象蔚然成風，成為文學史上獨特的現象。

作為蘇門弟子、江西詩派的代表人物，黃庭堅也很崇陶，在很多詩中表達對陶淵明的欣賞：

> 陶公白頭臥，宇宙一北窗，但聞窗風雨，平陸漫成江。（《臥陶軒》）

> 潛魚願深渺，淵明無由逃。彭澤當此時，沉冥一世豪。（《宿舊彭澤懷陶令》）

〔註 45〕鄒同慶、王宗堂：《蘇軾詞編年校注》，中華書局 2002 年版，第 352 頁。

〔註 46〕（宋）蘇轍著，陳宏天、高秀芳點校：《蘇轍集．欒城後集》，中華書局 1990 年版本，第 1110 頁。

〔註 47〕（宋）蘇轍著，陳宏天、高秀芳點校：《蘇轍集．欒城後集》，第 1110 頁。

惜無陶謝揮斤手，詩句縱橫付酒杯。（《出迎使客質明放船自瓦窯歸》）

耳不聞世事，時頌陶令篇。〔註48〕（《次韻徐仲車喜董元達訪之作南郭篇四韻》）

黃庭堅認識到了陶詩的可貴在於「不煩繩削而自合」，充分肯定陶詩的自然天成：

寧律不諧而不使句弱，用字不工不使語俗，此庾開府之所長也，然有意於為詩也。至於淵明，則所謂不煩繩削而自合者。雖然，巧於斧斤者多疑其拙，窘於檢括者輒病其放。孔子曰：「甯武子其智可及也，其愚不可及也。」淵明之拙與放，豈可為不知者道哉。〔註49〕

黃庭堅認為陶詩擺脫了藝術技巧的束縛，達到了渾然天成的藝術境界，這才是詩歌創作的要義。黃庭堅創作了許多質樸平淡、韻味深厚的詩歌，尤其是他晚年將陶詩作為學習的典範，並深得陶詩精髓。呂本中曾評價說：「淵明、退之詩，句法分明，卓然異眾，惟魯直為能深識之。」〔註50〕可謂得之。

在經歷了靖康之亂後，宋室南遷，偏安一隅，北方大好河山相繼淪於金人鐵蹄之下。國勢之衰頹、社會之動盪，不可避免地影響到南宋文人的心態。在民族矛盾激化的背景之下，愛國思潮湧起，陶淵明「恥事二姓」的氣節備受時人的推崇。如南宋詩論家葛立方所言：「世人論淵明自永初以後，不稱年號，只稱甲子，與思悅所論不同。觀淵明《讀史》九章，其間皆有深意，其尤章章者，如《夷齊》《箕子》《魯二儒》三篇。《夷齊》云：『天人革命，絕景窮居。正風美俗，愛感懦夫。』《箕子》云：『去鄉之感，猶有遲遲。矧伊代謝，觸物皆非。』《魯二儒》云：『易代隨時，迷變則愚。介介老人，時為正夫。』由是

〔註48〕（宋）黃庭堅：《豫章黃先生文集》卷二十四，上海書店1989年版。如無特別說明，下文所引黃庭堅詩皆出於此書，不再一一注釋。
〔註49〕《豫章黃先生文集》，卷二十四。
〔註50〕（宋）呂本中：《童蒙詩訓》，見郭紹虞《宋詩話輯佚》卷下。

觀之，則淵明委身窮巷，甘黔婁之貧而不自悔者，豈非以恥事二姓而然邪。」〔註 51〕充分認同陶淵明的高尚氣節。朱熹認為：「隱者多是帶氣負性之人，陶欲有為而不能者也。」〔註 52〕將他的隱居看作是不能施展抱負的負氣行為，可謂認識陶淵明歸隱的新觀點。

辛棄疾是南宋豪放詞派的代表人物，也是著名的愛國將領。他滿懷報國熱忱，想要為國收復失地，一雪靖康之恥，卻屢遭當權者猜忌，多次被罷官免職，最後只好隱居瓢泉，鬱鬱而終。他把陶淵明作為自己的精神榜樣，在隱居帶湖和瓢泉期間，創作的許多詞作提及淵明：

> 東籬多種菊，待學淵明，酒興詩情不相似。（《洞仙歌·開南溪初成賦》）
>
> 傾白酒，繞東籬，只於陶令有心期。（《鷓鴣天》）
>
> 今宵依舊醉行中。試尋殘菊處，中路候淵明。（《臨江仙·莫向空山吹玉笛》）
>
> 須信採菊東籬，高情千載，只有陶彭澤。〔註 53〕（《念奴嬌·重九席上》）

辛詞中多用「酒」、「菊」、「東籬」等意象，表達對陶淵明隱居生活的嚮往。辛棄疾對陶淵明的認識也經歷了一個過程，從最開始他眼中的飲酒種菊、醉臥北窗、悠然自樂的隱士形象，到後來將淵明與諸葛亮相提並論，「把酒長亭說，看淵明風流酷似，臥龍諸葛」（《賀新郎》）、「往日曾論，淵明似勝臥龍些」（《玉蝴蝶》），辛棄疾認識到陶淵明並不單單是悠然靜穆的隱士，他讀出了陶淵明平淡之下的豪放之氣。朱熹也認識到了這一點：「陶淵明詩，人皆說是平淡，據某看他自豪放，但豪放得來不覺耳。其露出本相者，是《詠荊軻》一篇，平淡底人，如何說得這樣語言出來。」〔註 54〕辛棄疾與朱熹都認識到了陶詩的「豪放」。

〔註 51〕（清）何文煥：《歷代詩話》，中華書局 1981 年版，第 530 頁。

〔註 52〕《陶淵明資料彙編》（上冊），第 74 頁。

〔註 53〕（宋）辛棄疾著，鄧紅梅、薛祥生注：《稼軒詞注》，齊魯書社 2009 年版。

〔註 54〕《陶淵明資料彙編》（上冊），第 74 頁。

陸游也很欣賞陶詩，他在《跋淵明集》中說：「吾年十三四時，侍先少傅居城南小隱，偶見藤床上有淵明詩，因取讀之，欣然會心。日且暮，家人呼食，讀詩方樂，至夜，卒不就食。今思之，如數日前事也。」〔註55〕陸游詠陶的作品也有很多：

我詩慕淵明，恨不造其微。退歸亦已晚，飲酒或庶幾。雨余鋤瓜壟，月下坐釣磯。千載無斯人，吾將誰與歸？（《讀陶詩》）

學詩當學陶，學書當學顏，正復不能到，趣鄉已可觀。（《自勉》）

小園煙草接鄰家，桑柘陰陰一徑斜。臥讀陶詩未終卷，又乘微雨去鋤瓜。〔註56〕（《小園》）

對陶淵明的歸隱田園，南宋時人也有新的見解。詩人黃徹說：「世人論淵明，皆以其專事肥遯，初無康濟之念，能知其心者寡也。嘗求其集，若云：『歲月擲人去，有志不獲騁』，又有云：『猛志逸四海，騫翮思遠翥』、『荏苒歲月頹，此心稍已去』。其自樂田畝，乃卷懷不得已耳。士之出處，未易為世俗言也。」〔註57〕認為淵明少懷濟世之志，不過因為不被當局重用，才轉向田園隱居，是有無奈之感在其中。葉適也持有類似觀點，他說：「陶潛非必於隱者也，特見其不可而知止耳。其所利所得，雖與必隱者無異，其所守則通而當於義，和而蹈於常，所以為憂也。」〔註58〕還有人進一步闡發：「先生之去彭澤也，不知者以為不能為五斗米折腰鄉里小兒，其知者以為女弟之喪也，乃若先生之意，則有在矣。方是時，劉寄奴自以復晉鼎於桓氏竊取之餘，規模所建漸廣，決非臣事晉者，故先生見機而作耳。其誨顏延之之言

〔註55〕傅璇琮主編：《宋才子傳箋證》，遼海出版社2011年版，第353頁。
〔註56〕（宋）陸游著，錢仲聯、馬亞中主編：《陸游全集校注》，浙江古籍出版社2016年版。
〔註57〕（宋）黃徹：《砦溪詩話》，見《歷代詩話序編》，中華書局1983年版，第387頁。
〔註58〕王大鵬等編：《中國歷代詩話選》，嶽麓書社1985年版，第749頁。

曰：『獨正者危，至方則礙。』然則先生之不欲為苟去，豈非得明哲保身之道也哉。」〔註 59〕認為陶淵明的歸隱實際是明哲保身。

宋代出現了多種版本的陶集，較出名的有湯漢注本和李公煥注本，對陶淵明的作品進行校對與注釋，辨別真偽。南宋文人還對陶淵明年譜進行編纂，如王質《栗里譜》、吳仁傑《陶靖節先生年譜》、張縯《吳譜辯證》，將陶的生平、家世與交遊情況等進行了深入考察。此外，南宋時期詩話興起，如葛立方《韻語陽秋》、張戒《歲寒堂詩話》等多有評陶之語，肯定陶詩的藝術成就，這都推動著陶詩的流傳。

兩宋時期，中國封建社會進入後半期，無論是在政治上還是軍事上，都顯現出衰頹的跡象，政治上是高度專制，官僚機構臃腫不堪，一次次政治改革以失敗告終。軍事上面臨內憂外患，對外戰爭屢次慘敗。宋代已經沒有了大唐王朝那種昂揚向上的精神風貌，宋代士人的心境變得低沉蒼老，他們「既進取又退避、既入世又超世、既滿懷希望又時露消沉的雙重人格。對外在事功的失望與幻滅，使他們日益龜縮到內心，希望通過心靈的淡泊寧靜來減輕外在世界的壓力，不能在現實世界成就事功，便在精神世界尋找自在」〔註 60〕。於是，淡泊灑脫的陶淵明便被他們引為知己，成了他們理想的人格標本。如洪邁在《容齋隨筆》中所言：「陶淵明高簡閒靖，為晉、宋第一輩人。」〔註 61〕蘇軾也說：「陶淵明欲仕則仕，不以求之為嫌；欲隱則隱，不以去之為高；饑則扣門而乞食，飽則雞黍以延客。古今賢之，貴其真也。」〔註 62〕此外，宋代儒、釋、道三教合流，也影響著士人的審美

〔註 59〕（宋）王質等撰，許逸民校輯：《陶淵明年譜》，中華書局 1986 年版，第 16～17 頁。

〔註 60〕戴建業：《澄明之境・陶淵明新論》，華中師範大學出版社 1998 年版，第 317 頁。

〔註 61〕（宋）洪邁：《容齋隨筆》，見《陶淵明資料彙編》，第 66 頁。

〔註 62〕鍾憂民：《陶淵明研究資料新編》，吉林教育出版社 2000 年版，第 74 頁。

追求，他們崇尚平淡自然之美，陶詩則呼應了宋人審美傾向的變化。

第四節　金元時期

金朝是由北方的少數民族女真建立，在文化上受宋代影響很大。《金史・文苑傳序》記載：「金初未有文字。世祖以來漸立條教。太祖既興，得遼舊人用之，使介往復，其言已文。太宗繼統，乃行選舉之法，及伐宋，取汴經籍圖，宋士多歸之。」〔註63〕可以說，金代文壇繼承了宋代的文學傳統，對陶淵明的接受也是一脈相承。金人欣賞陶淵明獨立率真的人格精神和恥事二姓的忠節思想，對陶淵明的詩歌也很推崇，創作有和陶、擬陶的作品。

金代著名詩人元好問是尊陶的典型代表，有詩云：「解道田家酒應熟，詩中直合愛淵明」〔註64〕、「陶謝風流到百家」（《自題中州集後》）、「一語天然萬古新，豪華落盡見真淳。」（《論詩三十首》其四）足見他對陶淵明及其作品的欣賞，並且抓住了陶詩「天然」、「真淳」的本質特徵。又如《繼愚軒和黨承旨雪詩四首》其四：

> 愚軒具詩眼，論文貴天然。頗怪今詩人，雕鐫窮歲年。君看陶集中，飲酒與歸田。此翁豈作詩？真寫胸中天。天然對雕飾，真贗殊相懸。乃知時世妝，粉綠徒爭憐。枯淡足自樂，勿為虛名牽。〔註65〕

元好問認為陶詩不假雕飾、質樸自然，是真實地抒發自己的思想感情，與當時詩人雕琢詞句形成鮮明對比，高下立見。「枯淡足自樂，勿為虛名牽」語，讚揚了陶不慕榮利、達生自足的精神品質。元好問模擬陶詩創作了《飲酒五首》《後飲酒五首》《採菊圖》等詩，古樸真淳、意味悠長。

〔註63〕《金史》卷一百二十五，第2713頁。

〔註64〕周烈孫，王斌校注：《元遺山文集校補》卷九，巴蜀書社2012年版，第372頁。如無特別說明，下文引元好問詩皆出自本書，不再一一注釋。

〔註65〕《元遺山文集校補》卷二，第79頁。

金代另一位著名詩人趙秉文也對陶淵明讚譽有加，他說：「陶謝之詩，六一公之文，妙絕一世。」〔註66〕他在《答李天英書》中說：「淵明、樂天，高士之詩也，吾師其意，不師其詞。」〔註67〕表現出他對陶淵明詩歌的推崇。趙秉文對陶淵明的「忠義」氣節多有讚頌，如「淵明初亦仕，跡留心已遠。雅志懷林淵，高情邈雲漢……平生忠義心，回作松菊伴」（《東籬採菊圖》）、「歸來五柳宅，守我不貪寶。長嘯天地間，獨立萬物表」（《和陶淵明飲酒》）。趙秉文自覺學習陶詩，作「和陶詩」三十餘首，在金代詩人中數量最多。他的《和陶淵明飲酒》諸詩詩風簡淡，元好問嘗云：「至五言古詩，則沉鬱頓挫學阮嗣宗，真淳簡淡學陶淵明。」〔註68〕認可他對陶詩的學習。

金代詩人黨懷英很崇拜陶淵明，其《西湖晚菊》詩云：「遠懷淵明賢，獨往誰與期？徘徊東籬月，歲晏有餘悲。」〔註69〕表達了對陶淵明人格精神的欽羡。他在詩中愛用「菊」這一意象，並將之與陶淵明自覺地聯繫在一起，如《黃菊集句》：「九月欲將盡，鮮鮮金作堆。繞籬殘豔密，擁鼻細香來。五色中偏貴，群花落始開。可憐陶靖節，共此一傾杯。」將孤芳高潔的菊花比作不與世俗同流合污的陶淵明。他努力學習陶詩，「清潁去無極，悠悠楚甸深。人家半臨水，村徑曲穿林」（《宿宣灣》）、「岸引枯蒲去，天將遠樹來。行舟避龍節，處處隱漁隈」（《奉使行高郵道中二首》其二），頗得陶詩風致。趙秉文稱讚黨氏：「詩似陶謝，奄有魏晉。」〔註70〕肯定了黨懷英對陶詩的學習。

金人對陶淵明的接受，一方面與當時的社會現實有關。金代戰爭頻發，社會動盪不安，文人飽受易代之苦，尤其是那些由宋入金的文

〔註66〕（金）趙秉文：《題竹溪篆》，見《全遼金文》卷中，山西古籍出版社2002年版，第2366頁。

〔註67〕（金）趙秉文：《滏水文集》卷十九，見《中國文學批評資料彙編》，臺灣成文出版社民國六十八年版，第77頁。

〔註68〕（金）元好問編：《中州集》，華東師範大學出版社2014年版，第191頁。下文引黨懷英詩，皆出於此書，不再一一注釋。

〔註69〕《中州集》，第168頁。

〔註70〕（金）元好問：《承旨黨公》，見《中州集》，第162頁。

士，對金統治者懷有排斥心理，他們在作品中多表現故國之思與亡國之痛。陶淵明不仕二朝的氣節風骨，是他們所欣賞與崇尚的。另一方面，金代詩壇受蘇軾、黃庭堅的影響很大，蘇、黃崇陶的行為自然而然影響到了金代文人。正如元好問所言：「百年以來，詩人多學坡、谷。」〔註 71〕蘇、黃推崇備至的陶淵明成為金人關注和學習的對象。

元代對陶淵明的接受從多方面顯現出來。楊鐮先生在《元詩史》中指出：「元詩文獻稱引頻率最高的古文是陶淵明。」〔註 72〕可以說到了元代，陶淵明的典範地位得到進一步的鞏固。

首先，對陶淵明的人格高度推崇。元代是第一個由少數民族建立起來的大一統政權，對漢族文人來說是一個巨大的打擊，蒙元統治者實行民族歧視政策、廢止科舉，又使文人失去了往日優越的社會地位和政治前途。大批文人選擇了歸隱避世，不事元廷，陶淵明「不為五斗米折腰」的氣節自然成為他們歌詠的對象。如姚燧《歸來園記》云：「陶潛既仕矣，其則心為不忘君，知其不可，以恥束帶見督郵，為目以去。正得孔子燔肉不至，微罪行之遺意。又其言和平微婉，猶元酒希聲，後世雖有效而和之，終不能一造其堂奧。」〔註 73〕汪克寬《和陶靖節歸去來辭》序云：「余幼年讀靖節先生此辭，歎其志節高潔，棄爵祿如土芥。蓋其恥事劉氏，非止遺榮而已也。撫卷三復，敬慕不已，遂倚韻和之，而鄙意微有異於先生。」〔註 74〕還有贊其灑脫恬淡、質樸真率的性格的，如朱右《西齋和陶詩序》曰：「陶淵明當晉祚將衰，欲仕則出，一不獲志，則幡然隱去，夫豈有患得失之意與？」〔註 75〕張雨《淵明》云：「淵明真率人，出處端不欺。饑來乞一餐，有酒斟酌之。乘興廬山招，籃輿亦遲遲。聞鐘

〔註 71〕（元）元好問：《趙閑閑書擬和韋蘇州詩跋》，見《元好問文編年校注》，中華書局 2012 年版，第 1376 頁。

〔註 72〕楊鐮：《元詩史》，人民文學出版社 2003 年版，第 300 頁。

〔註 73〕《陶淵明資料彙編》（上冊），第 122 頁。

〔註 74〕《全元文》卷一五九三，第 106 頁。

〔註 75〕《全元文》卷一五四七，第 530 頁。

便回首，更用一攢眉。」〔註 76〕周景昌《陶潛譚記》云：「古今名山水雖有賢士之跡，苟不託之翰墨以傳，則雖美而弗彰，孰知斯臺之不彰者，於世俗為不幸，乃淵明之深幸也。二公同出晉代，而淵明差後，其高風峻節夐非仲堪所可及，晚歲得以潔身去亂而傲睨一世者，或在於此。是故以文字求之，則斯臺為妄傳，以淵明遯世之意觀之，則所傳或不虛聞。景初之祖因舉勤王義兵弗克，遂避地於茲。然則其徵記也，殆有感淵明之心於千載之下者歟。」〔註 77〕道出了陶淵明超然物外、豪情萬丈的情懷。貢師泰在《跋陶淵明圖》中說：「自司馬氏之東也，一時勳名氣節之偉，風流韻度之雅，蓋不可僂數也。然人物獨稱陶淵明，文章獨稱《歸去來詞》。」〔註 78〕許有壬《弔淵明辭》序曰：「予惟是圖豈不以淵明風節超絕流俗，千載之下，想見其人而求其象邪？然世方倀倀膠沐聲利，顧委心去留，富貴非願，曾捧心効西、墊巾慕郭之不若，矧彷彿風節之萬一。徒使縑素之象，偕走塵俗，九原有知，其不樂於是也審矣。」〔註 79〕陶淵明固守窮節的品格，超凡脫俗的人生哲學以及恬靜自然的人生態度，得到元代文人的高度讚賞。

被王國維先生稱為「一代之文學」的元散曲興起，陶淵明的事蹟被廣泛援引，成為重要的創作素材，陶淵明本人和與之有關的物象，經常成為元曲吟詠的對象：

> 長醉後方何礙。不醒時有甚思。糟醃兩個功名字。醅渰千古興亡事，曲埋萬丈虹蜺志。不達時皆笑屈原非。但知音盡說陶潛是。〔註 80〕（白樸【仙呂・寄生草】《飲》）
>
> 秋景堪題。紅葉滿山溪。松徑偏宜。黃菊繞東籬。正清樽斟潑醅，有白衣勸酒杯。官品極。到底成何濟。歸。學取他淵明醉。〔註 81〕（關漢卿【雙調・碧玉簫】（其九））

〔註 76〕楊鐮主編：《全元詩》，中華書局 2013 年版，第 285 頁。
〔註 77〕《全元文》卷一八一八，第 574 頁。
〔註 78〕《全元文》卷一四〇〇，第 210 頁。
〔註 79〕《全元文》卷一二〇二，第 497 頁。
〔註 80〕隋樹森編：《全元散曲》（上），中華書局 1964 年版，第 193 頁。
〔註 81〕《全元散曲》（上），第 165 頁。

翠竹邊。青松側。竹影松聲兩茅齋。太平幸得閒身在。三徑修。五柳栽。歸去來〔註 82〕。(馬致遠【南呂・四塊玉】《恬退》)

喜歸休。中年後。放懷詩酒。到處追遊。羅綺圍。笙歌奏。正值黃花開時候。把陶淵明生紐得風流。霜林簇錦。雲山展翠。煙水橫秋。〔註 83〕(張養浩【中呂・普天樂】《秋日》)

以上作品有歌詠陶氏辭官歸隱的高尚節操的,有豔羨陶氏閒居生活的,有表達對官場生活的厭倦的,可以看出陶淵明的事蹟已經深入到元代文人的心中了。

其次,對陶淵明的詩歌高度評價。元代的詩評家論陶很多,而且評價極高。楊載云:「詩體三百篇,流為楚詞,為樂府,為古詩十九首,為蘇李五言,為建安黃初,此詩之祖也;文選劉琨阮籍潘陸左郭鮑謝諸詩,淵明全集,此詩之宗也;老杜全集,詩之大成也。」〔註 84〕把陶集作為「詩之宗」看待。方回論詩以「格」為最重要標準,他在《唐長孺藝圃小集序》中說:「詩以格高為第一……予於晉獨推陶彭澤一人格高,足可方嵇阮」,稱讚陶詩為「格之尤高者。」〔註 85〕在《瀛奎律髓》中進一步說:「淵明詩,人皆以為平淡,細讀之,極天下之豪放。」〔註 86〕對陶詩有深刻體認。詩論家陳繹曾推重陶詩:「陶淵明心存忠義,心處閒逸,情真、景真、事真、意真,幾於《十九首》矣;但氣差緩耳。至其工夫精密,天然無斧鑿痕,又有出於《十九首》之表者,盛唐諸風韻皆出此。」〔註 87〕也對陶淵明作出很高評價。元

〔註 82〕《全元散曲》(上),第 233~234 頁。
〔註 83〕《全元散曲》(上),第 423 頁。
〔註 84〕(元)楊載:《詩法家數》,見《歷代詩話》,中華書局 1981 年版,第 735 頁。
〔註 85〕《全元文》卷二一四,第 134 頁。
〔註 86〕(元)方回:《桐江集》卷一,江蘇古籍出版社 1988 年版,第 21 頁。
〔註 87〕(元)陳繹曾:《詩譜》,見丁福保輯《歷代詩話續編》中冊,中華書局 1983 年版,第 630 頁。

末張以寧在《黃子肅詩集》云：「後乎《三百篇》，莫高於陶，莫盛於李、杜。」〔註88〕在元人的詩歌品評視野中，陶淵明始終具有崇高的地位。

第三，和陶之風盛行。陶淵明平淡的詩風深深影響著元代文人，元代詩風自然質樸、不尚文采，與陶詩風格正相契合。元代和陶成為一種普遍的現象，文人創作了大量「和陶詩」，有表達對陶淵明人格理想的追慕的，有借和陶來澆自己心中塊壘的，有將陶引為知音和榜樣來踐行其隱逸之志的，有表達君子固窮之志的，許多詩歌寫得平淡自然，深得陶詩風致。下文將詳細論述元代「和陶詩」創作情況，在此不再贅述。

陶淵明在元代的影響是多維度的，幾乎所有的文學藝術形式都言陶、頌陶，除了詩歌、散曲之外，在元雜劇中也時常能看到陶淵明的影子，以陶淵明為主角的現存有尚仲賢的《陶淵明歸去來兮》，王子一的《劉晨阮肇誤入桃花源》，其他雜劇中提到陶淵明的則不可勝數。在繪畫方面，陶淵明詩文及其人物形象成為重要的繪畫題材，如趙孟頫《淵明歸去來兮辭圖》、錢選《歸去來兮辭圖》、何澄《陶潛歸莊圖》等，「東皋舒嘯」、「乘舟歸來」、「飲酒賞菊」等也是畫家筆下經常表現的內容。

元代對陶淵明如此推崇，有其深刻的原因。首先，從社會層面來看，元代是由異族建立的政權，民族歧視嚴重，漢人、南人地位低下，而且元代廢止了科舉考試，漢族文人仕進之路被阻斷，淪落至社會底層。明人胡侍云：「元時臺省元臣，郡邑正官，皆其國人為之，中州人每每沉鬱下僚，志不獲展……於是，以其用之才，而一寓之乎聲歌之末，以舒其怫鬱感慨之懷，蓋所謂不得其平而鳴焉者也。」〔註89〕生活境遇的變化也導致文人心態發生了重大變化，進而影響到他們的人生選擇。文人積極進取的精神逐步喪失，他們轉而更多地去關注自我，

〔註88〕《全元詩》卷一四六一，第480頁。
〔註89〕（明）胡侍：《珍珠船》，齊魯書社1995年版。

追求逍遙自適的生活，悠然灑脫的陶淵明就成為推崇的對象。據《送詩賞小劄序》記載：「預於丙戌小春望日，以《春日田園雜興》為題，至丁亥正月望日收卷。月終結局，收二千七百三十五卷，選中二百八十名，三月三日揭榜。」〔註 90〕之所以有那麼多人應和，說明詩題切中時人的心理，是廣大文人對田園生活嚮往的真實反映。「學成文武藝，貨與帝王家」本是封建文人的一致追求，但社會現實令他們壯志難酬。作為隱士的陶淵明，為他們指出了另一條道路，作出了一個示範。另一方面，陶淵明「忠節」的形象已深入人心，促使人們更加積極地去擁抱陶淵明。在元人眼裏，陶淵明雖然歸隱田園不問世事，但內心的故國之思並不曾消亡。吳師道在《吳禮部詩話》中指出：「陶公胸次沖淡和平，而忠憤激烈，時發其間，得無交戰之累乎？洪慶善之論屈子，有曰：『屈原之憂，憂國也；其樂，樂天也。』吾於陶公亦云。」〔註 91〕將陶淵明比作憂國憂民的屈原。吳澄《陶淵明集補注序》云：「陶子之詩，悟者尤鮮。其泊然沖淡而甘無為者，安命分也；其慨然感發而欲有為者，表志願也。」〔註 92〕對陶公明君臣之義大加讚賞。趙孟頫有《題桃源圖》《題歸去來圖》《題四畫》等多幅畫作，並附題詩，如《題歸去來圖》：「斯人真有道，名與日月懸。青松卓然操，黃華霜中鮮。棄官亦易耳，忍窮北窗前。撫琴三歎息，世久無此賢。」〔註 93〕趙孟頫將陶淵明視為可與日月同輝的聖賢，可見對陶的推崇之至。元人對陶淵明人格魅力的折服，是接受陶淵明的另一重要因素。

第五節　明清時期

明代文人對陶淵明的接受進一步深入，它既與前代推崇陶淵明其人其詩一脈相承，又注入新的藝術感受和理解，陶淵明的典範地位愈

〔註 90〕陳衍：《元詩紀事》，上海古籍出版社 1987 年版，第 95 頁。
〔註 91〕見丁福保輯《歷代詩話續編》，第 585 頁。
〔註 92〕《全元文》卷四八五，第 360 頁。
〔註 93〕《全元詩》十七冊，第 199 頁。

加穩固。明代文人依然高度認可陶淵明的人格操守，焦竑《陶靖節先生集序》云：「靖節先生人品最高，平生任真推分，忘懷得失。每念其人，輒慨然有天際真人之想。」〔註94〕何夢春認為「陶公自三代而下為第一流人物，其詩文自兩漢以還為第一等作家。惟其胸次高，故其言語妙。」〔註95〕並將其人品與詩品聯繫起來看，高度稱讚陶淵明。歸有光在《陶庵記》中說到：「已而觀陶子之集，則其平淡沖和，瀟灑脫落，悠然勢分之外，非獨不困於窮，而直以窮為娛。百世之下，諷詠其詞，融融然塵查俗垢與之俱化，信乎古之善處窮者也。」〔註96〕進一步稱讚其「推陶子之道，可以進於孔氏之門……予不敢望于邵，而獨喜陶也」〔註97〕，認識到陶淵明「非獨不困於窮，而直以窮為娛」的可貴精神。安磐在《頤山詩話》中也討論了陶淵明思想中的儒家觀念：「陶淵明詩沖澹深粹，出於自然，人皆知之。至其有至聖賢之學，人或不能知也。其詩曰：『先師遺訓，予豈雲墜。四十無聞，斯不足畏』。又曰：『朝與仁義生，夕死復何求』。又曰：『羲農去我久，舉世少復真。汲汲魯中叟，彌縫使其淳』。又曰：『先師有遺訓，憂道不憂貧。瞻望邈難逮，轉欲志長秦。』予謂漢、魏以來，知遵孔子而有志聖賢之學者，淵明也。故表而出之。」〔註98〕認為其「有志聖賢之學」，可以說是新的發見。

明代文學的審美日漸趨向世俗化，文學作品語言變得通俗，內容上也更加貼近百姓日常生活。陶淵明平淡自然的詩風、生活氣息濃厚的詩歌內容，很容易被大眾所接收。明人論及陶詩，都關注到其自然平淡的藝術風格：

> 陶淵明詩沖澹深粹，出於自然。（安磐《頤山詩話》）
>
> 古今尊陶，統歸平淡。（黃文煥《陶詩析義自序》）

〔註94〕《陶淵明資料彙編》（上冊），第143頁。
〔註95〕《陶淵明資料彙編》（上冊），第146頁。
〔註96〕《陶淵明資料彙編》（上冊），第141～142頁。
〔註97〕《陶淵明資料彙編》（上冊），第142頁。
〔註98〕《陶淵明資料彙編》（上冊），第152頁。

淵明託旨沖澹，其造語有極工者，乃大入思來，琢之使無痕跡耳。（王士貞《藝苑卮言》）

靖節詩真率自然，傾倒所有。（許學夷《詩源辨體》）

惟陶之五言，開千古平淡之宗。（胡應麟《詩藪》）

明人對陶詩自然沖淡的美學特徵有較為一致的認識。與前代相比，明代對陶詩的闡釋更加精深與細緻，黃文煥在《陶詩析義》自序中談到：

古今尊陶，統歸平淡；以平淡概陶，陶不得見也。析之以煉字煉章，字字奇奧，分合隱現，險峭多端，斯陶之手眼出矣。鍾嶸品陶，徒曰隱逸之宗；以隱逸蔽陶，陶又不得見也。析之以憂時念亂，思扶晉衰，思抗晉禪，經濟熱腸，語藏本末，湧若海立，屹若劍飛，斯陶之心膽出矣。若夫理學標宗，聖賢自任，重華、孔子，耿耿不忘，六籍無親，悠悠生歎，漢、魏諸詩，誰及此解？斯則靖節之品位，竟當俎豆於孔廡之間，彌朽而彌高者也。開此三例，懸之萬年，佳詠本原，方免埋沒。否則摩詰、韋、孟，群附陶派，誰察其實壤者！〔註99〕

黃文煥在《陶詩析義》中深入到陶詩的內部，對其章句、思想內容、意韻風格等進行了細緻分析，點出了陶詩「奇奧」、「險峭」之處，有許多獨到的見解。黃氏對陶的深入闡釋，也為後人提供了一個範式。許學夷在《詩源辨體》第三十一則中也有對陶詩的具體分析，評陶更加深入和細緻。

明代和陶現象更盛於前代，據袁行霈先生在《論和陶詩及其文化意蘊》一文中統計，明代和陶的有張泐、童冀、李賢、陳獻章、童軒、林俊、吳儼、孫承恩、黎民表、魏學洢、范文煥、歸昌世、李廷昰、陳良謨等〔註100〕。明代士人推崇清高的人格，注重閒適的生活情趣，通過追和陶淵明來表達對陶品格的認同，對其文學審美範式的追求。明代注陶、評陶風氣大開，較為有名的是張溥輯《陶彭澤集》、何孟春

〔註99〕《陶淵明資料彙編》（上冊），第152頁。
〔註100〕袁行霈：《陶淵明研究》，第176頁。

注《陶靖節集》、李贄評《李卓吾先生評選陶淵明集》、黃文煥《陶詩析義》等；此外，陶淵明的事蹟深入明人的生活，明代出現了許多以陶淵明為題材的戲劇和繪畫作品，戲劇作品如高濂的《賦歸記》，許潮的《五陵春》，無名氏的《陶淵明東籬賞菊》等；繪畫有文徵明《桃源別境圖》，仇英《桃源仙境圖》，陳洪綬《歸去來圖》，王仲玉《靖節先生像》，妙聲題《漉酒圖》、《王弘邀淵明圖》，張羽題《陶處士像》，張翠屏題《淵明歸隱圖》，袁敬圻題《淵明五柳圖》等，這些都是陶淵明被深入接受的表現。

作為中國最後一個封建王朝，清朝統治嚴酷，民族矛盾尖銳，清統治者大興文字獄，迫使許多文人選擇隱逸山林，如黃宗羲所言：「自髡髮令下，士之不忍受辱者，之死而不悔。乃有謝絕世事，託跡深山窮谷者；又有活埋土室；不使聞於比屋者……昔陶淵明作《桃花源記》，古今想望其高風，如三神山之不可即；然亦寓言，以見秦之暴耳。秦雖暴，何至人人不能保有其身體髮膚；即無桃花源，亦何往而不可避乎？」〔註101〕清初，許多遺民詩人歌詠陶淵明，如著名詩人顧炎武在詩中寫道：「結駟非吾願，躬耕力尚堪。咄嗟聊綰綬，去矣便投簪……秋籬尋菊蕊，春箔理桑蠶。」〔註102〕又如錢澄之云：「夙昔慕躬耕，所樂山澤居。憂患驅我遠，常恐此志虛。」〔註103〕通過效陶來表達對陶淵明的追慕，錢澄之也像陶淵明一樣歸隱田園，躬耕勞作。

陶淵明作為人品與詩品結合的典範，在清代備受推崇。喬億認為：「淵明人品高出四皓之上。」〔註104〕讚賞他的高風峻節。沈德潛評價陶：「六朝第一流人物，其詩自能曠世獨立。」〔註105〕胡鳳丹說：「靖

〔註101〕《陶淵明資料彙編》（上冊），第175頁。

〔註102〕（清）顧炎武：《陶彭澤歸里》，見《顧亭林詩文集》，中華書局1959年版，第282～283頁。

〔註103〕（清）錢澄之：《田園雜詩》，見《遺民詩》卷四，華東師範大學出版社2012年版，第206頁。

〔註104〕《陶淵明資料彙編》（上冊），第196頁。

〔註105〕《陶淵明資料彙編》（上冊），第198頁。

節為晉第一流人物，而其詩亦如其人，澹遠沖和，卓然獨有千古。」〔註106〕都對其尊崇有加。劉熙載將陶淵明與屈原並稱：「屈靈均、陶淵明皆狂狷之資也。」〔註107〕肯定陶的潔身自好、不與俗流。方宗誠贊陶：「陶公實志在聖賢，非詩人也。」〔註108〕將陶淵明視為聖賢之人。想其人德，愛其詩文，清人對陶詩也一致標舉，讚賞有加。陳祚明稱「千秋之詩，謂惟陶與杜可也」〔註109〕，將陶與杜甫比肩。洪亮吉說「陶彭澤有化工氣象」〔註110〕，查慎行稱讚陶詩「千秋第一人」〔註111〕，對陶淵明的評價又掀起一個新的高潮。

在詩歌藝術方面，清人在讚賞陶詩自然平淡之外，還多有評價其慷慨、豪放的一面。如顧炎武在《菰中隨筆》中指出：「陶徵士、韋蘇州，非直狷介，實有志天下者。陶詩『惜哉劍術疏，奇功遂不成』，韋詩『秋郊細柳道，走馬一夕還』，何等感慨，何等豪宕！」〔註112〕陳祚明云：「千秋以陶詩為閒適，乃不知其用意處，朱子亦僅謂《詠荊軻》篇露本旨。自今觀之，《飲酒》、《擬古》、《貧士》、《讀山海經》，何非此旨……語之暫率易者，時代為之。」〔註113〕吳菘云：「淵明非隱逸流也，其忠君愛國，憂愁感憤，不能自已，間發於詩，而詞句溫厚和平，不激不隨，深得《三百篇》遺意。」〔註114〕認識到陶詩不僅有平淡的一面，也有經世憂國的一面。鍾秀云：「陶靖節胸次闊大，世間事能容得許多，而無交戰之累，故憂國樂天，並行不悖……往往賦詩言志，平淡之中，時露激烈。」〔註115〕清人對陶詩的認識，有新的開拓。

〔註106〕《陶淵明資料彙編》（上冊），第260頁。
〔註107〕《陶淵明資料彙編》（上冊），第251頁。
〔註108〕《陶淵明資料彙編》（上冊），第253頁。
〔註109〕《陶淵明資料彙編》（上冊），第180頁。
〔註110〕《陶淵明資料彙編》（上冊），第214頁。
〔註111〕《陶淵明資料彙編》（上冊），第195頁。
〔註112〕《陶淵明資料彙編》（上冊），第177頁。
〔註113〕（清）陳祚明：《采菽堂古詩選》，見《陶淵明資料彙編》，第180頁。
〔註114〕（清）吳菘：《論陶》，見《陶淵明資料彙編》，第187頁。
〔註115〕（清）鍾秀：《陶靖節記事詩品》，見《陶淵明資料彙編》，第240頁。

清人對陶淵明形象進行儒化，許多評陶語言中用到「聖賢」字眼，如吳淇在《六朝選詩定論》中指出：「靖節之人，聖賢之人也，其言純乎聖賢之言。」〔註116〕溫汝能云：「安貧樂道，即置之孔門，直可與顏、曾諸賢同一懷抱。」〔註117〕沈德潛云：「陶公人品，不在季次、原憲下。」〔註118〕對於清代陶淵明被強烈儒化的原因，有研究者認為一方面是因為清代大力提倡程朱理學，儒家道德深入人心，陶淵明被認為是親儒家、重倫理的高人雅士；另一方面是遺民文人與陶淵明有相近的人生經歷和心理體驗，使他們對陶淵明產生刻骨銘心的尊崇，視其為儒家道德的化身。〔註119〕

晚清著名學者王國維在繼承和發展我國傳統文學批評理論的基礎上，借鑒和吸收西方美學觀念，開創性地提出「境界說」。他在《人間詞話》中開宗明義地指出：「詞以境界為最上。有境界則自成高格，自有名句」，並進一步強調：「言氣質，言格律，言神韻，不如言境界。有境界，本也。氣質、格律、神韻，末也。有境界而三者隨之矣。」〔註120〕將境界視作文藝創作中的最高準則。王國維將境界劃分為「有我之境」和「無我之境」，並將陶淵明的詩句劃入「無我之境」，他寫道：「有有我之境，有無我之境。『淚眼問花花不語，亂紅飛過秋韆去』，『可堪孤館閉春寒，杜鵑聲裏斜陽暮』，有我之境也；『採菊東籬下，悠然見南山』，『寒波澹澹起，白鳥悠悠下』，無我之境也。有我之境，以我觀物，故物皆著我之色彩；無我之境，以物觀物，故不知何者為我，何者為物。古人為詞，寫有我之境者為多，然未始不能寫無我之境，此在豪傑之士能自樹立耳。」〔註121〕王氏認為陶詩高出眾人，達

〔註116〕《陶淵明資料彙編》，第179頁。
〔註117〕（清）溫汝能：《陶詩匯評自序》，見《陶淵明資料彙編》，第222頁。
〔註118〕（清）沈德潛：《古詩源》，見《陶淵明資料彙編》，第201頁。
〔註119〕王明輝：《陶淵明研究史論略》，河北大學2003年博士學位論文，第107～108頁。
〔註120〕（清）王國維：《人間詞話》，上海古籍出版社2004年版，第3頁。
〔註121〕（清）王國維：《人間詞話》，第5頁。

到了最高境界。王國維進一步提出「隔」與「不隔」之說來作為衡量文學作品意境高下的評判標準，並將陶詩歸為「不隔」：「問隔與不隔之別，曰：『陶、謝之詩不隔，延年則稍隔矣。東坡之詩不隔，山谷則稍隔矣。』〔註 122〕王國維又舉出很多例子來論述「隔」與「不隔」，在他看來，那些自然、真淳的文學作品屬於「不隔」之類，這正與陶淵明的詩歌藝術相契合。王國維對陶淵明非常推崇，他在《文學小言》中指出：「屈子之後，文學上之雄者，淵明其尤也。」〔註 123〕他認為偉大詩人需是人格德行與文學藝術的結合：「三代以下之詩人，無過於屈子、淵明、子美、子瞻者。此四子者，若無文學之天才，其人格亦自足千古。故無高尚偉大之人格，而有高尚偉大之文章者，殆未之有也」、「天才者，或數十年而一出，或數百年而一出，而又須濟之以學問，帥之以德性，始能產生真正之大文學，此屈子、淵明、子美、子瞻等所以曠世而不一遇也。」〔註 124〕給予了陶淵明極高的評價，王國維也為後世陶淵明研究開闢了新的路徑。

清代樸學盛行，學術界重視文獻的考據、彙編，涉及到陶詩的文獻資料彙編，陶集版本校勘、箋注，年譜的修編等著作有很多。這一時期，出現了四種陶淵明年譜，分別是顧易的《柳村譜陶》、丁晏的《陶靖節年譜》、陶澍的《靖節先生年譜考異》、楊希閔的《晉陶徵士年譜》，對後世陶淵明研究具有重要意義。進入清代，和陶、效陶和擬陶的詩人更多了，無法詳計，較為有名的有施閏章、查慎行、舒夢蘭、姚椿等。清代品評陶詩的人很多，《陶淵明資料彙編》中收錄的清代文人評陶者就有八十多家，較出名的有陶澍《陶靖節先生集》、溫汝能《陶詩匯評》、方宗誠《陶詩真詮》等，尤其以陶澍評注的《靖節先生集》為標誌性成果。

〔註 122〕（清）王國維：《人間詞話》，第 42 頁。

〔註 123〕劉剛強編：《王國維美論文選》，湖南人民出版社 1987 年版，第 105～106 頁。

〔註 124〕劉剛強編：《王國維美論文選》，湖南人民出版社 1987 年版，第 105 頁。

關於《陶淵明集》的注本有很多，如湯漢注本、李公煥箋注本、何孟春注本、黃文煥析義本、邱嘉穗箋本、吳瞻泰匯注本、蔣薰評本等，但均不太完善。陶澍在參考前人注陶的基礎上，進行詳細地校勘與集注集評，可以說是陶集注本的集大成者。《四部備要書目提要》評陶澍《靖節先生集》:「諸家評陶，均關作者旨趣，薈萃成編，尤便檢覽。年譜以王雪山質、吳仁傑斗南所著之譜，並列於前，仿張續季長辯證先例，參考宋、元以來諸家所說，別為考異，於靖節出處之際，釣遊之所，搜討極為詳覈。故自來編靖節詩文集者，通行之本甚多，當以此本為最完善。」〔註125〕首先，陶澍對陶集進行了系統的校訂，糾正以往注本的訛誤、撰成「校勘記」293條之多。其次，對陶詩的藝術風格進行精彩的闡釋，準確把握陶詩的內容與藝術形式，提出許多新解，具有開創性。最後，對陶集作出了豐贍細緻的集注與廣博全面的集評，《靖節先生集》成為注釋最為完備的陶集注本。可以說，清代對陶淵明的研究掀起新的高潮，研究成果豐碩。

縱覽清代對陶淵明的接受，無論是在廣度還是深度上，都達到了一個新的高度，它既是對前代陶淵明接受史的總結，又是對近現代陶淵明接受的開啟。

〔註125〕《四庫備要書目提要》，中華書局1936年版，第8頁。

第二章　宋元時期和陶現象概述

第一節　蘇軾的「和陶詩」

蘇軾在謫居儋州時曾寄書給其弟蘇轍，論及自己的「和陶詩」創作：

> 古之詩人，有擬古之作矣，未有追和古人者也。追和古人，則始於東坡。吾於詩人，無所甚好，獨好淵明之詩。淵明作詩不多，然其詩質而實綺，臞而實腴，自曹、劉、鮑、謝、李、杜諸人皆莫及也。吾前後和其詩，凡一百有九篇，至其得意，自謂不甚愧淵明。今將集而並錄之，以遺後之君子，其為我志之。然吾於淵明，豈獨好其詩也哉？如其為人，實有感焉。〔註 1〕

從上面這段話可以看出蘇軾對陶淵明的篤好之深與推崇之高。首先，蘇軾對陶淵明的詩歌特別推崇，認為曹、劉、鮑、謝、李、杜等人都不及陶氏；其次，他發掘了陶詩「質而實綺，臞而實腴」的美學特質；第三，他認為自己是追和陶淵明的第一人，也是追和古人的第一人；最後，蘇軾不單喜歡陶詩，更對陶淵明的為人「實有感焉」。

然而追和古人，卻不是蘇軾的首倡。在唐代即有追和古人的作

〔註 1〕（宋）蘇軾：《與蘇轍書》，見（清）王文誥輯注、孔凡禮點校《蘇軾詩集》，中華書局 1996 年版，第 1882 頁。

品，如李賀有《追和柳惲》，柳惲是齊梁時期的名詩人，李賀還有一首《追和何謝銅雀妓》；皮日休有《追和幽獨君次韻二首》和《追和虎丘寺清遠道士詩》，這些都是追和古人的作品，皮日休在《追和幽獨君次韻二首》中還用到了次韻的手法。次韻詩屬於唱和詩的一種，最早見於《南史·周興嗣傳》：「時武帝以三橋舊宅為光宅寺，敕興嗣與陸倕各製寺碑，及成俱奏，帝用興嗣所製。自是銅表銘、柵塘碣、檄魏文、次韻王羲之書千字，並使興嗣為文。」〔註2〕梁武帝命周興嗣以王羲之帖中的字為韻來寫文章，是為次韻。北宋劉攽在《中山詩話》中指出：「唐詩庚和，有次韻，先後無易。有依韻，同在一韻。有用韻，用彼韻不必次。」〔註3〕唱和詩有三種形式，分別是次韻、依韻和用韻。次韻又叫步韻，是用原詩的韻字，且先後次序完全相同；依韻是指和詩與原詩所用的韻字屬於同一個韻部即可；用韻是用原詩的韻字而先後次序不必相同。在唱和詩這三種形式之中，以次韻最具難度，也最能體現出詩人之才。

清人趙翼《甌北詩話》載：「古來但有和詩，無和韻。唐人有和韻，尚無次韻；次韻實自元、白始。依次押韻，前後不差，此古所未有也。而且長篇累幅，多至百韻，少亦數十韻，爭能鬥巧，層出不窮，此又古所未有也。他人和韻，不過一二首，元、白則多至十六卷，凡一千餘篇，此又古所未有也。以此另成一格，推倒一世，自不能不傳。」〔註4〕趙翼認為次韻詩創作始於元、白，其實在元、白之前，李端和盧綸就創作有次韻詩，不過不像元、白二人那樣大規模進行次韻唱和。元稹與白居易之間的往來唱和以次韻相酬，以難相排，競技爭勝，形成了著名的「元和體」。晚唐詩人皮日休和陸龜蒙也學習仿傚，寫下大量次韻酬唱的詩歌。

〔註2〕（唐）李延壽撰：《南史》卷七十二，中華書局1975年版，第1780頁。

〔註3〕（清）何文煥輯：《歷代詩話》，中華書局1981年版，第289頁。

〔註4〕（清）趙翼：《甌北詩話》卷四，見郭紹虞編選，富壽蓀校點《清詩話續編》，上海古籍出版社1983年版，第1175頁。

到了宋代，次韻詩創作更為繁盛，成為文人之間唱和的重要方式。宋初有李昉、李至的《二李唱和集》，楊億、劉筠、錢惟演等人迭相唱和，有《西崑酬唱集》。歐陽修、梅堯臣等洛下文人集團也寫下大量酬唱詩歌。元祐時期，蘇門文人大力創作唱和詩，日本著名漢學家內山精也曾做過統計，蘇軾共創作次韻詩 785 首，約占其詩歌總數的三分之一，無論在數量上還是頻率上，都壓倒了同時代的其他詩人。〔註 5〕

蘇軾是封建士大夫的代表人物，他從小接受儒家教育，「奮厲有當世志」〔註 6〕，具有遠大的政治理想。《宋史》記載：「生十年，父洵遊學四方。母程氏親授以書，聞古今成敗，輒能語其要。程氏讀東漢《范滂傳》，慨然太息。軾請曰：『軾若為滂，母許之否乎』？程氏曰：『汝能為滂，吾顧不能為滂母邪。』」〔註 7〕蘇軾以范滂為榜樣，希望施展抱負有所作為。嘉祐二年，蘇軾與其弟蘇轍一同進士及第，名動京師，「自京師至於海隅障徼，學士大夫，莫不人知其名，家有其書」〔註 8〕。之後蘇軾先後就任鳳翔府通判、八州太守，仕途順達。熙寧二年，王安石變法，新舊黨爭呈現愈演愈烈之勢。初時，蘇軾站在舊黨的立場上，連續上書神宗反對新法。《石林詩話》記載：「熙寧初，時論既不一，士大夫好惡紛然，同在館閣，未嘗有所向背。時子瞻數上書論天下事，退而與賓客言，亦多以時事為譏誚，同極以為不然，每苦口力戒之，子瞻不能聽也。出為杭州通判，同送行詩有『北客若來休問事，西湖雖好莫吟詩』之句。及黃州之謫，正坐杭州詩語，

〔註 5〕〔日本〕內山精也：《蘇軾次韻詞考——以詩詞之間所呈現的次韻之異同為中心》，載於《中國韻文學刊》2004 年第 4 期，第 39 頁。

〔註 6〕（宋）蘇轍：《亡兄子瞻端明墓誌銘》，《欒城後集》卷二十二，中華書局 1990 年版，第 1117 頁。

〔註 7〕（元）脫脫：《宋史》卷三百三十八，中華書局 1977 年版，第 10801 頁。

〔註 8〕（宋）曾鞏：《蘇明允哀辭》，見《蘇軾資料彙編》，中華書局 2004 年版，第 13 頁。

人以為知言。」〔註9〕蘇軾的言論引起神宗的不滿，也遭到新黨的嫌憎。熙寧四年，蘇軾外任杭州通判，後又移密州、徐州、湖州。在這期間，他秉持著有補於國的理想，繼續上奏針砭新法，為之後的「烏臺詩案」埋下了隱患。這一時期，因蘇軾詩歌中涉及淘淵明較少，可以說是蘇軾接受陶詩的始發期。

元豐二年，「烏臺詩案」發生，成為蘇軾人生的轉折點。蘇軾的政敵積極網羅罪名，欲置蘇軾於死地。蘇軾被控以「譏諷文字」、「愚弄朝廷」的罪名，下罪御史臺監獄。「夢繞雲山心似鹿，魂驚湯火命如雞」(《予以事繫御史臺獄，獄吏稍見侵，自度不能堪，死獄中，不得一別子由，故作二詩授獄卒梁成，以遺子由，二首》其二)，是他在獄中悲苦心態的真實寫照。後來蘇軾雖免於死刑，但遭受這一沉重打擊，對他的思想產生了深刻影響。他在《答李端叔書》中說道：「得罪以來，深自閉塞，扁舟草履，放浪山水間，與樵漁雜處，往往為醉人所推罵。輒自喜漸不為人識，平生親友無一字見及，有書與之亦不答，自幸庶幾免矣。」〔註10〕經歷過一場生死攸關的牢獄之災，體會到了仕途之艱險、人心之毒惡，蘇軾閉門謝客，放浪於山水之間，以求避禍全身。蘇軾激昂奮進的心態也變得晦暗深沉了，他開始對過往的積極用世進行反思。

出獄之後，蘇軾被貶黃州，開始了他的躬耕生活。他在《東坡八首》詩序中說：「余至黃州二年，日以困匱。故人馬正卿哀余乏食，為於郡中請故營地數十畝，使得躬耕其中。地既久荒為茨棘瓦礫之場，而歲又大旱，墾闢之勞，筋力殆盡。釋耒而歎，乃作是詩，自愍其勤，庶幾來歲之入，以忘其勞焉。」〔註11〕在辛苦的開荒勞作中，體會到

〔註9〕(宋)葉夢得：《石林詩話》，見《歷代詩話》，中華書局1981年版，第417頁。

〔註10〕孔凡禮點校：《蘇軾文集》卷四十九，中華書局1986年版，第1432頁。

〔註11〕李之亮箋注：《蘇軾文集編年箋注》卷十二，巴蜀書社2011年版，第215頁。

了淵明的躬耕之苦。元豐五年作《江城子》：「夢中了了醉中醒。只淵明，是前生。走遍人間，依舊卻躬耕。」躬耕雖苦，卻苦中有樂，蘇軾以陶淵明自比，將他作為自己心靈的慰藉。在這一時期，無論是在心理上還是生活上，蘇軾都與陶淵明更為接近。他在詩歌中多次提到「陶潛」、「淵明」、「彭澤」等，如「胡不歸去來，滯留愧淵明」〔註 12〕（《湯村開運鹽河雨中督役》）、「不獨江天解空闊，地偏心遠似陶潛」（《遠樓》）、「且待淵明賦歸去，共將詩酒趁流年」（《寄黎眉州》）、「老去尚餐彭澤米，夢歸時到錦江橋」（《自昌化雙溪館下步尋溪源至治平寺二首》其二）這些詩句，表達了蘇軾對陶淵明的追慕，對田園生活的嚮往。

元祐七年，蘇軾於揚州作《和陶飲酒二十首》，這是他「和陶詩」創作的開端，其餘和詩先後在惠州、儋州創作。直到元符三年他離開儋州，才停止了「和陶詩」的寫作，前後和陶多達 109 篇。〔註 13〕關於蘇軾「和陶詩」的內容，大致可分為以下三類：

一、反映謫居的日常生活

蘇軾剛謫居嶺海時，生活十分清苦，面臨著缺衣少食、忍受飢寒的窘況，在「和陶詩」中多有反映。如《和陶詠貧士七首》其五云：「豈知江海上，落英亦可餐。典衣作重陽，徂歲慘將寒。無衣粟我膚，無酒顰我顏。貧居真可歎，二事長相關。」《和陶歲暮作和張常侍》云：「米盡初不知，但怪饑鼠遷。」可見他的生活之艱難。但同時嶺南的秀美風光深深吸引著他，使他投入到山野自然的懷抱之中，許多詩歌寫得饒有趣味，如《和陶歸園田居六首》其一：

〔註 12〕（宋）蘇軾：《湯村開運鹽河雨中督役》，見（清）王文誥輯注，孔凡禮點校：《蘇軾詩集》卷八，中華書局 1982 年版，第 389 頁。如無特別說明，蘇軾詩歌皆引自本書，不再一一注釋。

〔註 13〕關於蘇軾「和陶詩」數量問題，學界有 124 首與 109 首之分歧。金甫暻在博士論文《蘇軾和陶詩研究》19～25 頁中有詳細考辨，今採其說。

環州多白水，際海皆蒼山。以彼無盡景，寓我有限年。東家著孔丘，西家著顏淵。市為不二價，農為不爭田。周公與管蔡，恨不茅三間。我飽一飯足，薇蕨補食前。門生饋薪米，救我廚無煙。斗酒與隻雞，酣歌餞華顛。禽魚豈知道，我適物自閒。悠悠未必爾，聊樂我所然。〔註 14〕

此詩反映了蘇軾被貶惠州時期的生活情況，表現了對自然風光的熱愛與田園之趣。詩中前半段描寫了當地秀麗的自然風光以及淳樸的民風民俗，後半段寫自己的生活，雖然食物匱乏，多靠門生救濟，但自己的內心卻是快樂滿足的。《和陶歸園田居六首》其三云：「步從父老語，有約吾敢違。」表現了與農人之間輕鬆自在的交往。《和陶田舍始春懷古二首》其二、《和陶怨詩示龐鄧》表現躬耕勞作的生活，《和陶詠貧士七首》其五寫無酒可飲、忍受飢寒的境況，《和陶時運》寫了他親手建造房屋的情況，《和陶遊斜川》寫自己攜幼子外出遊玩等，蘇軾通過「和陶詩」展示了他謫居生活的方方面面。

二、表現親情與友情

蘇軾與其弟蘇轍感情甚篤，在「烏臺詩案」發生後，蘇轍上書朝廷為蘇軾求情，亦受到了牽連。《和陶止酒》描寫蘇軾、蘇轍兄弟被貶南蠻之地相遇的情形：「相逢山谷間，一月同臥起。茫茫海南北，粗亦足生理。」〔註 15〕字裏行間充滿了手足深情。又如《和陶停雲》：「雲屯九河，雪立三江。我不出門，寤寐北窗。念彼海康，神馳往從。」〔註 16〕表達了對蘇轍的思念。蘇軾很喜歡自己的幼子蘇過，在被貶海南之時，身邊只有蘇過陪著，「一笑問兒子，與汝定何親。從我來海南，幽絕無四鄰。耿耿如缺月，獨與長庚晨。此道固應爾，不當怨無人」〔註 17〕，流露出對幼子的愛。

〔註 14〕《蘇軾詩集》卷三十九，第 2104 頁。
〔註 15〕《蘇軾詩集》卷四十一，第 2245～2246 頁。
〔註 16〕《蘇軾詩集》卷四十一，第 2269 頁。
〔註 17〕《蘇軾詩集》卷四十一，第 2272 頁。

此外，表現與友人的深厚情誼的，有《和陶答龐參軍》《和陶與殷晉安別》《和陶王撫軍座送客》，這三首詩酬贈的對象是同一個人，昌化軍使張中。《和陶與殷晉安別》是為友人張中送行時所作，他在詩中寫道：「仍將對床夢，伴我五更春。暫聚水上萍，忽散風中雲。恐無再見日，笑談來生因。」〔註18〕依依不捨之情躍然紙上。還有《和陶贈羊長史》《和陶田舍春懷古二首》《和陶和胡西曹示顧賊曹》等詩，均寫得情真意切。

三、詠史與說理

蘇軾博學多識，通曉歷史，他在許多「和陶詩」中運用典故來寄寓懷抱，抒發感慨。這些詠史的詩歌可分為兩類，一類是對陶淵明原詩歌詠的歷史人物加以評論，如《和陶詠二疏》《和陶詠三良》《和陶詠荊軻》等；另一類是對陶淵明其人的歌詠，如《和陶詠貧士》其二，高度讚揚陶的歸隱田園；《和陶飲酒二十首》其二，表達對陶「清真」品格的崇慕；說理的有《和陶形贈影》《和陶影答形》《和陶神釋》三首，蘇軾出入儒、釋、道三家，形成了融匯眾長的獨特哲學思想，指出了「形」、「影」、「神」三者之間對立統一的關係，表現了他對人生的哲理性體會。

對於蘇軾的「和陶詩」，歷來有不少評論，且褒貶不一。同時代的晁以道曾說：「其和人詩用韻妥帖圓成，無一字不平穩。蓋天才能驅駕，如孫、吳用兵，市井烏合，亦皆為我臂指，左右前卻，在我顧盼間，莫不聽順也。前後集似此類者甚多，往往有唱首不能逮者。」〔註19〕對蘇軾和陶創作高度認可。洪邁也對其讚譽有加：「坡公天才，出語驚世，如追和陶詩，真與之齊驅。」〔註20〕清紀昀對蘇軾「和陶

〔註18〕《蘇軾詩集》卷四十二，第2321頁。

〔註19〕（宋）朱弁《風月堂詩話》，見（宋）惠洪、朱弁、吳沆撰，陳新點校：《冷齋夜話．風月堂詩話．環溪詩話》，中華書局1988年版，第108頁。

〔註20〕（宋）洪邁撰，孔凡禮點校：《容齋隨筆》，中華書局2005年版，第184頁。

詩」也作過不少評價，如「皆居然似陶，猝不易別」、「極平淺而有深味，神似陶公」〔註 21〕，認為蘇軾和陶技巧純熟，風格也頗似陶詩，給予了很高評價。但同時，對蘇軾的「和陶詩」，也有不同的觀點和認識。如朱熹評其和陶詩雖「似不費力」，但是卻「失其自然之趣」〔註 22〕，元好問指出：「東坡和陶，氣象只是東坡，如『三杯洗戰國，一斗消強秦』，淵明決不能辦。」〔註 23〕認為二者氣象不同。又如清王文誥評蘇軾「和陶詩」：

> 公之和陶，但以陶自託。至於其詩，極有區別。有作意傚之，與陶一色者；有本不求合，適與陶相似者；有借韻為詩，置陶不問者；有毫不經意，信口改一韻者。若《飲酒》、《山海經》、《擬古雜詩》，則篇幅太多，無此若干作意，勢必雜取詠古紀遊諸事以足之，此雖和陶，而有與陶絕不相干者，蓋未嘗規規於學陶也。又有非和陶而意有得於陶者，如《遷居》、《所居》之類皆是。其《觀棋》一詩，則駕陶而上之，陶無此脫淨之文，亦不能一筆單行到底也。誥謂公《和陶》詩，實當一件事做，亦不當一件事做，須知此意，方許讀詩。〔註 24〕

王文誥從「作意傚之」、「本不求合」、「借韻為詩」、「毫不經意」、「與陶絕不相干」、「非和陶而意有得於陶」等六個層面來評價蘇軾「和陶詩」，辯證地看待了蘇軾和陶的「似」與「不似」，概括全面，評價精當，給人頗多啟發。

朱靖華在《蘇軾論》中說：

> 統觀蘇軾的全部《和陶》，它除了韻腳、字數與陶詩相同而外，大多是「隨意所遇」的創作，因而它便與陶詩呈現出千差萬別的不同面貌：約言之，有與陶詩內容相近的，也

〔註 21〕《蘇軾詩集》，第 2218、2105 頁。

〔註 22〕（宋）朱熹：《晦庵先生朱文公文集》，上海古籍出版社 2002 年版，第 2755 頁。

〔註 23〕《蘇軾詩集》卷三十五，第 1891 頁。

〔註 24〕《蘇軾詩集》卷三十九，第 2107 頁。

有與陶詩內容相反者；有發展了陶詩原意的，也有與陶詩毫不相干者；有解釋陶詩詩意的，也有與陶詩論點直接爭辯者。〔註25〕

蘇軾和陶的作品有些與陶詩在內容、風格方面很相似，如《和陶飲酒二十首》《和陶擬古九首》《和陶雜詩十一首》《和陶停雲四首》等；有些作品則與原詩沒有什麼關係，如《和陶時運二首》《和陶歲暮作和張常侍》《和陶和胡西曹示顧賊曹》等；甚至有些是與原詩觀點相反的，如《和陶詠三良》《和陶詠荊軻》，陶淵明在詩中對這些歷史人物進行歌頌，蘇軾卻給予否定。

蘇軾在創作「和陶詩」的過程中有意識地追求陶詩平淡自然的詩風，並且達到了相當高的水準，如《和陶遊斜川》：

謫居澹無事，何異老且休。雖過靖節年，未失斜川遊。春江淥未波，人臥船自流。我本無所適，泛泛隨鳴鷗。中流遇洑洄，捨舟步層丘。有口可與飲，何必逢我儔。過子詩似翁，我唱而輒酬。未知陶彭澤，頗有此樂不。問點爾何如，不與聖同憂。問翁何所笑，不為由與求。〔註26〕

全詩平淡樸素，語言淺近，無刻鑿之痕跡，充滿閒適之味。紀昀評價此詩「有自然之樂，形神俱似陶公」〔註27〕。溫如能也說：「起語著一『澹』字，便覺高遠，氣味逼真淵明。」〔註28〕蘇軾此類平淡詩風的作品不在少數，如《和陶歸園田居六首》《和陶飲酒二十首》中的許多篇目，得到歷代詩評者的首肯。

在平淡之外，蘇軾「和陶詩」亦有所開拓，顯示出了蘇軾的本色。蘇軾博學多識、才氣縱橫，喜以議論入詩，以理入詩，缺乏陶詩情景相融、物我合一的天然韻致。宋丘龍在《蘇軾和陶淵明詩之比較研究》中分析到：

〔註25〕朱靖華：《蘇軾論》，京華出版社 1997 年版，第 189～190 頁。
〔註26〕《蘇軾詩集》卷四十二，第 2318～2319 頁。
〔註27〕《蘇軾詩集》卷四十二，第 2319 頁。
〔註28〕（清）溫汝能：《合箋》卷二，見《蘇軾資料彙編》，第 1407 頁。

陶詩讀之，似無用力，和詩讀之，知作者有意為之。東坡和詩多用典，淵明詩甚少用典，此又甚異者。又東坡詩好發議論，就議論本身而見其意；淵明之議論則寓於事中，以敘事見理，而所言之理乃深刻。就辭而言，淵明之辭甚白，幾無儷句，然句之含蘊甚豐富，如：「採菊東籬下，悠然見南山」、「微雨從東來，好風與之俱」、「眾鳥欣有託，吾亦愛吾廬」等句是。東坡則文辭無陶之自然，時有刻意求工之嫌，淋漓之概，則淵明似有不及。綜上所論，東坡和陶之作，未必全然似陶，此是其學問、性情、襟抱有異之故，若句句似陶，意意是陶，則東坡何得為東坡。〔註 29〕

宋丘龍指出了蘇軾「和陶詩」在用典、語言、風格、意蘊等方面與陶詩的差異，並進一步說明是蘇軾的「學問、性情、襟抱」導致了這種差異性。

蘇軾和陶的意義與開創性表現在：

（一）蘇軾是首位大力創作「和陶詩」的詩人。無論是在和陶的數量、內容的豐富性還是藝術成就上，蘇軾在眾多的和陶詩人中無疑是最引人注目的。蘇軾開創了和陶這一獨特的文學範式，在他之後，和陶之風長盛不衰。

（二）蘇軾是陶詩經典化的有力推手。陶淵明的詩歌經歷幾百年的流傳，直到宋代經過蘇軾的追和，其藝術價值才被充分發掘出來，陶淵明在文學史上的地位真正得以確立。蘇軾對陶淵明推崇備至，發掘出陶詩「質而實綺，臞而實腴」的藝術特徵，並稱陶「自曹、劉、鮑、謝、李、杜諸人，皆莫及也」，可以說是振聾發聵之語，蘇軾對陶詩的評價與解讀，對陶詩經典化起到重要作用。蘇軾不僅僅停留在崇陶層面，他創作大量「和陶詩」，形成巨大的影響：「建中靖國間，東坡《和歸去來》，初至京師，其門下賓客從而和者數人，皆自謂得意

〔註 29〕宋丘龍：《蘇軾和陶淵明詩之比較研究》，臺灣商務印書館 1985 年版，第 233～234 頁。

也，陶淵明紛然一日滿人目前矣。」〔註30〕當即引起時人的關注與唱和。

（三）蘇軾對陶淵明形象的建構。蘇軾在年輕時就有感於陶淵明的為人，因「烏臺詩案」被貶之後，對陶淵明的推崇愈來愈深化，以至於「欲以晚節師範其萬一」。晚年的蘇軾完全認同了陶淵明的為人，並將陶淵明的人格理想化，在現實境遇和文化積習下對陶淵明的形象進行建構。唐代文人對陶淵明的人品也很推崇，但是遠沒有達到典範的地位，而且像王維、李白、杜甫等人對陶頗有微詞，認為陶氏的歸隱田園與傳統儒家思想相悖。不同於過去對陶淵明隱士身份的認識，在蘇軾眼裏，「淵明欲仕則仕，不以求之為嫌；欲隱則隱，不以去之為高，饑則扣門而乞食，飽則雞黍以迎客，古今賢之，貴其真也」〔註31〕，陶已經超越出處而達到任真自然、自得自適的狀態，成為古今所認同的賢人了。

蘇軾的人生體驗很豐富，從「居廟堂之高」到「處江湖之遠」，仕途的波折使他深刻體會到了陶淵明的生活和思想，在情感上與陶公產生共鳴，並通過學習陶淵明來反觀自我。蘇軾的「和陶詩」創作，開闢出了詩歌領域的一片新天地。當然，蘇軾並不是簡單地學習模仿陶詩，他的「和陶詩」創作蘊含著自己的思想情趣，在他眼中陶詩不單是平淡自然的，還有「綺」、「腴」等清真之美。總之，蘇軾既接受了陶淵明的平淡詩美，又在「和陶詩」中注入自己的思想與藝術追求，使「和陶詩」呈現出「和而不同」的面貌。蘇軾對陶淵明其人其詩的標榜和推崇，影響到同時代及後世文人學習、闡釋陶淵明的熱情，宋以後和陶之風大開，是蘇軾和陶重要價值的體現。

第二節　宋代其他詩人的「和陶詩」

蘇軾的和陶行為在當時就得到積極響應，其弟蘇轍繼和陶詩四十

〔註30〕（宋）洪邁：《容齋隨筆》，第32頁。
〔註31〕鍾憂民：《陶淵明研究資料新編》，第74頁。

三首，蘇門學士中晁補之有《飲酒二十首同蘇翰林先生次韻追和陶淵明》二十首，張耒有《次韻淵明飲酒詩》十九首，此外蘇轍、秦觀、晁補之、張耒都作有《和歸去來兮辭》，這些「和陶詩」被收入《坡門酬唱集》中。宋人王質曾指出：「元祐諸公，多追和柴桑之辭。自蘇子瞻發端，子由繼之，張文潛、秦少游、晁無咎、李端叔又繼之。崇寧崔德符、建炎韓子蒼又繼之。居閒無以自娛，隨意屬辭，姑陶寫而已，非自附諸公也。」〔註32〕可見宋代士人和陶熱情之高。他們踵繼蘇軾和陶而「非自附諸公也」，意在表明借和陶抒發一己情懷。

蘇轍（1039～1112），字子由，號穎濱遺老，四川眉山人，與其父蘇洵、兄蘇軾合稱「三蘇」。嘉祐二年（1057），蘇轍與蘇軾同登進士第，後任大名府推官。熙寧三年（1070），因上書反對王安石變法，兩年後出為河南推官。元豐二年（1079），蘇軾因「烏臺詩案」被問罪下獄，蘇轍上書請求替兄贖罪，受牽連被貶為監筠州鹽酒稅。後又連遭貶謫，於政和二年（1112）逝世，著有《欒城集》《欒城後集》等。

蘇轍「和陶詩」有《飲酒二十首子由繼和》《止酒子由繼和》《擬古九首子由和》《雜詩子由繼和》《勸農子由繼和》《停雲子由繼和》等，共計四十三首，另有《歸去來兮辭子由繼和》一首。在詩歌內容上，與陶詩頗多相似之處，一是表達安貧樂道的情志，如「斯人今苟在，可與同事國。惜哉委荊榛，忍饑長默默」〔註33〕（《飲酒二十首子由繼和》其十八）、「世人慾困我，我已安長窮。窮甚當辟穀，徐觀百年中」（《次韻子瞻和陶擬古九首》其二）；二是表現對其兄蘇軾的牽掛與思念之情，如「念我東坡翁，忍饑海中央。願翁勿言饑，稷卨調陰陽」（《次韻子瞻和陶雜詩十一首》其三）、「念兄當北遷，海闊煎

〔註32〕（宋）王質：《和陶淵明歸去來辭》序，見《雪山集》卷十一。

〔註33〕（宋）蘇轍：《飲酒二十首子由繼和》其十八，見陳宏天、高秀芳點校《蘇轍集．欒城後集》卷一，中華書局1990年版，第880頁。下文所引蘇轍詩文，皆出自該本，不再一一注釋。

百慮。往來七年間，信矣夢幻如」(《次韻子瞻和陶雜詩十一首》其五）等；三是表達自己的用世之心，蘇轍一生坎坷多難、屢遭貶謫，但他身在江湖卻心懷魏闕，一直關心時局政治，如「商於四父老，攜手初逃秦。翻然感漢德，投足復踐塵……還將山林姿，俯首要路津」(《次韻子瞻和淵明飲酒二十首》其二十)、「羌虜忘君恩，戰鼓驚四隅……邊防未云失，憂懷愧安居」(《次韻子瞻和淵明飲酒二十首》其十）等詩，表現了他對家國世事的關懷。

在藝術風格上，蘇轍某些「和陶詩」既和原詩其韻，又和其意，語言平淡自然，在日常生活中表現哲思，富有韻味。如《次韻子瞻和淵明飲酒二十首》其八云：「明月出東牆，萬物含餘姿。孤蟬庇繁陰，眾鳥棲高枝。」其十二云：「春旱麥半死，夏雨欣及時。出郊視禾田，父老有好辭。」同時，蘇轍和陶也有與陶不似之處，某些詩歌以文為詩，偏重議論和思辨，缺乏詩味。

晁補之（1053～1110），字無咎，號歸來子，濟州鉅野（今山東巨野）人，「蘇門四學士」之一。元豐二年（1079）舉進士，調澶州司戶參軍，北京國子監教授。元祐初，為太學正、著作佐郎，後在齊州、亳州、信州、達州、泗州等地任職。大觀末年卒，年五十八。著有《雞肋集》。

晁補之欣賞陶淵明的品格，張耒在《晁無咎墓誌銘》中寫道：「尤好晉陶淵明為人，其居室園圃，悉取淵明《歸去來詞》以名之。」〔註34〕晁補之有《飲酒二十首同蘇翰林先生次韻追和陶淵明》，詩中多表現對歸隱田園、閒適生活的嚮往，如「誰似子孫子，高棲蘇門山。時隨嶺雲出，又與林鳥還」(其五)、「熟寐暫展轉，覺來一蟬鳴。歸休但如此，便足了平生」(其七)、「疏通養魚鳥，花柳共低迷。時時載酒往，江上亦忘回」(其九)，與陶淵明自然自適的精神相通。晁補之擅長用典，「和陶詩」中涉及到東漢符融，阮籍、孫登等歷史人物，借助

〔註34〕（宋）張耒著，李逸安、孫通海、傅信點校：《張耒集》，中華書局1990年版，第902頁。

古人來抒發一己懷抱。晁補之和陶也多有議論之辭，以議言志，缺少陶詩的情景交融。

張耒（1054～1114），字文潛，號柯山，楚州淮陰（今江蘇淮安）人，「蘇門四學士」之一。熙寧六年（1073）登進士第，任臨淮主簿，累遷著作郎、史館檢討，擢起居舍人。紹聖四年（1097）坐黨籍，後屢遭貶謫。政和四年（1114）卒，著有《柯山集》。

張耒有《次韻淵明飲酒詩十九首》，主要表現對過去生活的反思以及對社會人生的思考。張耒在中年時先後經歷了父母與妻子的離世，加上仕途不暢、生活困頓，促使他借和陶來排遣內心的苦悶，如「榮衰一以異，枯槁易神奇」（其八）、「世間無非苦，病死與生老。相尋無窮已，遞代作榮槁」（其十），面對世間之苦與生死運數，表達了無可奈何之感。在詩歌風格上，張耒「和陶詩」務求淵明平淡自然的詩風，詩歌語言平白淺近，但思想情韻卻與之大不相同。陶詩多是平和靜穆的，而張耒「和陶詩」在平淡外表下飽含激憤與愁緒，沒有陶詩的瀟灑閒遠，張耒更多的是借和陶來抒發懷抱。

南宋時期，「和陶」現象蔚為大觀，和陶詩人有李綱、吳芾、陳造、滕岑、趙蕃、劉黻、葉茵、王阮、黃文雷、蘇泂、戴栩、郭印、張栻、陳與義、趙友直、釋寶曇、仇遠、黎廷瑞、王銍、王之道、陳著、周必大、朱熹、張鎡、羅願、方夔等。追和者，有朝廷重臣、遊宦小吏，以及僧人、隱士、遺民等各個階層，其中李綱、吳芾是最具代表性的兩位和陶詩人。

李綱（1083～1140），字伯紀，號梁溪先生，邵武（今福建南平）人，南宋著名詩人，抗金名將。徽宗政和二年（1112）進士第，歷任太常少卿、兵部侍郎、尚書右丞等職。靖康元年（1126），金兵侵汴京，李綱積極應戰擊退金兵，不久被投降派排擠，屢遭貶謫。紹興十年（1140）卒，追謚「忠定」，著有《梁溪先生文集》。

李綱「和陶詩」現存六十七首，分別為《和陶淵明歸田園六首》《又和陶淵明歸田園六首》《次韻和淵明飲酒詩二十首》《和淵明擬古九首》《次韻淵明讀山海經》《陶淵明嘗設形影神問答賦詩三首讀之有感因次其韻》《秋雨初霽天高氣清獨遊山間意欣然樂之因和淵明遊斜川詩以紀其事》，以及和陶《歸去來兮辭》兩篇。李綱身處兩宋之交，他一心為國、敢於直諫，卻多次被貶，仕途失意，對陶淵明的歸隱田園頗多嚮往。從內容上來看，李綱「和陶詩」大多表現對歸隱田園的渴慕，如《和陶淵明歸田園六首》其一：

我家梁溪傍，門對九龍山。山中有幽趣，遊息可忘年。陸子泉最甘，次之即龍淵。餘波作梁溪，可溉萬頃田。公垂讀書堂，古屋尚數間。我欲隱山下，誅茅占其前。疏泉鑿池沼，植竹來雲煙。縱目望震澤，策杖登山巔。神遊八極表，心跡兩超然。更結蓮社侶，遠追竹林賢。〔註35〕

李綱在詩中描寫了家鄉的秀美山水，他希望回到梁溪故居，像陶淵明一樣過著歸隱田園的生活。在《和陶淵明歸田園六首》其六中，他進一步寫道：「膝橫五弦琴，試鼓南風曲。寄傲北窗下，便覺此身足。開懷酒一壺，寓意棋一局。既使風掃門，還將月為燭。」李綱暢想歸隱後的生活，寄傲北窗之下，撫琴弄曲，飲酒作詩，怡然自樂。

李綱憂國憂民，為抗金做出過巨大貢獻，但他仕途坎坷，遭到同僚的打擊排擠，並多次被貶，所以李綱鬱鬱不得志，心中的不平之氣通過和陶傾瀉出來：「誤學霸王略，肯吐陳平奇。世故乃如此，拙謀何所為。」（《次韻和淵明飲酒詩二十首》其八）表達了自己有志不申的苦悶之情。「少有高世心，壯年此志乖。君門植梧桐，參彼鸞鳳棲。謀身一何拙，墮此百尺泥。卻笑東方生，取容事詼諧」（《次韻和淵明飲酒詩二十首》其八），雖然眼下困頓受挫，卻始終不放棄建功立業的遠大志向。李綱像陶淵明一樣喜歡飲酒，但李綱飲酒，更多的是借酒澆愁，「酌此一壺酒，寵辱那復驚」（《次韻和淵明飲酒詩二十首》其三）、「不如飲美酒，世態何足恃」（《次韻和淵明飲酒詩二十首》其十

〔註35〕（宋）李綱撰：《李綱全集》，嶽麓書社2004年版，卷十二，第131頁。下文所引詩歌皆本此，不再一一注釋。

二），用酒來撫慰心靈的創痛。在李綱「和陶詩」中，還有一類反映了當時的戰亂時局與民生疾苦，如「連年兵火作，景物成丘墟」（《和陶歸田園居六首》其四）、「江邊畏群寇，歲暮當何如？一隅豈易保？巨盜連荊舒」（《和陶淵明擬古九首》其四），宋金交戰使民不聊生，表達了對百姓疾苦的同情。

李綱學習陶淵明平淡自然的詩風，他的「和陶詩」語言平實曉暢，不事雕琢，如「我家梁溪傍，門對九龍山。山中有幽趣，遊息可忘年」（《和陶淵明歸田園六首》其一）、「吾年行四十，意氣非少時。世故茫不知，惟如古人詞」（《和陶淵明歸田園六首》其十四），語言淺近，讀來頗具陶意。李綱喜好用典，「和陶詩」中涉及到商山四皓、周公、嵇康、管仲、鮑叔牙等歷史人物，借古喻今，使詩歌呈現出含蓄蘊藉的面貌。與其他和陶詩人相比，李綱的和陶作品重在對家國的關切、對現實的批評以及自我感情的表達，現實意義更強。

吳芾（1104～1183），字明可，號湖山居士，台州仙居（今台州仙居縣）人。紹興二年（1132）舉進士，遷秘書正字。後秦檜專權，吳芾退然如不識，被貶處、婺、越三郡。後任監察御史，上疏高宗勵精圖治，積極抗金，徐圖中原。歷任禮部侍郎、臨安知府、吏部侍郎、太平知府等職。乾道五年（1169），以龍圖閣直學士告老還鄉，淳熙十年（1183）卒。今存《湖山集》十卷。

吳芾「和陶詩」共計四十三首，大部分作於晚年辭官歸隱之後，「其後退閒者十有餘年，年幾八十，乃漸趨平淡，《和陶》諸詩，當作於其時，亦殊見閒適清曠之致」〔註36〕。吳芾「和陶詩」內容豐富，涉及到對陶淵明的傾慕，寄贈親友，交遊類等。吳芾是一位著名的直臣，《龍圖閣直學士吳公神道碑》記載：「始，公與秦丞相檜有舊，至是秦已專政事，士夫趨者眾。公處其間，獨退然如未嘗相識者。」〔註37〕

〔註36〕傅璇琮主編：《宋才子傳箋證》（南宋前期卷），遼海出版社 2011 年版，第 125 頁。

〔註37〕《宋才子傳箋證》（南宋前期卷），第 125 頁。

吳芾剛正不阿可見一斑。他對陶淵明高尚的節操十分推崇，在「和陶詩」中多有表現，如「淵明生亂世，初不求奮飛。為貧聊一出，違己即言歸」（《和陶詠貧士七首》其一）、「曾未見縣令，有若淵明儔。稍屈便引去，高致更風流。……聲名傳不朽，千古仰前修」（《和陶詠貧士七首》其七）吳芾欣賞陶的風流高致，認為他的聲名會千古不朽，甚至將他當做聖賢來看待，「時取新酒漉，一笑中聖賢」（《和陶詠貧士七首》其二），可見陶淵明在吳芾心中地位之高。

吳芾「和陶詩」中有許多是寄贈親友類的，具體包括懷念友人、勸勉親人、祭奠親朋等，進一步開拓了「和陶詩」的酬唱功能。如「憶昔杜花發，君來訪柴荊。把酒坐花下，歡然話平生。今年秋更好，花還照眼明。無由共清賞，幽恨已難平」（《和陶〈赴假還江陵夜行塗口〉韻寄江朝宗》），回憶過去與友人江朝宗花下飲酒的溫馨場面，如今欲見而不得，表現了對朋友的深切懷念。又如「我愛朱夫子，處世無戚欣。淵明不可見，幸哉有斯人。……顧我景慕久，願見亦良勤。第恨隔千里，無由往卜鄰。安得縮地杖，一到建溪濱」（《和陶〈示周續之祖企謝景夷〉韻寄朱元晦》），將朱熹與陶淵明並論，悵恨相隔千里，無法時常相見，表現了二人的深厚情誼。在《和陶命子韻示津調官》詩中，吳芾勸勉兒子吳津要及時盡孝：「奈何親老，奉親為急。莫待異時，徒然涕泣。」勉勵其學習上進：「既有餘力，且親燈火。讀破萬卷，百倍於我。」勸勉兒子為官要勤政愛民，忠於朝廷：「縱得入侍，朝夕論思。欲供子職，何如在茲。人能盡孝，忠豈遠而。」勉勵同鄉勤奮求學：「學成道尊，富貴自至。不學空虛，非惟自愧。」（《和陶勸農韻勉吾鄉之學者》）在好友陳澤民去世之後，吳芾作詩悼念：「天公亦何事，於此獨無情。一旦棄我去，不復見儀形。痛傷風月夜，空對酒尊盈。」（《和陶悲從弟仲德韻哭陳澤民》）哀歎天公無情，悲痛之情不可自已。吳芾和陶作品語言淺切，很少用典，讀來通俗易懂，不少詩歌得陶公之衝淡自然。

南宋進行「和陶詩」創作的詩人還有很多，「和陶詩」的內容也很豐富，有對陶詩歸隱主題的追和，如陳造《和陶淵明二十首》其五、其八、其九、其十五和其十九，王質《和陶淵明歸去來辭》、王阮《和陶淵明歸園田居》其一、陳起《晚年闢地為圃僭用老坡和靖節歸田園居六韻》、蘇泂《和陶九日閒居》等，表達了對歸隱山林的嚮往；有對飲酒主題的追和，如陳造《和陶淵明飲酒》二十首、滕岑《和陶淵明飲酒詩》等，既表現酒中之趣，又抒寫自己內心的感受；有對守道安貧主題的追和，如趙蕃《和貧士詩》《和淵明乞食詩》，劉黻《追和淵明貧士詩七首》、王阮《和乞食》《和詠貧士》等，歌詠前代名士與賢哲，表達固窮安貧的人生追求；有借和陶來寄贈親友，表達思念之情的，如陳與義《諸公和淵明止酒詩因同賦》《同左通老用陶潛還舊居韻》，張栻《正甫還長沙，復用斜傳日和陶韻為別》等；還有對表現生死主題的追和，如吳芾有《和陶形贈影》《和陶輓歌詩三首》。

相較而言，南宋和陶詩人群體龐大，所處階層也更廣泛，和陶的風氣更為濃厚。在詩歌內容上，北宋「和陶詩」多抒發個人得失與仕途失意，重視對宇宙萬物、人生價值的探求。而南宋「和陶詩」則更傾向於謳歌陶淵明安貧樂道的人生態度與朝代更迭之際的氣節風骨，在內蘊上較為單薄。在藝術風格上，兩宋「和陶詩」都極力模仿陶淵明平淡自然的詩風，但北宋「和陶詩」沾染時代風氣，多以文入詩、以議論入詩，哲理思辨色彩濃厚，缺少渾然天成的意境；南宋「和陶詩」多用「菊」與「酒」等意象，重視意境的營造，但在平淡之餘缺乏韻味，可以說各有得失。

第三節　元代「和陶詩」概述

元代和陶詩人眾多，在他們的詩集中可以明確找到和陶作品的有二十二人（按，本文將南宋遺民詩人納入到元代和陶詩人中進行考察），他們分別是舒岳祥、郝經、方回、牟巘、王惲、戴表元、汪洊雷、仇遠、于石、方夔、劉因、黎廷瑞、任士林、安熙、釋梵琦、吳萊、唐桂芳、桂德稱、戴良、金固、謝肅、張暎。這些和陶詩人的身份較為複雜，南宋遺民有舒岳祥、牟巘、戴表元，隱士有吳萊、安熙、方夔，元廷高官有郝經、王惲，還有一些學官下吏如仇遠、唐桂芳，僧侶釋梵琦等，幾乎在所有群體的詩歌創作中，都能找到陶淵明的影子。

元代「和陶詩」數量也很可觀，據筆者統計，元代「和陶詩」共有三百二十八首（不含和陶《歸去來兮辭》），如下表所示：

序號	詩人	數量	詩文出處	備　註
1	舒岳祥	3	《閬風集》卷一	
2	郝經	118	《郝文忠公陵川文集》卷六、卷七	集內另有《聯句漫興》《桃花源詩》
3	方回	23	《桐江續集》卷五、卷九、卷十五	
4	牟巘	9	《陵陽集》卷一、卷二	
5	王惲	3	《秋澗集》卷二、卷五	
6	戴表元	10	《剡源戴先生文集》卷二十七	
7	汪洊雷	1	《環谷集》卷二	
8	仇遠	1	《金淵集》卷一	
9	于石	1		
10	方夔	2	《富山遺稿》卷一	
11	劉因	76	《靜修先生文集》卷三	
12	黎廷瑞	1		
13	任仕林	1	《松鄉集》卷九	
14	安熙	8	《安默庵先生文集》卷一	
15	釋梵琦	7		
16	吳萊	7	《淵穎集》卷四	
17	唐桂芳	1		
18	桂德稱	1		
19	戴良	51	《九靈山房集》卷二十四	
20	金固	1		

21	謝肅	1	《密庵集》卷四	
22	張暎	2		

從「和陶詩」的內容來看，大致可分為以下幾類：

一是表達對陶淵明的敬慕，歌詠其隱逸情懷與高尚節操。元代政治黑暗，社會矛盾尖銳，漢人地位低下，許多文人尤其是南宋遺民紛紛遁入山林，陶淵明就成為他們傚仿和歌詠的對象。劉因與陶淵明有著相似的人生經歷，內心對隱逸生活也充滿了嚮往，在「和陶詩」中屢屢表達對陶淵明的喜愛，「頗愛陶淵明，寓情常在茲」〔註38〕（《和飲酒二十首》其一），「鬱鬱歲寒松，濯濯春風柳。與君定交心，金石不堅久」（《和擬古九首》其一），他將陶淵明當做異代知音。牟巘後半生是在隱居中度過的，他以陶淵明為榜樣，「緬懷陶彭澤，平生極幾研」〔註39〕（《《東坡九日尊俎蕭然有懷宜興高安諸子姪和淵明貧士七首余今歲重九有酒無肴而長兒在宜興諸兒在蘇杭溧陽因輒繼和》》其二），表達了對陶淵明固守窮節思想的堅守。在朝代更迭的背景之下，遺民詩人們普遍欣賞陶淵明「只書甲子」的忠節精神，方回稱頌陶淵明的高尚氣節：「晉季有詩人，忽如古伯夷。其人果為誰，請讀淵明詩。」〔註40〕（《次韻汪以南閒居漫吟十首》其五）將陶淵明比作不食周粟的伯夷，「何獨嚴與陶，百代流清風」（《擬古五首》其二），認為陶淵明可以流芳百代。戴良也十分欣賞陶氏隱逸高志與忠義思想，如「平生慕陶公，得似斜川時」〔註41〕（《和陶淵明飲酒二十首》其一）、「所以彭澤翁，折腰愧當年。不有酣中趣，高風竟誰傳」（《和陶

〔註38〕（元）劉因：《靜修先生文集》卷三，《四部叢刊》影印元至順間刊本，第3a頁。如無特別標注，下文所引劉因詩皆出自該本，不再一一注釋。

〔註39〕（清）顧嗣立編：《元詩選．初集．甲集》，中華書局1987年版，第218頁。

〔註40〕《全元詩》六冊，第138頁。

〔註41〕（元）戴良：《九靈山房集》卷二十四，《四部叢刊》影印明正統黑口本，第5a頁。如無特別標注，下文所引戴良詩皆出自該本，不再一一注釋。

淵明飲酒二十首》其二），陶淵明的安貧樂道、堅貞節操得到元代和陶詩人的高度認可。

二是表達對回歸的渴望，對隱逸生活的嚮往。郝經的「和陶詩」作於他被拘真州期間，在長達十餘年的囚禁生涯中，郝經無時無刻不祈盼著回歸故土家園，可現實讓他一次次失望，他只好將這種渴望寄託在「和陶詩」中，「歸鳥翩翩，集於深林。飛雲遙遙，反彼高岑。瞻望弗及，實勞我心」〔註 42〕（《歸鳥》），他將自己比作一隻可以自由翱翔的歸鳥，故國遙遙，歸途渺渺，雖然奮力飛翔卻無法到達，內心充滿了失望與痛苦。「念母望北雲，悵然憶家居」（《和劉柴桑釋宋琚念母》）、「河陽有賜田，何日得歸耕」（《辛丑歲七月赴假還江陵夜行途中》），回歸成為郝經「和陶詩」的一個重要主題。元遺民戴良在朱明政權建立後，隱於四明山中，家國之思時時在心中流淌，「越鳥當北翔，夜夜思南棲」（《和陶淵明飲酒二十首》其九）、「悠悠從羈役，故里限東隅。風波豈不思，遊子念歸途」（《和陶淵明飲酒二十首》其十）、「平生慕陶公，得似斜川時」（《和陶淵明飲酒二十首》其一），對陶淵明的隱居生活十分嚮往，隱逸山林成為他重要的精神支撐。方回也渴望像陶淵明一樣，投入到大自然的懷抱，「野田蕎麥傍，松下復問塗。……夜塌醉臥穩，何殊故園居」（《和陶淵明飲酒》其十）、「扶疏窮巷陰，回車想高士。厭聞世上語，相約扶桑止。讀君孟夏詩，千載如見爾。開襟受好風，試學陶夫子」（《和讀山海經十三首》其十二），表達對隱逸生活的渴望。

三是表達固窮安貧的思想。陶淵明「不戚戚於貧賤，不汲汲於富貴」的精神深深影響著元代文人，這也成為元代「和陶詩」的一個重要主題。劉因堅守清貧的生活，「孤危正自念，誰復慮寒饑」（《和移居二首》其一），通過獨善其身來保持高尚的節操。戴良晚年生活十分窘困，「我無半畝宅，三旬才九餐。況多身外憂，有甚饑與寒」（《和陶

〔註 42〕《郝文忠公陵川文集》，第 6a 頁。

淵明詠貧士七首》其五），但他不為貧困所移，「誰云固窮難，邈哉此前修」（《詠貧士七首》其七），戴良通過歌詠以陶淵明為代表的貧士，表達自己安貧樂道的志向。安熙云：「不賴固窮節，孰知身世憂。」（和陶《詠貧士》其七）雖然生活貧苦，但詩人怡然自樂，堅守志節。

四是表現飲酒之樂與借酒消愁。在元代「和陶詩」中有許多關於酒的詩歌，既有借酒求歡，表現飲酒之樂的，也有借酒澆愁，在酒中寄寓懷抱、表達人生感慨的。郝經所作飲酒詩常常出現「深趣」、「真樂」、「真味」等字眼，表達飲酒之樂：「散談坐生風，引滿即徑醉。」（《飲酒》其十三）、「家家社甕熟，相喚插花枝。」（《飲酒》其七）還有一些則是借酒以抒懷：「醉鄉只直道，世路曲如弓。」（《飲酒》其十六）、「醒眼舉作偽，醉時見天真。」（《飲酒》其十九）表現了被羈的苦悶心情。方回也有許多關於飲酒的詩篇，如「杯酒幸到手，無螯亦當持」（《和陶淵明飲酒二十首》其一）、「千載飲酒詩，醉吻謠醒言」（《和陶淵明飲酒二十首》其五）、「兒輩勿戚戚，酒至姑飲之」（《和陶淵明飲酒二十首》其十二），酒中寄託著他複雜的情感。戴良作有《和陶淵明飲酒二十首》，事實上戴良並不是善飲之人，酒對他而言別有深意。他或以酒澆愁，或以酒寄情，或以酒酬唱，都借助「酒」意象表達豐富的內涵。如「忽與一樽酒，日夕歡相持」（《和陶淵明飲酒二十首》其一）、「一觴雖獨進，杯盡壺自傾」（《和陶淵明飲酒二十首》其七），愛好飲酒以至於「若復不醉飲，此生端足惜」（《和陶淵明飲酒二十首》其十五）。

元代「和陶詩」並不全然追求與陶詩有多麼的相似，而是注重借陶詩來抒發情感、袒露心志，在與陶詩的似與不似之間展示著個人不同的遭際與人生感懷。他們借飲酒詩抒發自己的情懷，借固窮內容的詩歌來堅定自己安貧樂道的決心，籍田園詩歌傾訴著在歸與未歸之間徘徊的苦悶。「和陶詩」在元代詩人那裡已不僅僅是對陶淵明的追和之作，更是抒懷之作，是表現他們心靈歷程與個人心態的獨特作品。

陶淵明在元代有著重要的社會影響，首先表現為陶淵明不再是個別作家的創作主題，而成為幾乎所有作家創作不可缺少的題材；其次，不再是表象化的議論、唱和、仿作，而深化成為一種價值判斷標準和人生理念；第三，不是停留在口頭上，而是開始以一種新的形式落實在生活實踐中了，而且，陶淵明的影響貫穿整個元代，對人們生活的影響更加全面、深入而廣泛，影響到了文化藝術的各個層面。〔註 43〕因而，元代不僅是中國歷史上陶淵明研究中不可缺少的一環，更是別具一格的獨特體現。

〔註 43〕傅秋爽：《元代對陶淵明價值再認識》，《中外人文精神研究》（第九輯），第 37 頁。

中　編

第三章　郝經及其「和陶詩」

郝經是元初著名的詩人，在入宋議和被羈押儀真館期間，他創作了兩卷「和陶詩」，集中表現了被羈時的生活和心理狀態。雖然郝經與陶淵明所選擇的人生道路不同，陶淵明「不為五斗米折腰」，最終掛冠而去歸隱田園，而郝經為救天下蒼生出使南宋，體現了「兼濟天下」的儒家理想，但這並沒有影響到郝經對陶淵明的推崇。在被羈押期間，郝經失去了人身自由，內心充滿對家鄉親人的思念，對和談行為的追悔，對元廷冷漠以對的失望，各種情緒糾纏在一起，使他的心情十分失落、痛苦。陶淵明的固窮守節、樂天知命深深影響了郝經，他從陶詩中獲得精神力量，和陶成為他尋求心靈解脫的一劑良藥。

第一節　郝經被拘儀真的處境及心態

郝經（1223～1275），字伯常，澤州陵川（今山西陵川縣）人，元初政治家、文學家。郝經出生在一個書香世家，郝氏八代業儒，是一郡望族。祖父郝天挺為金朝大儒，是著名詩人元好問的老師。後元好問又收郝經為弟子，並勉勵他說：「子貌類汝祖，才器非常。勉之。」〔註 1〕郝經自幼遭遇金末戰亂，跟隨父母不停逃難，這期間曾以稚齡

〔註 1〕（明）宋濂等撰：《元史》卷一百五十七，第 3698 頁。

救母，表現出了過人的智慧。金朝亡國，郝經舉家遷往順天（今河北保定），他苦讀不輟，「雞鳴而起，執薪水之役，晝則營幹家事，稍隙執書讀之而不輟也」〔註 2〕。少年時的郝經志向就非常明確，「不學無用學，不讀非聖書……不務邊幅事，不作章句儒」〔註 3〕，「慨然以興復斯文、道濟天下為己任」〔註 4〕。及長，郝經名聞鄉里，為順天府守帥張柔、賈輔所知，被聘為家塾蒙師，教授諸公子學。張、賈二府中有萬卷藏書，郝經得以博覽群書，積累了深厚的學養。

憲宗二年（1252），忽必烈開邸金蓮川，召見郝經諮詢經國安邦之道，郝經上奏數十條制策，得到忽必烈的賞識。憲宗五年（1255），忽必烈兩次遣使召見郝經，郝經受到莫大鼓舞，感慨「讀書為學本以致用也，今王好賢思治如此，吾學其有用矣」〔註 5〕。六年（1256）正月，郝經條陳治國安邦的建議，勸忽必烈施行仁政，他在《思治論》中說道：「取之以道，治之以道，其統一以遠；取不以道，治之以道者，次之；取與治皆不以道者，隨得而隨失也。」〔註 6〕忽必烈大悅，一連數日引對論事。郝經又陳「立國規模」二十餘條與「天下蠹民害政者」十一條，用儒家學說去影響、勸諫忽必烈，推動蒙元統治者向儒家崇尚的有德君主轉化，後多被忽必烈採納，奠定了元朝初期的政治基礎。

中統元年（1260），忽必烈繼承汗位。四月，遣使召郝經，欲令其使宋。這時兩國處於敵對的狀態，且南宋朝廷並沒有要和談的意向，入宋議和危機重重。友人勸郝經稱疾勿行，郝經卻說：「吾讀書學道三十餘年，竟無大益於世，今天下困弊已極，幸而天誘其衷，主上有意息兵，是社稷之福也。倘乘機挈會，得解兩國之鬥，活億萬生靈，

〔註 2〕（元）郝經：《陵川集》，書目文獻出版社 1988 年版，第 470 頁。
〔註 3〕《陵川集》，第 667 頁。
〔註 4〕《陵川集》，第 470 頁。
〔註 5〕《陵川集》，第 471 頁。
〔註 6〕（元）郝經：《陵川集》卷十八，臺灣商務印書館 1983 年版，第 201 頁。

吾學為有用矣。」〔註 7〕郝經以拯救天下蒼生為己任，完全沒有考慮個人的安危，義無反顧地踏上了行程。忽必烈任命郝經為翰林侍讀學士，賜佩金虎符，充國信使使宋。

與郝經同朝為官的宰相王文統，私下授意其婿李璮在郝經入宋時挑起侵宋事件，以破壞議和，想假手南宋殺害郝經。而南宋宰相賈似道害怕郝經的到來，揭穿他之前虛報戰功的謊言，也想置郝經於死地。於是，中統元年九月，當郝經一行人到達南宋境內的真州時，一張早已織好的羅網便向他們投去。賈似道以元軍犯邊為由將他們拘禁：「館門扃鐍牢固，無故不復啟鑰。院中舊有大樹數株，盡皆斫去。牆高丈餘，上則樹以蘆棚，下則薦之以棘，外則掘壕塹，置鋪屋兵卒，坐鋪者亘百餘人。晝則周圍覘伺，夜則巡邏擊柝，所以防閒控抑者無所不至。」〔註 8〕郝經從此開始了長達十六年囚徒般的生活。在被羈儀真期間，郝經屢次上書宋主、丞相、兩淮制置使等，反覆陳說議和之誠意，分析兩國和戰的利害，如《上宋主陳請歸國萬言書》：「乃一表、復表、再表，一書、復書、再書，牒省院、關制府、陳說者非一，一皆不報。今既綿歷四年，薦更寒暑，禍變外鑠、中熱自焚，抱膂蹙額，氣息縷縷必漸以澌盡……」〔註 9〕可是封封書信如石沉大海，無一字回報。這期間郝經經歷了嚴峻的考驗，宋廷軟硬兼施，屢次派人游說，企圖讓郝經叛元投宋，但郝經不為所動，對元廷始終保持忠心。後又令人殺其伴使，逼其就範，郝經也差點被害，卻依然守節不移。後來他們移居到了新館，「歲丙寅春，三節人有因鬥毆相殺死者，公曰：『若輩拘囚歲久，殆無生意，是不可與久處此困厄也。恐別生事端，玷吾大節。』乃與幕僚苟宗道等六人築館別居於外者，又九年。片天之下，四壁之內，秋霖夏暑，不勝其苦。公處置一定，雖萬折而

〔註 7〕（元）苟宗道：《翰林侍讀學士國信使郝公行狀》，見《全元文》卷四〇六，第 711 頁。

〔註 8〕（元）郝經：《陵川集》，書目文獻出版社 1988 年版，第 474 頁。

〔註 9〕（元）郝經：《陵川集》，書目文獻出版社 1988 年版，第 835 頁。

不屻，著書吟詠自若也。宋人知公志節終不可奪，亦不忍害，反畏而敬之，日給廩餼頗有加焉」。(《元故翰林侍讀學士國信使郝公行狀》)看管他們的官兵敬重郝經的守節行為，日後在生活上給予他們優待。

長時間的被囚生活，使郝經的內心充滿了苦悶與惆悵。作為一儒生，郝經有志於建功立業，他使宋的目的就是為了止戰救民，可這一願望卻無法實現了，不免產生壯志難酬的矛盾心態，這在他的詩中多有反映，如《不寐》云：「蠨蛸竟夜不成網，費盡千絲與萬絲。」蜘蛛不眠不休地結網，費盡千辛萬苦，卻沒有一個結果，正如郝經使宋一般。又如《秋思》其三云：「誰令限南北，洶怒欲相諗。落落彌兵心，於今成貝錦。」當初「彌兵」的雄心壯志，如今卻成為自己被羅織罪名的藉口。時間一天天過去，郝經生出蹉跎光陰的感慨：「滂沱淚沾血，蹉跎望明月。」(《明月》)無可奈何只能悲傷歎息。在夜晚來臨的時候，思鄉之情也湧上心頭：「遙憐燈火罷，兒女夜愁深」(《月夜感懷》)，「傍枕衾裯薄，還家夢亦難。」(《曉起》)詩人想念自己的家鄉，對家中兒女牽腸掛肚。

至元十一年(1274)六月，忽必烈以南宋扣押國信大使郝經為由，大舉伐宋，元軍以銳不可當之勢迅速佔領了江淮之地。宋廷只好派人送郝經北歸，此時他已是龍鍾皓首，疾病纏身。在北上還京的路上，「父老瞻望流涕」〔註10〕，一時觀者如市。僅僅三個月之後，郝經便因病去世，後被追封冀國公，謚曰「文忠」。死前，郝經手書「天風海濤」四個字，再沒有人能解其中含義。此年，汴京有一民射中一隻大雁，雁足繫帛書，有詩云：「霜落風高恣所如，歸期回首是春初。上林天子援弓繳，窮海累臣有帛書。」詩後題：「至元五年九月一日放雁，獲者勿殺，國信大使郝經書於真州忠勇軍營新館。」〔註11〕由此可見其忠貞守節。郝經的忠節行為也得到時人的高度評價：「蹈禍患而弗撓，觸威武而弗懾，忠義肝腸，始終如一。雖蘇屬國之持節漠北，顏

〔註10〕《元史・郝經傳》卷一五七，第3709頁。
〔註11〕《元史・郝經傳》卷一五七，第3709頁。

平原之執笏淮南，殆無以過也。」〔註12〕劉因《憶郝伯常》詩云：「一檄期分兩國憂，長纓不到越王頭。玉虹醉吸金陵月，玄鶴孤遊赤壁秋。漠北蘇卿重回首，天南王粲幾登樓。飛書寄與平南將，早放樓船下益州。」〔註13〕以蘇武、王粲的典故來比喻郝經的堅貞不屈。

郝經本著儒生強烈的社會責任感仕元，欲用儒家學說征服落後的文明。入邸金蓮川，他向元統治者條陳萬言、匡正時弊，力諫施行仁政、與民休息；在伐宋時，他主張弭兵息民，並懷著救蒼生黎民於戰亂的責任感和使命感入宋議和，不惜身蹈險地。被囚期間，他依然不忘所負使命，屢次上書宋廷，申明利害，表達自己的誠意。在失去人身自由的情況下，依然關心著蒙元的國計民生，堅守士人大的操行，誠如么書儀在《元代文人心態》中所言：「郝經屬於這樣一類最正統的儒生，他一生都在用重道義的人格來塑造自己。他在為自己寫的《志箴》中說：『不學無用學，不讀非聖書。不為憂患移，不為利欲拘。不務邊幅事，不作章句儒。達必先天下之憂，窮必全一己之愚。』這完全是一個古代儒生心目中『政治家』的自我意識和自我規定。」〔註14〕縱觀郝經的一生，他始終踐行著有用於世、濟世行道的儒家思想。

第二節　郝經「和陶詩」的內容

郝經的「和陶詩」見於《陵川集》卷六、卷七，共一百一十八首，均作於他被羈留儀真館時，詩前有序：

> 賡載以來，倡和尚矣。然而魏晉迄唐，和意而不和韻；自宋迄今，和韻而不和意，皆一時朋儕相與酬答，未有追和古人者也。獨東坡先生遷謫嶺海，盡和淵明詩，既和其意，復和其韻，追和之作，自此始。余自庚申年，使宋館留儀真，

〔註12〕《御史臺呈文》，見《郝文忠公陵川文集》，明正德本，第478頁。

〔註13〕（元）劉因：《靜修先生集》卷九，商務印書館1936年版，第197頁。

〔註14〕么書儀：《元代文人心態》，人民文學出版社2013年版，第144頁。

至辛未十二年矣，每讀陶詩以自釋。是歲，因復和之，得百餘首。……去國幾年，見似之者而喜，況誦其詩，讀其書，寧無動於中乎？前者唱喁，而後者和訛，風非有異也，皆自然爾，又不知其孰倡孰和也。屬和既畢，復書此於其端云。〔註15〕

在詩序中，郝經交代了和陶的背景與緣由。一方面，郝經創作「和陶詩」是受到了蘇軾的影響：「獨東坡先生遷謫嶺海，盡和淵明詩，既和其意，復和其韻，追和之作，自此始。」元初，北方詩壇推崇蘇黃詩歌，蘇軾的「和陶詩」自然會被郝經讀到，蘇軾被貶惠州、儋州與郝經被拘真州有相似之處，對他們而言都是人生中遭受的重大打擊，所以在心態上容易產生共鳴。另一方面，郝經「每讀陶詩以自釋」、「況誦其詩，讀其書，寧無動於衷乎？」是借和陶來抒發一己胸臆，宣洩內心的憤懣與惆悵。序中郝經對陶淵明的人品與詩品作出了極高的評價，表達了對陶淵明其人其詩的推崇。

郝經所作「和陶詩」，不但和其韻，也和其意，就內容而言，大體可以分為以下幾類：

一、「河陽有賜田，何日得歸耕」——回憶思歸

郝經被羈留儀真館長達十六年之久，他失去人身自由，無法聽到來自故鄉、親人的消息，這使他在情感上異常思念親友，渴望得到自由、回歸故土。他在「和陶詩」中反覆吟詠著對故國的思念以及渴望北歸的迫切心情，其「和陶詩」首篇《停雲》的詩題下即注「思歸也」，全詩如下：

停雲蔽日，翳翳弗雨。伊余懷傷，自詒伊阻。展轉拘幽，莫或念撫。瞻望中原，徙倚凝佇。

停雲悠悠，蒸氛濛濛。沖風入室，洶彼大江。崩心震魄，慨歎北窗。孰因孰極，惟道是從。

〔註15〕（元）郝經：《郝文忠公陵川文集》卷六，明正德年間鄂州刊本，第1a頁。如無特別標注，下文郝經詩歌皆引自該本，不再一一注釋。

服仁佩義，完節為榮。之死靡它，寔余之情。寤歎弗寐，攬衣宵征。載思子卿，千載如生。

無媒取妻，匪斧伐柯。樂禍深仇，焉能為和。生民無辜，遘凶既多。銷兵無期，將奈之何。〔註 16〕

詩歌前兩章寫思歸不得的無奈之情，「展轉拘幽，莫或念撫。瞻望中原，徙倚凝佇」，詩人面向中原故土的方向，卻只能佇足空望，徒生歎息；第三章寫詩人雖然身在囚牢，但依然堅守志節，「服仁佩義，完節為榮」，希望完成元廷交給自己的使命；第四章寫兵連禍結，「生民無辜，遘凶既多。銷兵無期，將奈之何」，由家園之思上升為家國之憂，表達了對生活在戰亂中黎民百姓的深切同情。又如《歸鳥》：

歸鳥翩翩，集於深林。飛雲遙遙，反彼高岑。瞻望弗及，實勞我心。重門擊柝，閉於幽陰。

歸鳥翩翩，深林於飛。飛雲遙遙，高岑是依。嗟我征夫，曷云還歸。瞻彼北辰，翰音弗遺。

翼翼歸鳥，翱翔徘徊。曳曳飛雲，岩谷是棲。鼓瑟鼓琴，云胡不諧。孰為知音，伊余孔懷。

翼翼歸鳥，棲於故條。曳曳飛雲，郁其高標。伊余南征，輸平內交。滔滔弗歸，故山夢勞。〔註 17〕

全詩反覆用「歸鳥」與「飛雲」的意象，表達了自己渴望像歸鳥一樣自由飛翔、回歸家園的心情。可是郝經身陷囚籠，失去了人身自由，面對翩翩歸鳥只好發出「瞻望弗及，實勞我心」的感歎。同時借翩翩於飛的歸鳥，反襯自己不得自由、無法歸國的孤獨與無奈，「滔滔弗歸，故山夢勞」，只能在夢裏親近故鄉的山水。

郝經在「和陶詩」中有大量表達歸鄉渴望的詩句，如在《辛丑歲七月赴假還江陵夜行途中》感慨「河陽有賜田，何日得歸耕」，在《於王撫軍坐送客》中面對著無邊秋色，生出「舍館極羈留，感秋尤思歸」的歎息；無端被羈押，內心的憤懣與無奈不可言說，寄希望於蒼天助

〔註 16〕《郝文忠公陵川文集》卷六，第 2a 頁。
〔註 17〕《郝文忠公陵川文集》卷六，第 5b～6a 頁。

其返歸：「天定自勝人，還歸會有年。」（《答龐參軍》）這些詩寫得憂傷悽楚，真實反映了他內心深處的無可奈何與孤獨淒涼。

郝經在詩中還不斷回憶過往的君臣相契、與友人的交往以及自己的讀書生活。如《九日閒居》云：「高秋登隗臺，悵然思樂生。君臣灑落契，千載稱榮名。……丈夫遇主知，唾手成功名。」〔註18〕郝經在秋日裏回憶自己與皇帝交往的舊事，對元世祖的知遇表達感激之情。在《癸卯歲始春懷古田舍二首》其二中，回憶父親教導自己讀書做人的情景：「先君貽詩書，繕性安賤貧。每戒躁與速，重勗敬以勤。尤惡名太早，不許交時人。守道業惟舊，充誠德自新。」〔註19〕從詩中可以讀出其父對他的諄諄教導，也表達了他對儒家傳統的重視。《贈羊長史》云：「憶昔少年場，結佩遊通都。北嶺既再登，楚山亦常踰。樽酒生風雲，鞍馬走臺輿。」〔註20〕則回憶自己少年時代的遊歷生活。又如《遊斜川憶西郎》：

> 江壖坐白頭，自分如歸休。十年不出戶，夢憶西郎遊。看花當雷溪，水合青山流。泓澄潭洞豁，容與浮輕鷗。回抱道明莊，玉翅開林丘。依依避秦人，桃源闢田疇。遺我山中酒，殷勤更獻酬。花飛好鳥歌，塵世有此不。醉踏石上水，灑然濯百憂。何年結茅屋，歸去便可求。〔註21〕

花兒在雷溪邊自在地開著，碧水在青山腳下隨意地流淌，明淨幽深的潭水之上，幾隻鷗鳥悠然漂浮。西郎十二峰猶如張開雙翅的鳥兒環繞著道明莊，美麗之極，詩人彷彿置身桃花源中，與山中人開懷暢飲。面對此情此景，詩人不禁感歎，塵世之中可還有這種仙境嗎？醉意朦朧間詩人踏著頑石從溪水上走過，潺潺流水彷彿洗去了他的百般憂愁。詩歌最後，表達了結廬此地長住下去的願望。

〔註18〕《郝文忠公陵川文集》卷六，第6b～7a頁。
〔註19〕《郝文忠公陵川文集》卷六，第15a頁。
〔註20〕《郝文忠公陵川文集》卷六，第12a～12b頁。
〔註21〕《全元詩》第四冊，第213頁。

在漫長的被羈生活中，郝經並沒有意志消沉、沉淪不起，他雖然念親思歸，但能夠進行自我調適，他還勸慰自己的從使不要過分思念家鄉親人，勉勵他們惜時上進，如《答龐參軍釋魏斌念母》：

嗟嗟勿念思，諄諄聽吾言。孰不欲事親，燕安樂鄉園。王事有去留，載讀陟岵篇。大孝五十慕，義止從古然。白地內罟獲，賦予有厄緣。悠悠無了期，鬱鬱安得宣。精衛豈填海，愚叟難移山。天定自勝人，還歸會有年。〔註22〕

郝經以一個長者的口吻去勸解從使魏斌，曉之以理，動之以情，讓他堅定信念，點燃重返家鄉的希望。他還在《和劉柴桑釋宋琚念母》中安慰另一位從使宋琚：「岳岳守一節，乾乾斷百須。道在母即存，志當金石如。」勸其忠君守節，堅持道義。在被羈期間，他教授自己的隨從讀書識字，並勉勵他們珍惜光陰、追求上進：「周公待昧旦，大禹惜寸陰。」(《和郭主簿二首勉馬德璘孔進》其一)，「苟能一德全，即為萬世傑。二子久事餘，旦旦提耳訣。慎勿自棄捐，捨此無歲月。」(《和郭主簿二首勉馬德璘孔進》其二）可以看出，郝經雖身陷囚牢，依然不改儒者的本色，嚴守儒家節義之士的道德修養和操守。

在郝經表達回歸主題的「和陶詩」中，還有一類是表現其對田園生活的嚮往。其實郝經未曾有過隱居的生活，也沒有開田拓荒的經歷，他只是通過追和陶淵明的田園詩，來逃避現實的苦悶，希望像古代的隱士一樣悠然灑脫地去生活。如《歸園田居》其三：

雨餘山色淨，霜降木葉稀。南澗拾梨栗，帶月吟風歸。青青路邊蘭，細細侵裳衣。飯飽晦亦足，物我兩無違。〔註23〕

秋雨過後的南澗，山色純淨、樹葉稀疏，詩人帶著撿拾到的梨與栗子，迎著微風悠閒地走在回家的路上。月光皎潔，路邊的蘭花散發出縷縷幽香，直飄進衣袖中。全詩寫得清新自然，充滿生活趣味，不禁讓人聯想起陶淵明的「晨興理荒穢，帶月荷鋤歸。道狹草木長，夕露沾我衣」，令人陶醉。又如「憶昔山中春，谷風扇微和。幽人坐孤石，好鳥

〔註22〕《郝文忠公陵川文集》卷六，第 9b 頁。
〔註23〕《郝文忠公陵川文集》卷六，第 7b～8a 頁。

相和歌」〔註 24〕（《擬古九首》其七）、「幽人竟卜鄰，聯落崎阻間。竹木茅舍邊，桑麻菊籬前」〔註 25〕（《歸園田居六首》其一），詩人通過回憶過去的生活，在自己的心中構建起一幅美麗的田園生活圖景、一方心靈得以休憩的淨土，體會到了短暫的快樂。郝經筆下的田園風光、山水之趣，流露出的還是對故鄉的思念，對自由的渴望。

二、「有夢渾未覺，獨醉勝獨醒」——飲酒釋懷

陶淵明在《飲酒》詩中凝聚了對歷史、現實與人生的感悟，其中既有對田園生活的熱愛，又有對社會現實的不滿，表現了他率真的生活態度與高潔的人格操守。郝經在被拘期間和《飲酒》詩十九首，既有寫飲酒之樂、酒中真趣的，又有表達醉醒之間體悟到的人生哲理的，還有一些詩表達了對陶淵明的追慕。

郝經所作飲酒詩，常常出現「深趣」、「真樂」、「真味」等字眼，表達飲酒之樂。如《飲酒》其十三：

> 好事邀我飲，布席我已至。散談坐生風，引滿即徑醉。快意無町畦，縱橫不比次。忘情釋重負，適己乃為貴。世上多虛名，樽中有真味。〔註 26〕

有朋友邀請詩人去飲酒，詩人很高興，在酒席還沒準備好時就趕過去了。席間觥籌交錯、談笑風生，飲酒帶來的快意自足使他忘卻了心頭的重負，詩人看淡了個人功名，只有杯中之物才是真味。又如《飲酒》其七：

> 上春東風和，百卉呈媚姿。家家社甕熟，相喚插花枝。此時酒無算，盡發胸中奇。醉人臥花間，陶然亡云為。不飲彼何得，祇自強拘羈。〔註 27〕

春日裏百花盛開的時節，家家戶戶所釀新酒已熟，鄰居們相邀飲酒。

〔註 24〕《郝文忠公陵川文集》卷七，第 5b 頁。
〔註 25〕《郝文忠公陵川文集》卷六，第 7a 頁。
〔註 26〕《郝文忠公陵川文集》卷七，第 2b～3a 頁。
〔註 27〕《郝文忠公陵川文集》卷七，第 2a 頁。

詩人開懷暢飲之後醉臥花間，陶然不知所為。郝經描繪飲酒的場景，讓人有身臨其境之感。郝經在飲酒詩中常常表達了沉醉於醉鄉的美好願望，「酒中有深趣，真樂良在茲」(《飲酒》其一)、「好酒無惡客，合席語喧喧」(《飲酒》其五)、「霜螯味滿殼，持杯亦開懷」(《飲酒》其八)，飲酒能夠使他忘卻現實的羈絆與苦悶。他在飲酒中體會到了超塵脫俗、物我兩忘的境界，「正當劇飲時，惟恐與時乖。快意傾灩灩，無復念棲棲」(《飲酒》其八)、「榮名身後事，美酒樽中寶。一飲便成仙，御風凌八表」(《飲酒》其十)、「壺中別一天，飲之造真境。有夢渾未覺，獨醉勝獨醒」(《飲酒》其十二)，沉湎醉鄉可以讓詩人忘掉煩憂，釋放壓力，獲得心靈的解脫。

郝經還通過飲酒詩來反思自己的出使行為，抒發被羈的痛苦與無奈。如《飲酒》其十八：

> 我本醉鄉人，弓旌招我仕。自此樽俎疏，漠然忽喪己。醒治誇了了，枯槁成內恥。況復拘厄途，不得歸田里。十年猶不字，駸駸踰一紀。日事雖有酒，多病輒自止。強飲終無歡，忘力徒自恃。〔註28〕

郝經懷著弭兵息民的宏願赴宋議和，希望兩國締約和平，拯救黎民蒼生於戰亂殺伐之中。然而他一入宋地便遭囚禁，長期失去自由使他鬱鬱寡歡，心情沉重，對現實世界充滿了失望，也對自己的無能為力表達深深的遺憾：「醉鄉只直道，世路曲如弓。」(《飲酒》其十六) 將「醉鄉」與「直路」作對比，通過「醉鄉」的美好突出現實的殘酷。郝經從一名擔負著光榮使命的國信大使到淪為階下之囚，巨大的人生落差給他心理上帶來了沉重的打擊：「有夢渾未覺，獨醉勝獨醒」(《飲酒》其十二)、「熙然識此生，獨醒真可惜」(《飲酒》其十四)、「醒眼舉作偽，醉時見天真。」(《飲酒》其十九) 詩人認為醉時更勝清醒，清醒時面對的是充滿虛偽、欺詐的現實世界，而在醉鄉則可見識人心之真淳，富有哲理。

〔註28〕《郝文忠公陵川文集》卷七，第3b頁。

在郝經的飲酒詩中，還有一些是描寫陶淵明的：「飲酒有運數，生平洒常餘。賜田總種秫，終傍淵明居」（其九），「屈子重違天，陶公乃達道。遙遙隙中駒，放杯身已老」（其十），「種柳復藝菊，即是陶潛宅。眼中總杯杓，門外無轍跡」（其十四），「陶潛豈乞食，有酒即問津。門首佳客至，快漉頭上巾。」（其十九）這些詩表現了詩人對陶淵明率真生活方式、清高人格與瀟脫性情的追慕和嚮往。

郝經在飲酒詩中描寫飲酒之趣，酒使他暫時擺脫了現實的羈絆與無盡的憂愁。通過飲酒，他也走進陶淵明的精神世界，更深刻地體味到陶淵明浮沉杯酒與造物者遊的境界。

三、「片天亦愧仰，計拙祇厚顏」——反思現實

郝經充任國信大使，擔負著拯救蒼生、造福社稷的重任，也是他實現人生理想的重要機遇，所以郝經不顧親友勸阻，毅然前往宋地。被羈儀真館後，郝經失去了人身自由，也無法完成自己的使命，使他的內心異常痛苦，他開始反思出使失敗的原因，重新審視自己的出使行為，如《庚子歲五月中從都還阻風於規林二首》其一：

> 逼窄片天月，照我江濱居。暗然六用絕，孤影獨於於。屋漏重反觀，面壁復向隅。幽明無二道，得喪歸一塗。康莊馭軒車，豈能適江湖。挾山以超海，過計元自疏。憂違付順適，樂地盡有餘。天運誰能逃，忿懥將何如。〔註29〕

詩人煢煢孤影，在陋屋之中面壁反思。他引用《孟子》中的典故，把自己的議和行為比作「馭軒車」適「江湖」，「挾山」以「超海」，是不可為而強為之事，失敗也勢所必然。「精衛豈填海，愚公難移山」（《答龐參軍釋魏斌念母》），出使南宋議和就好比是精衛填海和愚公移山，很難以人力來完成。於是他開始轉向對天命人生的思考，認為議和失敗是命運的安排：「進退已不祥，天命豈吾欺」（《移居二首》其二）、「天運誰能逃，忿懥將何如」（《庚子歲五月中從都還，阻風於規林二首》其

〔註29〕《郝文忠公陵川文集》卷六，第13b～14a頁。

一）、「知命不必憂，樂天復何疑。」（《庚子歲五月中從都還，阻風於規林二首》其二）人的力量是有限的，「天運」、「天命」在冥冥之中操縱著一切，誰也無法逃脫，表達無可奈何之感。又如《與殷晉安別》：

> 昔遊翰墨場，渴日誌尤勤。遠探羲農高，近詣周孔親。屬天耿長焰，豈惟照四鄰。尸坐正冠裳，暮夜達旦晨。擬從太極初，再使乾坤分。經世啟帝運，立德開王春。偶別燕山月，忽落吳江雲。悵然負初心，計拙良有因。妄動希時榮，何如安賤貧。撫膺秖自責，安敢復尤人。〔註30〕

詩人對自己的前半生進行了總結，他早年有志於仕，發奮讀書，向遠近的賢達之人學習孔孟之道。後來得遇明主，更堅定了建功立業的決心，毅然擔負起出使南宋的使命。詩的後三句忽然筆鋒一轉，「悵然負初心，計拙良有因」，郝經在儀真館反思自己的行為，悵然若失，覺得自己違背了初心，而落得如此下場也是有因在先。「妄動希時榮，何如安賤貧」，他進一步反思自己的貿然出使是渴望建立功業，還不如守著貧賤生活，悔恨當初的行為。「嗟嗟蠹書蟲，本無經世才。鹵莽欲援時，奔走遽南來」（《讀山海經十三首》其十三），他認為自己本是一介書生，並沒有經天緯地的才幹，出使議和是一時魯莽的決定，又言「妄動」、「鹵莽」，認識到自己當初面對這一任務缺乏周密的思考，對形勢沒有進行深入的判斷，為自己的輕率而悔恨。「嗟嗟墮世網，願言久已負。枯腸充殷憂，覽鏡顏益厚」（《擬古九首》其一）、「節旄久零落，破碎十年冠。片天亦愧仰，計拙祗厚顏」（《擬古九首》其五），詩人對自己沒能讓兩國實現和平表現出深深的羞愧，認為自己辜負了朝廷的期望，無顏面對元主；「幽窗挽衣坐，反責思尤愆。」（《歲暮和張常侍》）郝經陷入自責之中無法自拔。

郝經在被羈押的十餘年時間裏，元廷並沒有派一兵一卒前去營救，他們一行人彷彿被遺忘了，這無疑深深打擊了郝經。曾幾何時，忽必烈是如此賞識郝經，把他當做「潛邸」的座上賓，被問以國策。

〔註30〕《郝文忠公陵川文集》卷六，第12a頁。

郝經也剖肝瀝膽輔佐忽必烈，幫助其奪取汗位，施行漢法，使元朝建立較為完備的政治制度。可如今，為國出使的郝經處在一個被遺忘的角落，他被冷落、被拋棄，內心的痛苦、激憤通過和陶表達出來，如《於王撫軍坐送客秋夕遣懷》：

雁啼霜江清，人與卉木腓。舍館極羈留，感秋尤思歸。包胥客咸陽，孰為賦無衣。美人期好合，願言遂相違。宛轉萬民命，怵惕終夜悲。坐起對孤影，斜月流寒暉。淒風含酸辛，悠然歎稽遲。天道本好生，伊何獨予遺。〔註31〕

清秋時節草木枯萎，滿目淒涼，南遷的大雁不時發出陣陣啼鳴，使詩人的思歸之情更甚。「包胥客咸陽，孰為賦無衣」，詩人用包胥求援的典故來反襯自身。春秋時吳國伐楚，楚國大敗。楚臣申包胥前往秦國求救，秦哀公猶豫不決，遲遲不肯發兵。申包胥立於庭牆痛哭七日不絕，最終打動了秦哀公，秦哀公賦《無衣》詩，秦出兵救楚。郝經被囚宋地，孤獨無援，卻找不到像申包胥這樣的人來解救自己，為他高歌「豈曰無衣，與子同袍」，可悲可歎。「天道本好生，伊何獨予遺」，郝經向天發問表達困惑，其實也是對元主的質問。「搥坐惜日月，心死骨重寒」（《擬古九首》其五）、「瓶空豈足恥，心死良可悲」（《詠貧士七首》其一），他對元廷的無情遺棄無法釋懷，內心沉痛。

郝經還對自己早年汲汲於仕的行為進行反思，《飲酒》其十八云：「我本醉鄉人，弓旌招我仕。自此樽俎疏，漠然忽喪己。醒治誇了了，枯槁成內恥。況復拘厄途，不得歸田里。」他認為是出仕讓自己迷失了初心，進而又導致「拘厄途」悲劇的發生，使他不可能像陶淵明一樣回歸田園。「縱衡十萬里，悠悠總世塵。勞生為物役，往往失此身」（《雜詩十二首》其一），他的身心為物所役，不得自由。

郝經作為一介儒生，強烈的社會責任感使他對生活在戰亂中的百姓抱有深切的同情，他在「和陶詩」中寫下許多反映戰亂的詩句，如「生民無辜，構凶既多。銷兵無期，將奈之何」（《停雲》），「禍隆殺戮

〔註31〕《郝文忠公陵川文集》卷六，第11b～12a頁。

運，民命殲蹂踐」(《癸卯歲始春懷古田舍二首》其一) 戰亂時期，無辜百姓遭受禍害，命如草芥一般。「劫灰到重泉，兵塵滿阡陌。乾坤一戰場，血盡骨更白」(《雜詩十二首》其六)，用白描的手法描寫戰場上的殘酷景象，不禁讓人聯想起曹操的「白骨露於野，千里無雞鳴」。《勸農》一詩則集中表現了農民的苦難生活，農民應以稼穡為本，而「爰自兵興，魚涸處陸」，大量農民被徵入軍隊，造成田地大片荒蕪；「農為匪民，犯繩越軌」，兵亂不息還使得農民淳樸自然的天性逐漸泯滅，一些人變成了匪民，開始做違法之事。「本既凋傷，政何由美」，以農為本的根基已經衰頽不堪，美政理想又怎麼能實現呢？詩人以反問結尾，表達了對戰爭的深刻反思。

四、「憂道不憂貧，高賢多閉關」——詠史述理

安貧樂道、固窮守節是儒家思想的重要內容，陶淵明雖然生活貧困，卻「不為五斗米折腰」，毅然掛冠歸去。他在作品中也常常流露出固窮安貧的思想，如「短褐穿結，簞瓢屢空，晏如也」(《五柳先生傳》)，「不戚戚於貧賤，不汲汲於富貴」(《五柳先生傳》)，「富貴非吾願，帝鄉不可期」(《歸去來兮辭》) 等，表現出了不向世俗低頭折腰的傲岸品格。對此，郝經嚮慕不已，在一些詩中通過歌詠先賢來表達對他們的敬仰，也表現了自己對固窮守節志向的堅守。如《詠貧士七首》其三：

> 家無儋石儲，漫撫無弦琴。淵明果達道，遁世求希音。擾擾劉寄奴，戈矛日相尋。豈若一樽酒，對菊時自斟。饑來偶乞食，當時孰汝欽。獨有桃源人，乃見高世心。〔註32〕

詩中刻畫了陶淵明漫撫無弦琴、對菊飲酒的高士形象，歌頌陶淵明的達道與遁世。「獨有桃源人，乃見高世心」，只有與陶淵明一樣有過相似貧居生活的人，才能理解陶淵明的志趣與情懷。聯想到自身，詩人雖然沒有像淵明一樣隱居，卻要學習陶淵明安貧樂道的人生態度。《詠

〔註32〕《郝文忠公陵川文集》卷七，第8b頁。

貧士七首》其四寫齊國貧士黔婁，「富貴不可居，歸來願言酬。籃輿向田園，嘯歌行道周」，稱讚他安貧樂道、潔身一世的高尚品格，其六寫東漢隱士張仲蔚不治榮名、甘於清苦。這些高士雖然是不同朝代的人，但都有一個共同點，即安貧樂道、堅守節操，這正是被拘禁起來的郝經所需要的精神力量。郝經也表明了自己安貧守節的決心，如《詠貧士七首》其五：

有名不可求，有祿不可幹。干祿當事人，此身即屬官。豈辱八尺軀，區區為一餐。道義等芻豢，足饜無飢寒。冠蓋不與賜，屢空獨稱顏。憂道不憂貧，高賢多閉關。〔註 33〕

詩人認為求名、干祿就會委身於人，失去自我，不應該為了衣食之足而讓自己受辱，喪失為人的準則與節操。他要像那些先賢一樣，做一個憂道不憂貧的人。「體發久已變，茲心獨難易」（《乙巳歲三月為建威參軍使都經錢溪至日雪》），雖然身體在一天天地衰老下去，但心中的操守不會改變。「一從哭墓後，去國十二年。年年見新花，永日相對閒。忘憂卻生憂，所賴志義堅」（《戊申歲六月中遇火萱》），詩人十年如一日，堅守著儒家道義與內心的信仰。郝經之詠貧士，是想從諸如顏回、陶淵明這些人身上汲取精神力量，來勉勵自己度過苦難的歲月。

在郝經的和陶詠史詩中，大部分詩歌與陶詩的思想內容是一致的，但也有個別詩與陶詩主旨頗不相同，如《詠荊軻》：

燕國八百里，最為遠秦嬴。可作殷周基，何乃事荊卿。癡兒強復讎，匕首揕咸京。徑刎於期首，更圖督亢行。倉皇事不就，狼籍斷冠纓。寒風死別歌，睥睨一世英。不若鱄設諸，飲恨復吞聲。縱使殺一秦，寧無一秦生。呂政方忘燕，忽作繞柱驚。併吞勢不已，舉兵復有名。掃平黃金臺，故鼎入秦庭。昔我渡易水，晚登燕子城。投文弔田疇，思賢重屏營。舉事本道義，不繫敗與成。為國恃刺客，夫豈英豪情。〔註 34〕

〔註 33〕《郝文忠公陵川文集》卷七，第 8b～9a 頁。
〔註 34〕《郝文忠公陵川文集》卷七，第 9b～10a 頁。

《詠荊軻》是陶淵明「金剛怒目」式的作品，陶詩認為刺殺秦始皇是正義之舉，「其人雖已沒，千載有餘情」，對荊軻的英勇行為大加讚賞。但是在郝經的這首和詩裏卻不同，「燕國八百里，最為遠秦嬴。可作殷周基，何乃事荊卿」，郝經認為燕國離秦國最遠，國家的基業很穩定，不應該招募荊軻去刺秦，而且「縱使殺一秦，寧無一秦生」，殺了秦王嬴政，還是會有另一位秦王出現，表現出了進步的歷史觀。「舉事本道義，不繫敗與成。為國恃刺客，夫豈英豪情」，郝經對刺秦持否定態度。郝經在這首詩中表達異於陶詩的觀點，與他作為政治家的身份有著密切的關係，對這一歷史事件有著冷靜深刻的思考。

郝經還在「和陶詩」中闡述自己對生死的認識。在《形贈影》中：「妙合我初凝，爾亦即在茲……請看聲與響，相隨復何疑。」「形」認為形影是相生相隨的，影伴形生，形死則影滅。而「影」卻不以為然，「思君不如我，君沒我不滅。生死無加損，得失豈內熱」，「影」認為形滅而影長存，影不依賴於形。在《神釋》中，詩人給出了自己的觀點：「陶老信達者，得失委命數……一醉樂有餘，陶然忘毀譽」，「既不將不迎，亦何憂何懼。能逃世上名，豈有身後慮。」他認為每個人的生死都不是個人能夠掌控的，要坦然去面對，對於生不計得失，對於死不憂不懼，像陶淵明一樣委運乘化，隨遇而安，不為功名所累，這也代表了郝經的生死觀。

第三節　郝經「和陶詩」的風格

郝經的前半生以興復斯文、濟世行道為己任，他積極於仕，為元廷定國安邦貢獻許多制策，得到忽必烈的器重。他以儒家的治平理想為人生目標，心繫社稷黎民。所以，郝經前期的詩歌有許多詠史之作，對宋金元之際的歷史進行理性的分析，總結金及北宋覆亡的歷史原因。如《汝南行》總結了金代由盛轉衰的原因：「不問朔漠攻蘄黃，敗盟要利增仇敵。區區一道當數面，賦稅重繁兵役急。宮闈意忌疏骨肉，陪貳從諛專壅塞。」〔註 35〕歷數金朝盟友棄絕、賦稅過重、任用小人等罪責。《龍德故宮懷古一十四首》對北宋亡國進行探究：「錮黨紛紛快老奸，敗盟更欲復燕山。當時若使無夷禍，不在權臣即宦官。」〔註 36〕指出造成北宋滅亡的關鍵是黨錮之亂與權臣弄朝，認識十分深刻。類似詩歌還有《居庸行》《青城行》《白溝行》等。郝經所處的時代戰火連連，黎民蒼生經受著亂離之苦，郝經用他的筆寫下許多關於戰爭的詩歌，真實記錄了當時的社會狀況，如《隨州》云：「居人盡室去，涵養盡一敗。荒空二十年，繁夥日蕪穢。」〔註 37〕由於戰亂，百姓紛紛逃亡，昔日繁華之地只剩下一片衰頹破敗。又如《雲夢》云：「何處仍三戶，踐蹂殆不免。荒莊自池臺，寒蔓相掛罥。」〔註 38〕軍隊的鐵騎所到之處，生靈無一幸免。除了詠史詩和戰爭詩外，郝經在青年時代外出交遊，還寫下許多山水詩與酬唱詩，詩歌題材很廣泛。

郝經前期的詩風奇崛宏肆，筆力勁健。《元史・郝經傳》云：「其文豐蔚豪宕，善議論。詩多奇崛。」〔註 39〕《四庫全書總目提要》載：「其文雅健雄深，無宋末膚廓之習，其詩亦神思深秀，天骨秀拔，與其師元好問可以雁行。」〔註 40〕郝經奇崛勁健的詩風主要體現在歌行體詩中，如《居庸行》云：「陰山火起飛蟄龍，背負斗極開洪荒。直將尺箠定天下，匹馬到處是吾疆。」〔註 41〕構思奇特、縱橫恣肆，寫出了蒙古軍隊勢不可擋的逼人氣勢，洋溢著豪邁、自信的情懷。《華不注行》云：「崑崙山巔半峰碧，海風吹落猶帶濕。意氣不欲隨群山，獨倚青空迥然立。」〔註 42〕詩一開篇便將崑崙山的氣勢表現出來，碧綠的山峰彷彿被海風吹過，翠色慾滴，想像十分奇崛。《化城行》云：

〔註 35〕（元）郝經：《陵川集》卷十一，《四庫全書》本，第 9b 頁。
〔註 36〕《陵川集》卷十五，第 8a 頁。
〔註 37〕《陵川集》卷三，第 11b 頁。
〔註 38〕《陵川集》卷三，第 13b～14a 頁。
〔註 39〕《元史》卷一百五十七，第 2471 頁。
〔註 40〕《四庫全書總目》，中華書局 1965 年版，卷一百六十六，第 1422 頁。
〔註 41〕《陵川集》卷十，第 7b 頁。
〔註 42〕《陵川集》卷十，第 6a 頁。

「東郊野馬如馬驚，依稀隱約還成城。參差雉堞雲間横，鼉頭岌嶪擎長鯨。……其中似有百萬兵，是邪非邪寂無聲。秦邪漢邪杳難名，長風忽來一掃清。」〔註43〕詩寫海市蜃樓出現的情形，如野馬狂奔，如長鯨翻騰，如百萬雄兵從天而降，寫出了海市蜃樓的富於變幻與壯觀景象，選材奇特，想像豐富。又如《白溝行》：「西風易水長城道，老濘查牙馬頻倒。岸淺橋橫路欲平，重向荒寒問遺老。」〔註44〕蒼涼中透露出一股奇異峭硬之氣。

郝經後期被拘真州，人身自由受到限制，在生活環境與心態上較前期有巨大的轉變，這也影響到他詩風的變化，由奇崛勁健變為悲慨沉鬱兼具平淡自然的風格。清人袁翼在《論元詩六十首》中對郝經「和陶詩」有過評論：「才氣原推第一流，南來萬里作累囚，淒然我讀真州詠，獨佔空庭望女牛。」〔註45〕肯定了他後期的「和陶詩」創作。關於郝經的「和陶詩」風格，主要體現在以下三個方面：

一、悲慨沉鬱

（一）意象的選用

意象是中國古典詩歌的一個重要範疇，中國古代詩人向來重視意象的選用，明人胡應麟稱：「古詩之妙，專求意象。」〔註46〕所謂意象，即客觀物象經過創作主體獨特的情感活動而創造出來的一種藝術形象，是主觀的「意」和客觀的「象」的結合。袁行霈先生說過：「意象是融入了主觀情意的客觀物象，或者是借助客觀物象表現出來的主觀情意。」〔註47〕意象的選取往往帶有詩人強烈的感情色彩，能夠反映出詩人的思想感情和性格情趣。某種意象一旦被詩人賦予一定的內

〔註43〕《陵川集》卷十，第12b頁。
〔註44〕《陵川集》卷八，第1a頁。
〔註45〕郭紹虞、錢仲聯、王遽常編：《萬首論詩絕句》第二冊，人民文學出版社1991年版，第895頁。
〔註46〕（明）胡應麟：《詩藪》，上海古籍出版社1958年版，第1頁。
〔註47〕袁行霈：《中國古典詩歌的意象》，北京大學出版社1996年版，第53頁。

涵，再經歷時間的檢驗和世人的認同，便逐漸會被作為一種標誌性的文化符號、一種象徵而存在。陶淵明善於選取生活中常見的物象入詩，比如菊、松、雲、鳥、酒等，這些意象的共同點是樸素真實，亦如陶公的性情。在陶淵明筆下，這些意象被賦予了特殊的含義，如菊象徵淡泊，松象徵高潔，鳥象徵隱逸等，在陶詩的影響之下，這些意象逐漸成為具有特定意義的經典範式。郝經也承繼陶淵明，「和陶詩」中多用菊、松、酒等經典意象。除此以外，因為郝經長期被羈押，內心充斥著困痛苦、抑鬱、激憤等情緒，所以詩中的意象往往沾染上哀怨的色彩，出現頻率較高的意象有以下幾種：

關於「孤」字的意象，如孤鴻、孤影、孤雲、孤燈、孤館、孤心、孤衷等：

孤鴻悲遙天，寥落片影微。(《和胡西曹示顧賊曹》)

坐起對孤影，斜月流寒暉。(《於王撫軍坐送客秋夕遣懷》)

暗然六用絕，孤影獨於於。(《庚子歲五月中從都還阻風於規林二首》其一)

孤雲出遙岑，頹日下層巔。(《歸園田居六首》其一)

孤燈長明，終夜誦書。(《答龐參軍》)

孤館四鄰，擾擾嬰孩。(《命子》)

孤心正耿耿，秋夜何冥冥。(《悲從弟仲德》)

商聲激孤衷，銀漢零飛霜。(《雜詩十二首》其十一)

葉嘉瑩先生說過：「一個真正的詩人，其所思、所感必有常人所不能盡得者，而詩人之理想又極高遠，一方面既對彼高遠之理想境界常懷有熱切追求之渴望，一方面又對此醜陋、罪惡而且無常之現實懷有空虛不滿之悲哀，而此渴望與不得滿足之心，更復不為一般常人所理解，所以真正的詩人，都有一種極深得寂寞感。」〔註 48〕郝經

〔註 48〕葉嘉瑩：《迦陵論詩叢稿》，中華書局 1984 年版，第 138 頁。

被羈真州，遠離故土家園，失去人身自由，宛如在囚籠中一般，內心的孤獨愁苦可想而知，所以他的詩歌中有很多表現孤獨的意象，孤鴻、孤影、孤雲、孤燈這些意象充滿了憂鬱感傷的色彩，也是詩人內心情感的外在映像，與詩人內心的感情是一致的。

又如「雲」字的意象，停雲、飛雲、北雲等：

停雲蔽日，翳翳弗雨。（《停雲》）

飛雲遙遙，反彼高岑。（《歸鳥》）

念母望北雲，悵然憶家居。（《和劉柴桑釋宋琚念母》）

偶別燕山月，忽落吳江雲。（《與殷晉安別》）

爭如臥雲窗，遠棄人間事。（《雜詩十二首》其六）

「雲」是中國古典詩歌中常見的意象，它形態萬千，變化無窮，虛實難測，被詩人們賦予了豐富的內涵。如屈原《悲回風》云：「塊獨守此無澤兮，仰浮雲而永歎。」「浮雲」表現出了屈原內心的愁苦；崔顥「黃鶴一去不復返，白雲千載空悠悠」（《黃鶴樓》），「白雲」呈現的是古人已逝、歲月不再的深沉歎息；李白《送友人》云：「浮雲遊子意，落日故人情。」用「浮雲」比喻在外漂泊的遊子。在郝經的詩中，「雲」意象更多的表達他的思歸心情，如「停雲蔽日，翳翳弗雨」、「飛雲遙遙，反彼高岑」、「念母望北雲，悵然憶家居」等，寄託了他對故鄉親人的思念之情。

郝經還多使用帶「羈」字的意象，如羈鴻、羈魂、縶羈人等：

鶡鳥喑不鳴，羈鴻斂雲翮。（《乙巳歲三月為建威參軍使都經錢溪至日雪》）

羈魂重凌兢，枯腸漫縈紆。（《始作鎮軍參軍經曲阿》）

嗟嗟縶羈人，勞勞失此生。（《飲酒》其三）

一從入縶羈，趨蹶寧復然。（《歸園田居六首》其一）

舍館極羈留，感秋尤思歸。（《於王撫軍坐送客秋夕遣懷》）

不飲彼何得，祇自強拘羈。（《飲酒》其七）

郝經以「羈鴻」、「縶羈人」自喻，表達自己失去人身自由、無法返歸故土的無奈之情。此外，他的「和陶詩」中還有許多關於「影」的意象，如「坐起對孤影，斜月流寒暉」（《於王撫軍坐送客秋夕遣懷》）、「月出流清輝，起舞動孤影」（《雜詩十二首》其二）、「暗然六用絕，孤影獨於於」（《庚子歲五月中從都還阻風於規林二首》其一）、「白髮照寒月，素影亦何繁」（《歲暮和張常侍》）、「孤鴻悲遙天，寥落片影微」（《和胡西曹示顧賊曹》）、「開樽坐疏影，渴飲劇沃焦」（《己酉歲九月九日黃葵》），這些「孤影」、「片影」、「疏影」、「素影」等，襯托出詩人孤獨寂寞的心境。郝經用那些帶有感傷色彩的意象入詩，構成一幅幅蒼涼蕭瑟的畫面，將他的內心世界展現出來。

（二）感情詞的使用

在郝經的「和陶詩」中常常出現「悲」、「憂」、「獨」等表達傷感色彩的字眼，突出地表現了他被羈押時期的心態：

折翼墮江國，閉門悲漏天。（《連雨獨飲新館久雨》）

宛轉萬民命，怵惕終夜悲。（《於王撫軍坐送客秋夕遣懷》）

嘯歌和淵明，慨歎有餘悲。（《和胡西曹示顧賊曹》）

蔓草上階除，委碧生恨悲。（《還舊居庭草》）

久客未還反，殷憂徒多端。（《庚戌歲九月中於西田獲早稻芙蓉》）

枯腸充殷憂，覽鏡顏益厚。（《擬古九首》其一）

憂心重鬱陶，安得駕言遊。（《酬劉柴桑》）

斯人不復見，悵望生隱憂。（《詠貧士七首》其七）

天道本好生，伊何獨予遺。（《於王撫軍坐送客秋夕遣懷》）

幽蹤獨往來，慘淡關山情。（《悲從弟仲德》）

有物皆恣睢，而我獨囚拘。（《始作鎮軍參軍經曲阿》）

這樣的詩句比比皆是，詩人為生民遭難而悲憂，為不能完成使命而悲憂，為自己無端被囚而悲憂，為不得返家而悲憂……充分表現出了郝經在被囚時期的痛苦心情。郝經有一首《新館夜聞杜鵑》詩：「啼落深江月，催殘故國春。不堪多恨鳥，偏聒未歸人。血盡腸應斷，哀餘聲更頻。關心尤入耳，一枕夜愁新。」春天來了，杜鵑鳥從早到晚不停地啼叫，聲音淒涼，好像要血盡腸斷一般。尤其可恨的是，它偏偏對著詩人啼鳴，彷彿知道他是一個不歸之人。夜裏悲啼聲不絕於耳，詩人難以入眠，更添了新的憂愁。郝經的心情就如同這只如泣如訴的杜鵑一樣。

（三）悲慨沉鬱的詩風

與陶淵明平淡自然、境與意會的詩風不同，郝經在很多「和陶詩」中表現出了悲慨沉鬱的一面。他寫下許多飲酒以求解脫的詩句，如「痛飲忘形骸，物我兩不疑」（《飲酒》其　）、「有夢渾未覺，獨醉勝獨醒」（《飲酒》其十二）、「醉鄉總直道，世路曲如弓」（《飲酒》其十六），郝經在酒中逃避現實的苦悶，借酒澆愁，籠罩著一層揮之不去的哀愁。他長期被羈押，又申訴無門，彷彿一顆被拋棄的棋子一般，內心深埋著孤獨、無助、淒涼甚至是憤怒，如《擬古九首》其五：

和龍蟣虱流，瘡膚不復完。節旄久零落，破碎十年冠。片天亦愧仰，計拙只厚顏。音塵兩國絕，江深掩重關。幽思搖風旌，百感來無端。亦有絕弦琴，掛壁不復彈。忍聞雲間雁，祗恨鏡中鸞。搥坐惜日月，心死骨重寒。〔註 49〕

詩人長期過著被幽禁的生活，居住環境惡劣，以至皮膚潰爛，身上生出蟣虱。出使時攜帶的節旄早已零落，牆上懸掛的無弦琴也不再彈起，詩人只能在狹小的「片天」之內生活著。兩國對抗，很久不聞來自故鄉的消息，天空不時傳來大雁的叫聲最令詩人心痛，加重思鄉的情緒。

〔註 49〕《郝文忠公陵川文集》卷七，第 5a～5b 頁。

春去秋來日月推遷，看不到任何希望，令詩人心死骨寒。痛苦、無奈的感情從詩人筆下流出，整首詩讀來給人以沉鬱悲慨的感受。又如《和胡西曹示顧賊曹》云：

> 月出蔓草寒，江聲動清颸。窗戶漸械械，淒其飄我衣。孤鴻悲遙天，寥落片影微。蟋蟀不在堂，苦傍傷根葵。運數方厄窮，氣序亦頹衰。羈懷感尤深，中宵涕重揮。黃虞不可攀，周道何委遲。嘯歌和淵明，慨歎有餘悲。〔註 50〕

月亮升起，蔓草披上一層寒光，江濤拍打著堤岸使幽靜的月夜更顯清冷。涼風透過窗戶吹動詩人的衣袖，他就像一隻孤獨的大雁，面對幽深的黑夜暗自悲傷。「羈懷感尤深，中宵涕重揮」，詩人由眼前之景聯想到自己的身世境遇，不禁百感交集泣涕縱橫。「黃虞不可攀，周道何委遲。嘯歌和淵明，慨歎有餘悲」，詩人慨歎自己無法擔負起興復儒道的重任，只好把滿腔憤慨寄託於唱和淵明的詩歌之中。詩中出現的「月」、「蔓草」、「江聲」、「孤鴻」、「片影」、「蟋蟀」等意象，構成淒清蕭瑟的意境，為全詩奠定了悲涼的感情基調。

又如《還舊居》：

> 客居久為家，十載猶未歸。蔓草上階除，委碧生悵悲。相看辨時節，夢寐荒是非。昔時車馬多，薙去一無遺。今來斷行跡，愛玩常相依。榮瘁雨暘中，凋腐寒暑推。露綠感春芳，霜黃怨秋衰。藉步柔且佳，關心涕長揮。〔註 51〕

詩人長期客居在外，離開故園已經有十餘載的時光了。庭院中早已荒草叢生，昔日車馬繁忙、人來人往的情景如今一去不返。詩人聯想到庭草一年年經歷著「雨暘」與「寒暑」，就像人一樣閱盡世事滄桑經歷坎坷曲折，不禁對它們生出敬意，進而「關心涕長揮」，對隨著歲月流逝日漸衰老的自己感慨不已。詩中透出對生命盛衰榮辱的思考，感情深沉含蓄，展現出沉鬱悲慨的詩風。

〔註 50〕《郝文忠公陵川文集》卷六，第 13a 頁。
〔註 51〕《郝文忠公陵川文集》卷六，第 15b 頁。

二、平淡自然

陶淵明平淡自然的詩風被後人廣為認可，蘇軾在《評韓柳詩》中說：「所貴乎枯淡者，謂其外枯而中膏，似淡而實美，淵明、子厚之流也。」〔註 52〕楊時評陶詩：「陶淵明詩所不可及者，沖淡深粹，出於自然。若曾用力學，然後知淵明詩非著力之所能成。」〔註 53〕明人胡應麟更是稱陶「開千古平淡之宗」〔註 54〕，都指出了陶詩平淡的特色。關於陶詩「自然」風格的評論也有很多，如明人安磐在《頤山詩話》中指出：「陶淵明詩沖澹深粹，出於自然。」〔註 55〕許學夷《詩源辨體》云：「靖節詩真率自然，傾倒所有。」〔註 56〕可以說，陶淵明開創了中國古典詩歌平淡自然的詩風。郝經「和陶詩」自覺接受陶詩平淡自然的詩風，雖未達到陶詩的高度，但一些詩歌寫得樸素真淳，頗得陶詩風韻，這首先體現在其平實質樸、不加雕飾的語言上：

竹木茅舍邊，桑麻橘籬前。三春牡丹雨，十月梅花煙。（《歸園田居六首》其一）

綠竹掃山色，奇木近千株。鄰舍幾父老，話言皆純如。（《歸園田居六首》其三）

醉踏石上水，灑然濯百憂。何年結茅屋，歸去便可求。（《遊斜川》）

醉歸語山家，今年當卜鄰。便送買山錢，結茅東澗濱。（《示周掾祖謝同前》）

「竹木茅舍邊，桑麻橘籬前。三春牡丹雨，十月梅花煙」，竹木、茅舍、桑麻、籬笆、牡丹和梅花都是生活中常見的物象，詩人將它們連

〔註 52〕（宋）蘇軾：《評韓柳詩》，見《蘇軾文集》卷六十七，中華書局 1986 年版，第 2109 頁。

〔註 53〕（宋）楊時：《龜山先生語錄》，見《陶淵明研究資料彙編》（上），第 43 頁。

〔註 54〕《陶淵明資料彙編》（上），第 162 頁。

〔註 55〕《陶淵明資料彙編》（上），第 152 頁。

〔註 56〕（明）許學夷撰、杜維沫點校：《詩源辨體》，人民文學出版社 1987 年版，第 34 頁。

在一起，便勾勒出一幅寧靜美好的田園圖景，令人嚮往。「綠竹掃山色，奇木近千株。鄰舍幾父老，話言皆純如」，詩句淺近如話，寥寥數語就描繪出田居清幽的環境以及鄰人淳樸友善的性格，親切可感。「醉踏石上水，灑然濯百憂。何年結茅屋，歸去便可求」，詩人乘著酒興涉水遊玩，泉水從腳下流過彷彿也帶走了詩人的憂愁。面對美景，詩人不禁產生了隱居於此的念頭。以上詩句語言通俗平淡，如述家常一般，仔細讀來卻又蘊藏深味，顯示出豪華落盡後的真純本色，與陶詩頗似。

郝經的很多「和陶詩」前都題有小序，點明了詩的主旨內容，是借和陶來抒寫懷抱，這類詩歌往往流露出詩人的真情實感：

念母望北雲，悵然憶家居。湯湯伊祁水，想見先人廬。（《和劉柴桑釋宋琚念母》）

胡不蹈東海，胡不餓西山。靦然食不義，忍辱待生還。（《歲暮和張常侍》）

悵然負初心，計拙良有因。妄動希時榮，何如安賤貧。撫膺秪自責，安敢復尤人。（《與殷晉安別》）

河陽有賜田，何日得歸耕。自顧灑落姿，而乃重纏縈。（《辛丑歲七月赴假還江陵夜行途中》）

「念母望北雲，悵然憶家居。湯湯伊祁水，想見先人廬」，抬頭望著北方的白雲，白雲下面有自己的家鄉和至親，詩人刻畫出了一個身在異國他鄉的遊子形象。「胡不蹈東海，胡不餓西山。靦然食不義，忍辱待生還」則是對自己內心的拷問，為什麼不學魯仲連赴海，像伯夷叔齊一樣餓死在首陽山呢？是因為詩人忍辱負重，希望活著返回家鄉。「河陽有賜田，何日得歸耕」，這是郝經內心世界的自我道白，他在這些詩中完全袒露了心曲，無所保留。

王國維在《人間詞話》中提到：「故能寫真景物真感情者，謂之有境界。否則謂之無境界。」〔註57〕郝經的「和陶詩」寫真情真景，不矯揉造作，如《擬古九首》其七：

〔註57〕王國維：《人間詞話》，中華書局2009年版，第3頁。

憶昔山中春，谷風扇微和。幽人坐孤石，好鳥相和歌。冷泉有清音，音響一何多。回復步澗芳，有時墮林花。田家攜酒來，奈此高興何。〔註58〕

詩人回憶春日在山中游玩的情形，谷風習習，好鳥相鳴，泉水流淌發出清越的聲音。詩人坐在一塊孤石之上，欣賞著無邊美景聆聽著天籟之音，適逢田家又來相邀飲酒，是何等樂事。全詩情景交融，讀來極具自然沖淡之美。又如《歸園田居六首》其四：

好山無俗人，林泉有真娛。種秫足自釀，高下開荒墟。清溪侵古屋，況有高賢居。綠竹掃山色，奇木近千株。鄰舍幾父老，話言皆純如。相見即痛飲，甕盎傾無餘。酒酣藉月臥，清興欲凌虛。云誰知此樂，此樂世間無。〔註59〕

詩人回憶在登封盧溪居住時的情景。他居住的地方山水皆佳，有綠竹、奇木環繞，環境清幽，遠離塵俗的喧囂嘈雜。他像陶淵明一樣種秫釀酒，開荒勞作，鄰里之間和諧共處，常常在一起飲酒作樂。詩人非常喜歡、享受這樣的生活，認為塵世中難尋此等歡樂。這首詩達到了情景渾融與物我兩忘的境界，無論是思想內容還是藝術風格，都與陶詩十分接近。

袁行霈先生說過：「平心而論，和陶並不是一種很能表現創作才能的文學活動，和陶而欲達到陶詩的水平是一件很難的事情。」〔註60〕的確如此，次韻詩限制較多，因難見巧，需要極大的詩才。郝經每一首「和陶詩」都以次韻技法唱和陶詩，雖未達到陶詩的水平，但是也出現不少佳句，如「三春牡丹雨，十月梅花煙」、「雨餘山色淨，霜降木葉稀」、「青青路邊蘭，細細侵裳衣」，讀來清新自然。而「日月自運會，寒暑從代遷」、「慎勿自棄捐，捨此無歲月」、「醒眼舉作偽，醉時見天真」、「醉鄉總直道，世路曲如弓」等詩句富有哲理，耐人品味。

〔註58〕《郝文忠公陵川文集》卷七，第5b頁。
〔註59〕《郝文忠公陵川文集》卷六，第7b頁。
〔註60〕袁行霈：《陶淵明研究》，北京大學出版社2009年版，第192頁。

郝經的「和陶詩」真實地記錄了他被羈儀真館中的生活狀態與人生思考，既有對前期生活的追憶，又有對人生世事的深刻體悟，通過這些詩歌可以讓我們更加深入地走進詩人的內心世界，洞察其所書「天風海濤」四字背後所蘊含的深意。

第四章　方回及其「和陶詩」

方回是宋、元之際的著名詩人兼詩論家，是江西詩派的殿軍人物。他為詩六十餘年，創作詩歌逾萬首，精心選錄唐宋以來律詩三千餘首，逐一評點，輯成《瀛奎律髓》一書，內容宏富，影響深遠。作為一位重要的詩歌批評家，方回品評了許多詩人，尤其對陶淵明推崇備至，在詩文中多有涉陶之論，還創作有二十三首「和陶詩」和一些擬陶作品，方回是元代和陶、評陶與學陶的代表詩人之一。

第一節　方回降元及其矛盾心態

方回（1227～1307），字萬里，號虛谷居士，別號紫陽山人，徽州歙縣（今安徽歙縣）人。方回在正史上無傳，關於其身世背景散見於元洪焱祖的《方總管回傳》、清曾廉《元書》卷八十九的《方回傳》和清顧嗣立《元詩選》中的《方回小傳》。其中，以《方總管回傳》所載資料最為詳實：

> 方總管回，字萬里，歙縣人。父琢，以太學上舍登第，仕至承直郎、廣西經幹，權融州通判。坐廣西提刑錢弘祖挾私憾誣劾，謫死封州。回幼孤，從叔父瑑學，穎悟過人，讀書一目數行下。少長，倜儻不羈，賦詩為文，天才傑出，鄉先達呂左史、方吏部咸亟稱之。郡守魏公克愚一見其詩，即延置郡齋，移知永嘉，亦拉以自隨。制帥呂公文德尤相厚善。

> 景定三年，以別院省元登第，調隨州教授。呂公師夔提舉江東，闢充幹辦公事，歷江淮都大司幹，官沿江制幹。所至皆得幕府譽，獨與賈似道不偶，嘗一再除國子正、太學博士，輒遭誣劾。登第後，逾紀始改官通判安吉州都堂稟議，時則德佑元年矣。似道魯港喪師之後，猶在揚州，眾皆懼其復入，莫敢論列。回獨首上書，數其罪有十可斬，中外快之。俄除太常寺簿，又上言：「賈似道與其客廖瑩中皆當其誅。王爚不可為平章，陳合不可為同僉，當去。福王入輔之議當寢。」出知建德府，方用兵之際，興建學宮，以雅量鎮浮俗，煦弱鋤強，賞罰必信。鄰郡草寇乘間竊發，獨境內肅然。至元丙子春，奉宋太后及嗣君詔書，舉城內附，改授嘉義大夫、建德路總管兼府尹。己卯入覲，遷通議大夫，依舊任在郡。七年無絲為利意，至賣寓屋猶不足以償。逋代歸，不復仕。徜徉錢唐湖山間二十餘年，豁達輕財，喜接引後進，嗜學至老不厭，經史百氏靡不研究，而議論平實，一宗朱文公。有《壁流集》、《桐江集》若干卷行於世；又有《讀易釋疑》、《易中正考》、《皇極經世考》、《古今考》、《曆象考》、《衣裳考》、《玉考》、《先覺年譜》、《瀛奎律髓》、《名僧詩話》合若干卷，藏於家。卒年八十一。子存心，蔭授義烏尹。〔註1〕

上文介紹了方回的家庭出身、求學、仕進和著述情況，勾勒出了方回的人生軌跡。方回生於宋理宗寶慶三年（1227），其自述名字來歷云：「回之所以名，是先君名之，自初生即名曰『回哥』，以寓他日還鄉之意，長而不敢更他名。左史呂公午，先君之友，一見，謂回貌肖先君，字之曰『萬里』，以其歸自遠嶠而又將期以遠到云者。」〔註2〕方回三歲，父死。方回先後由九叔父琛和七叔父珌養，以至於長；由八叔父瑑教，以至於成。方回從小就受到了良好的啟蒙教育，弱冠之後，他開始四處訪學，遍遊吳楚等地，一方面廣交江湖詩友，另一方面拜訪

〔註1〕《全元文》卷七五三，第205頁。

〔註2〕（元）方回：《桐江集·先君事狀》卷八，商務印書館影印宛委別藏清抄本，第489頁。

達官顯貴，希圖仕進，「二十五歲，走浙右、江左，見鄭亦山。……入天目山謁洪後峴……金陵見馮深居……二十六還家。」後又「泝大江，通洞庭，謫長沙江陵，在鄂漢軍中與劉朔齋唱和……」〔註3〕景定二年（1261），方回應浙漕試，有詩《送男存心如燕二月二十五日夜走筆古體》：「明年辛酉秋，浙漕鶚薦翔。道山此大恩，給我鬻爵郎。」〔註4〕「道山」指呂師夔，方回的中舉當是得到呂氏的舉薦。景定三年（1262），進士及第，年三十六。

及第之後，方回先後任隋州教授、江東提舉司準造、國子監書庫官、江東提舉司幹辦公事、江淮都大司幹辦公事等職。咸淳六年（1270），方回前往臨安，出任國子正太學博士。咸淳七年（1271），任沿江制置司幹辦公事。八年（1272），改通判平江府。咸淳十年（1274），改判常州，後又任安吉州通判。德祐元年（1275），權臣賈似道與元軍在蕪湖魯港對壘，兵潰大敗。方回上書朝廷，歷數賈似道十大可誅之罪。同年七月，方回出知建德府。

德祐二年（1276）春，「甲申，大元兵至皋亭山，遺御史楊應奎上傳國璽降。」〔註5〕二月初六日，方回以建德府受降於元。入元，初為知建德府事兼管內安撫使，後改授嘉議大夫、建德路總管兼府尹。至元十六年（1279），方回入大都見元帝，遷通議大夫依舊任。至元十七年（1280），方回自大都返建德，依舊任建德路總管兼府尹，第二年解任。罷官之後的方回「徜徉錢塘湖山間二十餘年」，過著縱情山水的閒適生活。他肆意於詩，「予自桐江休官閒居，萬事廢忘，獨於讀書作詩，未之或輟也。客或過於廬，見予之無一時不讀書，無一日不作詩也」〔註6〕。方回晚年生活十分窘迫，他不得不典賣房宅來維持生計，有《典秀山宅半》詩云：「半宅分僚友，門開別向西。送書人未

〔註3〕（元）方回：《桐江集．送俞唯道序》卷一，商務印書館影印宛委別藏清抄本，第376頁。
〔註4〕（元）方回：《桐江續集》卷二十五，《四庫全書》本，第19b頁。
〔註5〕《宋史》卷四十七，中華書局1977年版，第937頁。
〔註6〕《桐江續集》卷三十二，第17b頁。

識，歸舍犬猶疑。」〔註7〕至元二十二年（1285）年，方回移居杭州，直至終老。大德十一年（1307），方回卒，年八十一。

降元是方回人生的分水嶺，他的失節行為被人所不恥。關於方回降元，周密《癸辛雜識》載：

> 未幾，北軍至，回倡言死封疆之說甚壯。及北軍至，忽不知其所在，人皆以為必踐初言死矣。徧尋訪之不獲，乃迎降於三十里外，韃帽氈裘，跨馬而還，有自得之色。郡人無不唾之。遂得總管之命，遍括富室金銀數十萬兩，皆入私囊。〔註8〕

在周密的筆下，方回是一個主動降元、人品卑污之人。對此，詹杭倫等學者撰文指出周密所述為不實之言，不足為信。〔註9〕關於舉城降元，方回本人在《先君事狀》續書中有過記述：

> 明年丙子春二月初六日，奉前朝太皇太后嗣君詔書，以郡歸於□，改書至元十三年，自此日始，行在所宰執大臣，以嗣君名具表納土，送璽於皋亭山，在正月十八日。軍馬入臨安府易守，在二十日。回猶堅守孤城半月餘，奸人不敢鬩於內，盜賊不敢煽於外，以待其定。王郎中世英、蕭郎中郁，提兵五千齎詔至郡，合眾官吏軍民，一口同辭，惟恐有如常州之難，議定歸附。……建德府六邑，戶十二萬有奇，口四十萬許，全十二萬戶、四十萬口，亦可也。彼列閫連城，先下於臨安，未下之先者可罪也。此一小壘，臨安已下半月而後下焉，恕其罪可也。而嘩士或以不死責回，籌帷巨公、分鉞彪帥，不責之死於未亡國之先，而責一內郡太守於國已亡之後乎？〔註10〕

〔註7〕《桐江續集》卷五，第4b頁。

〔註8〕（宋）周密撰，吳企明點校：《癸辛雜識．別集上》，中華書局1988年版，第251頁。

〔註9〕見詹杭倫《周密〈癸辛雜識〉「方回」條考辨》，《四川師範大學學報》1989年第6期。

〔註10〕（元）方回：《桐江集．先君事狀》卷八，商務印書館影印宛委別藏清抄本，第489～490頁。

在方回的敘述中，他是在南宋朝廷遞交降表並詔諭州郡歸附以後，經過與眾官吏軍民商議才選擇了歸降，得以保一郡四十餘萬人的性命。但不管方回降元的原因如何，他畢竟投降做了貳臣，這與儒家傳統的忠節觀念是相悖的，注定會成為他人生的一個污點。面對自己的人生抉擇，方回也表現出了他的矛盾心態。一方面，他認可自己做出的選擇，在詩中解釋自己棄城獻地的理由：「失身亡國非無痛，保士全民尚可矜。」（《南唐》）認為亡國之痛固然沉重，但保全一郡百姓也是值得的，頗有自誇之意。「臭囊腐，死兵火，何如清潔保全生」（《次韻謝平心胡秘監見惠生日》）、「完國非我責，完郡亦何傷。幸保千里民，不為劍戟戕」（《送男存心如燕二月二十五日夜走筆古體》），他認為自己盡到了責任，使生民免於戰火荼毒。

另一方面，他又承受著世人的異樣眼光與心理上的巨大壓力，他感到沒有人理解他忍辱負重的行為：「未妨行事諸兒笑，敢謂知心舉世無。」（《始寒》）「未妨緩步微行好，猶恐傍觀竊議多。」（《二月十七日偕賓陽市飲二首》）「用盡平生力，唯吾影自知。」（《夢作》）這使他的內心異常痛苦。方回希望得到公正的對待與評價：「去就時難千里夢，是非論定百年身。」（《元日感事》）「萬險千艱歷歷更，是非他日仗誰明。」（《次韻仁近見和懷歸五首》其四）甚至寄希望於來世能得到理解：「今人難與語，來世尚堪期。」（《不寐十首》其一）從上詩可以看出，方回渴望得到世人的認可。此外，方回接受儒家教育，節義觀念又時時敲打他的內心：「默數前死者，愧茲今獨生。」（《西齋秋日雜書》）「苟生內自愧，一思汗如漿。」（《送男存心如燕二月二十五日夜走筆古體》）「每悔居城市，常思絕友朋。」（《虛谷至歸十首》其十）每每想到歸降這件事，都使他的心隱隱作痛，生出自責、愧疚之意，反映出了他的矛盾心態。

方回有一首詩歌頌陶淵明的高尚氣節：

我愛陶元亮，忠肝義膽存。不忘一飯報，況受累朝恩。

解印彭澤縣，歸田栗里村。貧非無粟在，宋粟不堪餐。〔註 11〕

在這首詩的下面，方回評論道：「此等詩當忘言，且陶元亮年六十三以死，刺史王宏之酒亦不拒也，劉裕後何曾不吃飯來？用夷齊周粟事，恐徒多紛紜。」〔註 12〕他以陶淵明沒有拒絕王宏送酒、拒食宋粟來為自己開脫，想擺脫失節之名。但是貳臣身份帶給他的恥辱感、負罪感，一直持續到晚年：「我生逼六十，偶幸全頭顱。身閱大兵革，一思一歔覷。」（《憶我二首》其二）「七載休官學老農，間關垂死脫兵鋒。折腰早覺身難屈，饒舌懸知世不容。」（《自釋休官之意》）方回明白自己「全頭顱」的行為會成為被世人恥笑唾罵的污點，終其一生都要背負著精神包袱，慚愧、自責、追悔過往是他作為貳臣文人的典型心態。

第二節　方回對陶淵明的接受

方回對陶淵明十分推崇，陶淵明的超然物外、君子固窮以及恥事二姓的忠節精神和品格，正是有失節行為的方回所向往和追求的，他稱讚陶淵明的人格，是借陶淵明來追悔往事，安撫自己痛苦的靈魂。同時，作為重要的詩學批評家，方回很推重陶詩，認為陶淵明的詩歌「格高」和自然有味，並進行和陶、擬陶創作，足見他對陶淵明的喜愛。

一、對陶淵明人格的稱頌

在方回的詩歌中，涉及陶淵明的不勝枚舉，其中有很多是表達對陶氏人品的稱讚，如《秋晚雜書三十首》其二十六：

我不識淵明，但以菊觀之。白露化為霜，百草忽已萎。始見南山松，青青虬龍枝。睠此粲然英，凜有千尺姿。擷菊

〔註 11〕（宋）方回著，（清）阮元輯：《桐江集》卷五，江蘇古籍出版社 1988 年版，第 330 頁。

〔註 12〕（宋）方回著，（清）阮元輯：《桐江集》卷五，江蘇古籍出版社 1988 年版，第 330 頁。

酹我酒，倚松哦我詩。二物足相配，髣髴齊與夷。遙遙襲世胄，豈無王謝兒。故是芙蓉花，亦得與同時。〔註 13〕

陶淵明愛菊，菊也被賦予了陶淵明的人格精神，成為他人生的象徵。方回以菊、松比作淵明，表達了對陶淵明的崇敬之情。又如《次韻汪以南閒居漫吟十首》其五：

晉季有詩人，忽如古伯夷。其人果為誰，請讀淵明詩。同時顏謝流，望風悉披靡。東阡西陌間，黍稷何薿薿。烹葵酌濁醪，世味世復美。百萬呼盧公，枉為寄奴死。漫仕心未安，託辭避郵史。自挽何謂亡，宇宙與終始。眷言塵纓客，試問滄浪水。〔註 14〕

伯夷不食周粟，餓死於首陽山，方回以淵明比作伯夷，稱頌淵明人格高尚、有氣節。「同時顏謝流，望風悉披靡」，方回認為同時期的顏延之與謝靈運則不如淵明，更加凸顯淵明在方迴心目中的崇高地位。方回不止一次將淵明與伯夷作比，《久過重陽菊英粲然即事十首》其五云：「平生我解量人品，元亮真成晉伯夷。」在方回看來，陶淵明與伯夷身上有一個共同點，那便是忠節品質，不仕二朝。方回在易代之際，背宋事元，但他屢屢談到氣節問題，正反映出他內心深處的矛盾與糾結。

方回還在詩文中將陶淵明與嚴子陵並提，如「三徑連東籬，略與寒士同。何獨嚴與陶，百代流清風」(《擬古五首》其二)、「客行元亮邑，家寄自陵臺。緬想二賢跡，吾顏亦靦哉」。(《彭澤道中懷嚴陵》)嚴子陵即嚴光，東漢著名隱士，他與光武帝劉秀是好友，劉秀即位後，多次延聘嚴光，他卻不願為官，隱居富春山中。陶淵明與嚴光都是不慕榮利、高風亮節的人物，方回在詩中頻頻提及他們，是對他們高尚人格的推重。

降元是方回一生中最難解的心結，方回深感羞愧，並於詩中時時流露出這種情感，如《重至秀山售屋將歸十首》云：「全城保生齒，終

〔註 13〕《桐江續集》卷二，第 11a 頁。
〔註 14〕《桐江續集》卷八，第 19a 頁。

覺愧衰顏。」雖然降元這一行為客觀上救了全城四十餘萬百姓，但對他個人而言卻是有虧大節，成為難以抹去的人生污點，也成為他晚年無法擺脫的心理陰影。「屈體喪厥節，寧若埋我名。極不過餒死，餒死勝飽生」（《和陶淵明飲酒二十首》其三）、「忽思往日過，何事馬受羈」（《和陶淵明飲酒二十首》其八）、「苟生內自悔，一思汗如漿。焉得掛海席，萬里窮扶桑」（《送男存心如燕二月十五日夜走筆古體》），他表現出內省與自責，雖然無法像陶淵明那樣掛冠而去，卻希望通過和陶來尋求一絲慰藉。

降元以後，方回在仕途上也未能如願，他進退失據，晚年的生活過得十分窘迫，以至於需要賣田宅來維持生計，有詩自述當時境況：「朝衣已當酒家錢，更賣山中二頃田。盡聽小姬辭別院，單留老馬伴殘年。」（《編續集戲書》）但他並沒有表現出愁苦和哀怨，受陶淵明的影響，方回以樂觀豁達的心態去面對困頓的生活，如《秋晚雜書三十首》其十五：

> 賦詩學淵明，詩固未易及。飲酒慕淵明，酒復罕所得。荒涼數畝園，卜築未成宅。此或類陶家，秋菊亦可摘。古稱士希賢，將無肖厥德。如我於柴桑，往往似其跡。儲粟既以缾，子尤不勝責。有時醉欲吟，坌集索逋客。〔註15〕

方回繼承了陶淵明的閒適思想，追求心靈的自適自得。他在《仲夏書事十首》其一中說：「園林夏宜曉，葉葉溜晴光。此地吾能淨，非天獨肯涼。汲泉看馬飲，鏟草免蛇藏。似亦為形役，終無市井忙。」〔註16〕在仲夏的早晨，詩人汲水喂馬、鏟草掃除，充滿了悠然自得的閒適情感。「似亦為形役，終無市井忙」二句化用淵明《歸去來兮辭》「既自以心為形役，奚惆悵而獨悲」，詩人對這種生活狀態頗感滿足。「是中亦堪隱，浪出誤平生」（《獨遊塘頭五首》），他返璞歸真、回歸田園，在與陶淵明的千載相和中希求心靈的解脫。

〔註15〕《桐江續集》卷二，第8a頁。
〔註16〕《桐江續集》卷一，第1a頁。

方回是一個言行不一之人，據《癸辛雜識》載：「在嚴日，虐斂投拜之銀數十萬兩，專資無益之用。及其後則鬻於人，各有定價。市井小人求詩序者，酬以五錢，必欲得錢入懷，然後漫為數語。市井之人見其語草草，不樂，遂以序還，索其錢，幾至揮拳，此貪也。」〔註17〕他巧用手段搜刮百姓錢財，遭到後人的詬病。他給自己的長子寫有《送男存心如燕二月十五日夜走筆古體》詩：「今汝往筮仕，已逾四十強。蕭然乏行李，艱甚謀聚糧。此皆我之過，棄官畀禍殃。以致兒女輩，無不羸以尪。……苟可得一職，歸甘泌之洋」〔註18〕，希望他能夠出仕為官，以致「歸甘泌之洋」。由此可見，方回雖然在詩歌中屢屢說「寂靜無所為，宴坐觀我天。此心儼不動，豈即非聖賢」（《西齋雜感二十首》其二）、「天地與我者，所寶不盈掬。完我所固有，得之異逐鹿」（《題祝公輔靜得齋》），要修身養德、寂靜無為，但他在行動上從未放棄對物質生活和功名利祿的追求。

二、對陶淵明詩歌的推崇

方回推崇的詩人主要有陶淵明、杜甫、黃庭堅與陳師道，尤其對陶淵明青睞有加，在《送俞唯道序》中說：「五言古，陶淵明為根抵，三謝尚不滿人意，韋、柳善學陶者也。」〔註19〕方回認為五言古詩首推陶淵明，謝靈運、謝惠連、謝朓等都不如陶。方回在很多詩中表達對陶詩的喜愛，如《秋晚雜書三十首》其十四：

> 吾年志學初，故已嗜為詩。三霜當六十，無復一黑髭。生事置墮甑，世故愕敗棋。獨喜五柳作，時時一哦之。□□其猶龍，隱見不可羈。道人結淨社，刺史遺酒貲。親狎□□□，亦不作岸涯。永言想遐躅，終老茅簷棲。〔註20〕

〔註17〕（宋）周密撰，吳企明點校：《癸辛雜識》別集卷上，中華書局1997年版，第326頁。

〔註18〕《桐江續集》卷二十五，第19b頁。

〔註19〕（元）方回：《桐江集．送俞唯道序》卷一，商務印書館影印宛委別藏清抄本，第376頁。

〔註20〕《桐江續集》卷二，第8a頁。

方回在很小的時候就開始作詩，而且尤其喜歡陶淵明的詩歌，時常吟誦不輟，甚至想學陶淵明終老於茅簷之下，過上隱居的生活。又如《秋晚雜書三十首》其二十七：

世稱陶謝詩，陶豈謝可比。池草固未凋，階藥已頗綺。如唐號元白，白豈元可擬。中有不同處，要與分樸詭。鄭圃趙昌父，穎川韓仲止。二泉豈不高，顧必四靈美。咸潮生薑門，蝦蜞以為旨。未若玉山雪，空鐺煮荒薺。〔註21〕

世人常常把陶淵明和謝靈運來並稱，但在方回看來，陶淵明是謝靈運不可比的，陶詩質樸，謝詩綺麗，「陶勁謝婉」（方回《虎渡亭觀江浪》詩序），陶詩具有更符合儒家詩教的剛健之美，這是謝詩所缺少的。在《擬古五首》其四中，他再一次表明自己的觀點：「詩家推陶謝，謝豈肩淵明。」〔註22〕「極玄雖有集，豈得如淵明」（《秋晚雜書三十首》其十七），雖然姚合編有《極玄集》，其詩卻無法與陶淵明相媲美。通過比較，可以看出陶淵明在方迴心目中的崇高地位。

在《學詩吟十首》中，有四首明確談到陶淵明：

我陟匡廬山，想像淵明廬。我遊永嘉郡，康樂茲佩魚。學詩六十載，鑽仰二老且。白首恐無成，嗟哉腹空虛。適來擺百務，糲飯幾無蔬。朝吟極摹倣，夜詠加勤渠。不必一字工，意味但舒徐。比陶似不足，方謝尚有餘。舉世無人識，歸歟吾歸歟。（其一）

三百篇既絕，孔聖作春秋。榮辱繫褒貶，與詩美刺侔。楚騷降一等，尚可風雅儔。漢盛出蘇李，魏興起曹劉。歷覽逮六朝，仰止茲為憂。獨一陶元亮，龍鳳翔九州。韓柳繼李杜，黃陳紹蘇歐。江湖近一種，禽蟲鳴啁啾。（其二）

我讀淵明詩，不忍復去手。休官四十一，不肯戀五斗。二十三霜秋，籬下作重九。朝亦一杯酒，暮亦一杯酒。南北幾䋲紫，能爾一醉否。義熙所以立，寄奴幸而偶。牧野誅獨夫，夷齊尚弗取。竊評首陽山，乃後有五柳。（其三）

〔註21〕《全元詩》第六冊，第25頁。
〔註22〕《桐江續集》卷二十六，第22a頁。

> 離騷謂絕響，此道傳人心。外物有鼎革，能言無古今。曹劉與陶謝，五柳擅正音。李杜與韓柳，一字直萬金。歐蘇與黃陳，孰淺而孰深。尤蕭楊陸范，乾淳鶴在陰。二澗可繼之，章泉亦駸駸。奈何近百載，種火灰中深。〔註23〕（其六）

「獨一陶元亮，龍鳳翔九州」、「我讀淵明詩，不忍復去手」，可見陶淵明在方迴心中的地位之高。在《詩思十首》中，也有很多詩歌提到陶淵明，如「老子持公論，評詩眾勿驚。更無雙子美，止有一淵明」（其二）、「萬古陶兼杜，誰堪配饗之」（其三）、「菊花籬下酒，萬古一淵明」（其十），從上詩可以看出方回對陶詩的推崇與喜愛。

方回推崇陶詩，還體現在他的詩論中。方回論詩注重「格」，把「格高」、「格卑」作為評判詩歌成就高低的標準。《唐長孺藝圃小集序》云：

> 詩以格高為第一……自騷人以來，至漢蘇、李，魏曹、劉，亦無格卑者。而予乃創為格高、卑之論者，何也？曰：此為近世之詩人言之也。予於昔獨推陶彭澤一人，格高足方嵇、阮，唐惟陳子昂、杜子美、元次山、韓退之、柳子厚、劉夢得、韋應物，宋惟歐、梅、黃、陳、蘇長翁、張文潛，而又於其中以四人為格之尤高者，魯直、無己，上配淵明、子美為四也……近人之學許渾、姚合者，長孺掃之如粃糠，而以陶、杜、黃、陳為師者也。〔註24〕

方回認為漢之蘇、李，魏之曹、劉，均是格高的詩人。而格尤高者，只有陶淵明、杜甫、黃庭堅和陳師道四人。對陶詩之推崇，又見於《送俞唯道序》：「大概律詩當專師老杜、黃、陳簡齋，稍寬則梅聖俞，又寬則張文潛，此皆詩之正派也。五言古，陶淵明為根抵，三謝尚不滿人意，韋、柳善學陶者也。七言古，須守太白、退之、東坡規模。絕句，唐人後惟一荊公，實不易之論。」〔註25〕方回認為五

〔註23〕《桐江續集》卷二十八，第8b～9a頁。

〔註24〕《桐江續集》卷三三，第22b～23a頁。

〔註25〕（元）方回：《桐江集・送俞唯道序》卷一，商務印書館影印宛委別藏清抄本，第377頁。

言古詩應以陶淵明為根抵，三謝（謝靈運、謝惠連、謝朓）皆不如陶，韋應物、柳宗元善於向陶淵明學習，亦是陶詩格高之體現。此外，方回還在《張澤民詩集序》中說到：「淵明詩，人皆以為平淡，細讀之，極天下之豪放，惟朱公能知之」〔註 26〕，認識到了陶詩豪放的一面。

方回還有一篇《心境記》，論述「心」與「境」的關係：

> 惟晉陶淵明則不然，其詩曰：「結廬在人境，而無車馬喧」。有問其所以然者，則答之曰：「心遠地自偏。」吾嘗即其詩而味之：東籬之下，南山之前，採菊徜徉，真意悠然，玩山氣之將夕，與飛鳥以俱還。人何以異於我，而我何以異於人哉？「盥濯息簷下，斗酒散襟顏」，人有是，我亦有是也。「相見無雜言，但話桑麻長」，我有是，人亦有是也。其尋壑而舟也，其經丘而車也，其日涉成趣而園也，豈亦抉天地而出其表。能飛翔於人世之外耶？顧我之境與人同，而我之所以為境，則存乎方寸之間，與人有不同焉者耳。……然則，此淵明之所謂心也，心即境也。治其境而不於其心，則跡與人境遠，而心未嘗不近；治其心而不於其境，則跡與人境近，而心未嘗不遠。蛻人慾之蟬，不必乘列子之風也。融天理之春，不必吹鄒衍之律也。〔註 27〕

《心境記》是古代文論中的名篇，從「心」與「境」的角度，探索了藝術創作中主體與客體的關係問題。方回認為，一個人內心的修養比外界環境的改變更為重要，如果人的「心」能夠自由自適，即便身處喧囂之境，也能感受到超然物外的境界，「境」受「心」的主導，「心遠地自偏」便是這種境界的反映。治心，就是加強心性修養追求心靈的自我超越，像陶淵明一樣，即便「結廬在人境」，也能超脫於凡塵俗世，保持高潔的人格。

〔註 26〕（元）方回：《桐江集．張澤民詩集序》卷一，商務印書館影印宛委別藏清抄本，第 360 頁。

〔註 27〕（元）方回：《桐江集．心境記》卷二，商務印書館影印宛委別藏清抄本，第 388 頁。

方回推崇陶淵明，與當時詩壇的風氣有關。許多文人模仿晚唐體，學習永嘉四靈和江湖詩派，詩格卑下，詩風冷僻衰颯，缺乏氣骨。他在《送羅壽可詩序》中說：「永嘉四靈復為九僧，舊晚唐體，非始於此四人也。後生晚進，不知顛末，靡然宗之。涉其波而不究其源，日淺日下。」〔註28〕方回指出晚唐體並非自四靈始，而是從宋初的九僧開始的，後來的詩人多以之為宗，取法日卑，漸次淪喪。羅壽可亦學習晚唐體，方回在序中給予規戒。又《滕元秀詩集序》云：「近世為詩者，七言律宗許渾，五言律宗姚合，自謂足以符水心、四靈之好，而餖飣粉繪，率皆死語啞語。試令作七言大篇如蘇黃李杜，五言短篇如韋、陶、三謝、嵇、阮、建安七子，則皆縮手不能。又且借是以為遊走乞索之具，而詩道喪矣。」〔註29〕元初詩人作詩規隨四靈，忽略了古代優秀的詩歌資源，詩學路徑狹小，氣格卑弱，為扭轉詩壇衰靡之風，方回提出要向陶淵明等創作古體詩的詩人學習，提振詩風。

三、自覺地學習陶詩

方回在他晚年所作的《虛谷桐江續集序》中，回顧了自己一生的學詩經歷：

> 客猶疑予之作詩不無法也。則詰之曰：「子之詩，初學張宛邱，次學蘇滄浪、梅都官，而出入於楊誠齋、陸放翁。後乃悔其腴而不腹也，惡其弱而不勁也，束之以黃、陳之深嚴，而參之以簡齋之開宏。古體詩，其始慕韓昌黎而懼乎博之過，慕柳柳州而懼乎褊之過；慕元道州而懼乎短澀之過；慕韋蘇州而懼乎淳淡之過。既而亦於子朱子有得，追謝尾陶，擬康樂，和淵明，亦頗近矣。而謂作詩無法，是欺我也。」予凝思久之，而後其說曰：「此皆予少年之狂論，中年之癖習也。去歲適六十一矣，始悟平生六十年之非：所作詩滯凝

〔註28〕《桐江續集》卷三二，第14a～14b頁。

〔註29〕（元）方回：《桐江集．滕元秀詩集序》卷一，商務印書館影印宛委別藏清抄本，第359頁。

排比，有模臨法帖之病。翻然棄舊從新，信筆肆口，得則書之，不得亦不苦思而力索也。然後自信作詩不容有法，惟於讀書之法則當終身守之而勿失耳。〔註 30〕

序中，方回以主客問答的形式介紹了自己的學詩經歷。從中可以得知，他轉益多師，學習陶詩的平淡美，學習杜、黃、陳的雄深雅健，學習陸游的豪放飄逸等，並將不同的詩風相互融合，尤其是對陶淵明與謝靈運的模擬學習，自認為「亦頗近矣」，達到了很高的水平。方回和陶、擬陶和以陶為主題的詩歌有很多，其中「和陶詩」二十三首，「擬陶詩」有《擬詠貧士七首》，以陶淵明為主題的詩有《以採菊東籬下悠然見南山為韻賦十首》《讀陶集愛其致意於菊者八因作八首》，題畫詩有《題陶淵明採菊圖》《題淵明歸來圖》。他效法陶詩，選用陶詩中常見意象，在詩歌語言、風格方面與陶詩很相似，如《夏日小園》：

山中豈不樂，奈無田可耕。傍宅蒔荒圃，長夏日閑行。行倦即獨坐，時聞幽鳥鳴。剪花汰葵冗，護筍觀竹成。詩就意偶到，事罕心無營。忽復佳客至，取酒相與傾。熟醉徑高臥，頹然忘送迎。余齡能幾何，聊用遨此生。〔註 31〕

夏日裏詩人漫步在山中，走累了就坐下來小憩，聽鳥兒的鳴唱。詩人的住宅旁邊種著一些花木和竹子，因得到他精心的照料，長勢喜人。偶然有客人到訪，便拿出美酒一起痛飲，喝醉了就逕自去睡，竟忘了送客。整首詩描繪出一幅閒適的田園圖景，表現了詩人悠閒恬淡的生活情趣。「熟醉徑高臥，頹然忘送迎」一句，化用陶淵明的「我醉欲眠，卿可去」（《宋書・陶潛傳》），不禁讓人聯想到五柳先生的酣醉情狀。又如《仲夏書事十首》其二：

南風吹密樹，古屋隱林隈。捲畫防梅雨，鐫詩惜石苔。醫書鄰史借，庵記野僧催。細省仍微笑，猶勝走俗埃。〔註 32〕

〔註 30〕《桐江續集》卷三二，第 17b～18a 頁。

〔註 31〕《桐江續集》卷三二，第 3b 頁。

〔註 32〕《桐江續集》卷一，第 1a 頁。

詩首句寫景，中間兩句寫自己的田居生活，與村鄰、僧人的交往，末尾抒發情感，表現了田園生活的美好與和諧，這在表現方式上正是陶詩的套路。

方回在詩中還喜歡使用陶詩中的經典意象，如「酒」、「菊」、「南山」等，尤其對於飲酒，與陶公同好，如「杯酒幸到手，無盞亦當持」（《和陶淵明飲酒二十首》其一）、「千載飲酒詩，醉吻謠醒言」（《和陶淵明飲酒二十首》其五）、「兒輩勿戚戚，酒至姑飲之」（《和陶淵明飲酒二十首》其十二）、「酒膽一何人，和陶效坡穎」（《和陶淵明飲酒二十首》其十三）、「無一日不醉，未嘗見有疾。三日偶無酒，咄咄怪病出」（《病嗽不能出雜書十首》其一），可以看出方回之好酒。他還仿淵明《止酒》詩作《酒戒》：「老身偶不飲，終夜不能眠。客枕味最惡，客腸思欲穿。一夕飲踰量，終日不能起。雖非必死病，亦有可死理。愚者稟氣濁，賢者享氣清。保此元神者，無以物喪精。惟酒足忘憂，無之固不可。少飲固自佳，過飲將殺我。」〔註33〕可見酒已經成為方回日常生活中必不可少之物。

陶淵明愛菊，方回亦愛菊。「荒涼數畝園，卜築未成宅。此或類陶家，秋菊亦可摘」（《秋晚雜書三十首》其十五）、「我不識淵明，但以菊觀之……擷菊酹我酒，倚松哦我詩」（《秋晚雜書三十首》其二六）、「惟菊可配松，受命天地正」（《次韻賓暘張氏山園紅菊》）、「酒為萬有神，菊實百卉仙」（《秋晚雜書三十首》其一）、「菊花籬下酒，萬古一淵明」（《詩思十首》其十）、「不見淵明面，淵明心可見。問休以見之，老菊乃霜霰」（《以採菊東籬下悠然見南山為韻賦十首》）方回在詩中，以菊喻淵明，表達對陶氏人格的推崇。「南山」作為陶詩中的一個重要意象，也頻頻出現在方回的詩中，「始見南山松，青青虯龍枝」（《秋晚雜書三十首》其二六）、「把菊東籬下，氣與南山高」（《九日用淵明韻二首》其二）、「欲嗔仍復笑，掩卷看南山」（《漫興九首》其

〔註33〕《桐江續集》卷四，第3a頁。

六）、「南山有松柏，初未見貞堅」（《夫容》）、「萬重雲霧間，往問南山僧」（《讀陸放翁詩作》）「我不上南山，垂近四十載」（《右分流嶺》）從以上意象的選用可以看出方回對陶詩的學習與接受。

第三節　方回「和陶詩」的內容及風格

一、方回「和陶詩」的內容

方回「和陶詩」共二十三首，分別是《和陶淵明飲酒二十首》《和陶詠二疏為郝夢卿畫圖盧處道題跋作》《九日用淵明韻二首》，在《和陶淵明飲酒二十首》詩題下有序，論述了自己創作「和陶詩」的時間和緣由：

> 和陶，自蘇長公始。在揚州和《飲酒》二十詩，又為和陶之始。是二十詩者，蘇子由、晁無咎、張文潛相繼有和。然長公典大藩，子由居政府，無咎時通判揚州，皆非貧閒之言。惟文潛所和，乃在紹聖丙子罷郡宣城、奉祠明道、閒居宛丘之時。近世，嚴陵滕元秀家貧嗜酒，亦嘗和焉。予以嚴陵舊守，復至秀山，甲申九月九日屢飲之後，因亦用韻賦此，有文潛之閒而又有元秀之貧，感興言志宜也，庶幾好事者鑒之。〔註34〕

方回和陶《飲酒》詩作於甲申（1284）九月九日之後，此時他已罷官閒居，生活窘困，所以序中稱自己「有文潛之閒而又有元秀之貧」。方回的「和陶詩」數量雖然不多，但是內容較為豐富，既有對陶淵明人格精神的追慕，又有對自身過往的省思，對故國的追懷。如《和陶淵明飲酒二十首》其二：

> 康廬插南斗，其西柴桑山。我往挹風竹，如聽淵明言。
> 作歌以自挽，於今垂千年。有口可與飲，公心誰其傳。〔註35〕

「康廬」即廬山，「柴桑」是陶淵明隱居之地。詩人看到淵明故地風中

〔註34〕《桐江續集》卷五，第20b頁。
〔註35〕《桐江續集》卷五，第21a頁。

搖曳不息的翠竹，彷彿聽到陶淵明的言語，相隔千年時光與陶淵明進行對話。方回敬重陶氏，甚至憂其精神無法傳承下去。又如《和陶淵明飲酒二十首》其七：

九日戲馬臺，二謝詞翰英。良辰各有句，得無差過情。元嘉事其子，不救巢卵傾。淵明東籬下，焉識笳鼓鳴。兀坐把寒菊，竟亦了一生。〔註36〕

詩中用到二謝的典故，晉安帝義熙十四年（418）重九日，劉裕在戲馬臺擺宴送尚書令孔靖休官，席間謝宣遠與謝靈運兄弟分別作詩稱頌劉裕，可在元嘉三年（426）和元嘉十年（433），二人先後被誅殺，落得巢覆卵傾的悲慘下場。相較之下，陶淵明辭官歸隱，卻可以相伴寒菊了此一生，以謝宣遠、謝靈運二人熱衷於追求功名作比，讚揚陶氏的淡泊名利。

在宋元易代之際，方回沒有以身殉國或者隱居不出，而是選擇作了貳臣，這一失節行為受到時人的指責與詬病。晚年的方回在內心深處充滿了矛盾和自責，如《和陶淵明飲酒二十首》其十三云：

士本不畏貧，所畏迫老境。百憂無一樂，可醉不可醒。寒風頗欲霜，縫補闕袍領。酒膽一何大，和陶效坡潁。詩成聞亦佳，未忍一炬炳。〔註37〕

晚年的方回對自己的屈體喪節無法釋懷，流露出對往事的追悔情緒。「酒膽一何大，和陶效坡穎」，雖然方回缺少陶淵明身上那種對節操的堅守，但並不影響他對陶淵明的追慕。終其一生，方回都在學習陶淵明，不僅僅是在詩文方面，還有他的精神品格。又如《和陶淵明飲酒二十首》其三：

立功亦云可，於世能無情。屈體喪厥節，寧若埋我名。極不過餒死，餒死勝飽生。是翁醉中語，細味足歎驚。寄奴復典午，吾其無目成。〔註38〕

〔註36〕《桐江續集》卷五，第22a頁。
〔註37〕《桐江續集》卷五，第23a～23b頁。
〔註38〕《桐江續集》卷五，第21a～21b頁。

方回內心充滿了苦楚，他甚至想要隱姓埋名，期望被這個世界遺忘。「極不過餒死，餒死勝飽生」，就算餓死也強過苟活於世，他深深體味到了陶淵明當時的心境。又如《和陶淵明飲酒二十首》其八：

華鬢極老態，醜面乏妍姿。插花已不可，可插唯菊枝。□□偶有酒，此事竟大奇。連作數日飲，詩亦未暇為。忽思往日過，何事馬受羈。〔註39〕

「往日過」是指他的屈節降元，這一失節行為沉重地壓在詩人心頭，就如同馬受到韁繩的束縛一樣。詩人借酒澆愁，連日痛飲，希望得到解脫。他在「和陶詩」中屢屢表達自己的這種痛苦：「言念半死樹，類我晚節乖。風雷劈半腹，葉落禽不棲。幸不為薪櫍，燒之化塵泥。謂可材為琴，於調恐不諧。」（《和陶淵明飲酒二十首》其九）把自己比作是連禽鳥都不願棲息的半死之樹，製作成琴又於調不協，索性不如燒了化作塵泥。「毫髮志不伸，所至但屈己。屢觸灸眉怒，詎啻折腰恥」（《和陶淵明飲酒二十首》其十九），詩人有志不得伸，只得屈己隱忍，屢觸灸眉。「淵明詠二疏，寄意匪自譽。喪元辱先體，貪位綜世務」（《和陶詠二疏為郝夢卿畫圖盧處道題跋作》其二），方回以二疏作比，二人功成名就榮歸故里，自己卻因「貪位」投元，喪節辱體，悔恨當初。

詩人在悔恨過去的同時，還飽含對故國的追思，對家園的追憶。《和陶淵明飲酒二十首》其十八云：「身為葛天民，宅在建德國。努力築糟丘，萬感付一默。」〔註40〕詩人作為葛天氏之民，亦即南宋臣民，卻在元廷的土地上安家，「建德國」代指元朝，德佑元年（1275），方回知建德府。從中可以感受出來，他亦心念故國，對南宋還懷有感情。又如《和陶淵明飲酒二十首》其五：

羊車一失馭，天地兵甲喧。中國不自正，王業東南偏。運覽有貽厥，臥龍康廬山。使處王謝位，大物豈不還。千載飲酒詩，醉吻謠醒言。〔註41〕

〔註39〕《桐江續集》卷五，第22a～22b頁。
〔註40〕《桐江續集》卷五，第24a頁。
〔註41〕《桐江續集》卷五，第21b頁。

因為戰爭的緣故，使得統治中原河山的大宋王朝偏安東南一隅，國勢漸頹。「使處王謝位，大物豈不還」，方回在這裡假設自己處於王導、謝安的位置，或許還可以安邦定國，收復失地。可惜自己不居王、謝之位，無能為力，只好學陶淵明飲酒以自慰。方回雖然降元，並非對南宋毫無感情，詩中流露出了他對故國的懷思。又《和陶淵明飲酒二十首》其十云：「此邦最佳處，乃在城北隅。野田蕎麥傍，松下復問塗。……夜榻醉臥穩，何殊故園居。」詩人在醉酒後之所以能睡得那樣安穩，是因為居住的地方像極了自己過去的家。由此可見，方回對故土家園依然念念不忘。

面對元軍的鐵騎，方回背棄了儒家大義，屈己投降，受到世人的指責與唾罵。在降元之後，又被罷官，再一次斷送了自己的遠大前程。他從心理上感到無所適從，慕陶學陶，來追悔自己的降元行為，陶淵明身上有他缺乏的忠義品節，有他嚮往的安貧樂道與恬淡灑脫。他通過創作「和陶詩」來訴說心曲，向「不為五斗米折腰」的淵明致敬，也表達對過往的追悔，對故國家園的追思。

二、方回「和陶詩」的風格

方回為詩源自江西詩派，他推崇杜甫、黃庭堅、陳與義等人，又自成一家。方回論詩主張將雄深與雅健結合，他曾提出「參透雄深兼雅健，鍛成俊逸更清新」(《題一家清雅集送植芸胡直內》)，詩歌剛健有力，筆力恣肆，如《會鶴臞鄭高士庵為予寫神走筆賦雜言》云：「我不羨渠乘大馬食肥肉，我不羨渠寢細氈居華屋。富貴兩字輸與渠，奈渠未免一字俗。我有詩腸如月朗三秋，我有酒腸如海吞百瀆。西湖之水促供酒一杯，西湖之山可作詩千幅。羽客寫我醉吟意，雪為長髯電為目。豈知天上三臺星，焉用人間九州督。仕宦不達坐多言，衰老未死緣寡欲。眉毛及鬚尚如漆，此為壽相萬事足。莫言不智又無福，寧當忍窮勿受辱。」〔註42〕全詩感情充沛，汪洋恣肆，充滿力量。又如

〔註42〕《桐江續集》卷十四，第2b頁。

《下長安堰》云:「已雪又復雨,天寒行路難。船中寒尚可,未若堰頭寒。已雨又欲雪,泥深行路迷。岸邊泥尚可,未若堰頭泥。官船買船逾十丈,終日牽攀僅能上。小船不闊五尺者,大船塞之不容下。堰夫慣見甘途污,軸膠纜斷相號呼。得錢贍家計未愚,不惜身如牛與豬。人生劣可足衣食,何必來此堰頭立。」〔註43〕詩歌筆力遒勁,迴環往復,感情湧動不滯。

方回的詩歌還表現出瘦硬拗峭之美,《瀛奎律髓》載:「拗字詩在老杜集七言律詩中謂之『吳體』,老杜七言律一百五十九首,而此體凡十九出。不止句中拗一字,往往神出鬼沒。雖拗字甚多,而骨格愈峻峭。今『江湖』學詩者,喜許渾詩『水聲東去市朝變,山勢北來宮殿高』、『湘潭雲盡暮山出,巴蜀雪消春水來』,以為丁卯句法。殊不知始於老杜,如『負鹽出井此溪女,打鼓發船何郡郎』、『寵光蕙葉與多碧,點注桃花舒小紅』之類是也。如趙嘏『殘星幾點雁橫塞,長笛一聲人倚樓』,亦是也。唐詩多此類,獨老杜『吳體』之所謂拗,則才小者不能為之矣。五言律亦有拗者,止為語句要渾成,氣勢要頓挫,則換易一兩字平仄,無害也,但不如七言『吳體』全拗爾。」〔註44〕舉例說明了拗體詩的筆法與特色,他還創作了大量拗體詩,瘦硬矯健,拗峭崛奇,如《老馬行》:

> 十年何嘗騎千馬,望風此馬甘為下。老夫與爾共艱難,定非苟且相逢者。憶昔專城鬢欲霜,宇宙茫茫成戰場。指呼壯士斬群賊,蹀躞濺血霑靴裳。廄中始與駑駘列,夜夜向風嘶曉月。咆哮跳躑不受鞍,獨我乘之心妥帖。韓幹曹霸畫圖同,耳小胸開蹄踣鐵。吳隄朝望海門潮,薊門暮踏燕山雪。黃雲衰草出長城,碧眼虯髯逢者驚。百人走驛落喘汗,力追不及猶緩行。痛飲爛醉仍宵征,了無傾側肩輿平。髮雕齒鈍兩衰暮,重到江南如隔生。我閑解官甘寂寞,爾病良醫頻灌

〔註43〕《桐江續集》卷十四,第18b頁。

〔註44〕李慶甲:《瀛奎律髓匯評》卷二五,上海古籍出版社1984年版,第1107頁。

烙。去年西湖往探梅，雅稱是翁俱矍鑠。陌上誰家年少郎，

千金美妾規紫光。謹營芻豆尚努力，永伴殘年田子方。〔註45〕

全詩描寫了老馬一生的坎坷遭遇，借老馬來表現自己一生的波折與困頓生活，抒發內心的不平感情。詩歌將物我合一，憶昔敘今，中間筆鋒一轉又言陌上少年，筆勢跳躍。全詩語言質拙、生澀，聲律拗峭，崛奇挺拔。方回的此類詩歌常常打破詩歌的情景交融和對仗精工，如「多端世故干戈後，大好春光老病中」(《春思》)、「風聲雨聲涼秋夜，世故時情病客心」(《立秋》)，形成一種不和諧與不規範的體式，變化多端，大開大合，並以此為美。

同時代的戴表元評價方回詩歌：「大篇清新散朗，大趣流洽，如晉宋間人醉語，雖甚褻，不及聲利。小篇沉鷙峻整，如李將軍遊騎遠擊，自成部伍。」〔註46〕又《桐江詩集序》云：「紫陽方使君平生於詩無所不學，蓋於陶謝學其紆徐，於韓白學其條達，於黃陳學其沉鷙，而居常自說欲慕陸放翁。」〔註47〕戴表元對方回的詩歌給予很高的評價，認為他學習陶淵明、謝靈運、韓愈、白居易與黃庭堅、陳與義、陸游等人，兼取各家之長，融會貫通，呈現出非凡的氣象。

方回的「和陶詩」受到了陶詩平淡詩風的影響，語言質樸無華，不加雕飾，詩中流露出沖淡平和的韻味，如《和陶淵明飲酒二十首》其十：

此邦最佳處，乃在城北隅。野田蕎麥傍，松下復問塗。

酷愛古石峙，故緩羸驂驅。一生能幾許，於茲十載餘。夜榻

醉臥穩，何殊故園居。〔註48〕

詩人沒有對故居的環境做過多的描繪，野田、蕎麥、松樹、古石等都是很常見的事物，這些自然的意象羅列在一起，顯示出一種樸素的美

〔註45〕《桐江續集》卷九，第9a～9b頁。

〔註46〕（元）戴表元：《方使君詩序》，見《剡源文集》卷八，四庫全書本，第8b～9a頁。

〔註47〕（元）戴表元：《剡源文集》卷八，四庫全書本，第7b頁。

〔註48〕《桐江續集》卷五，第22b頁。

感，詩歌語言質樸，意味雋永。又如《和陶淵明飲酒二十首》其十五：

秋風吹古城，亂山繞荒宅。樹影日以疏，沼落見萍跡。客來觴我菊，獻酬殆至百。斜照未雲夕，草端露已白。遷化每如此，不飲真可惜。〔註49〕

前兩句中詩人用「秋風」、「亂山」、「樹影」、「萍跡」等意象，營造出一幅瑟瑟秋景，第三句寫客人來拜訪，與之酣飲菊花酒，表現飲酒之樂。第四句以自然界之物理現象，引出末句人生短促之感歎，富有哲理。詩歌在題材、風格、語言等方面極力模擬陶詩，遣詞造句平和恬淡，極少用生僻字，質而有味，情韻悠遠。

方回晚年生活淒涼，他也沒有陶淵明安貧樂道的襟懷和閒適淡泊的心境，所以在他的一些「和陶詩」中，往往顯露出抑鬱不平之氣，缺少陶淵明的平和寧靜。如《和陶淵明飲酒二十首》其四：

黄雀啐野田，見人輒驚飛。飛飛一不早，恐有虞羅悲。眯目饕餮子，繆謂得所依。豈不知必爾，甘往終無歸。志士餒欲死，未覺勁氣衰。手口自斟酌，勿令心事違。〔註50〕

詩中用曹植《野田黄雀行》的典故，表達了對遭遇禍患的擔憂。又如《和陶淵明飲酒二十首》其十三云：

士本不畏貧，所畏迫老境。百憂無一樂，可醉不可醒。寒風頗欲霜，縫補闕袍領。酒膽一何大，和陶效坡潁。詩成間亦佳，未忍一炬炳。〔註51〕

「所畏迫老境」、「百憂無一樂」語，盡說自己的憂愁、抑鬱，表達了憤懣的情緒，全然看不到陶淵明身上的通脫曠達。在他的《和陶淵明飲酒二十首》詩中，有很多抒發一己懷抱的詩句，如「謂可材為琴，於調恐不諧。醉抱作此感，暝色南北迷」（其九）「暇日一醉娛，往事萬念槁」（其十一）「行樂忽有感，當此窮秋時」（其十二）「努力築糟丘，萬感付一默」（其十八），顯示出了詩人複雜的情感。

〔註49〕《桐江續集》卷五，第23b頁。
〔註50〕《桐江續集》卷五，第21b頁。
〔註51〕（元）方回撰：《桐江續集》卷五，四庫全書本，第23a～23b頁。

方迴學詩轉益多師，呈現出多樣化的詩風。其古詩詩風樸拙勁健，不事浮豔；其律詩老到精嚴，氣韻貫通。〔註52〕其「清新散朗」、「天趣流洽」的藝術風格，與陶詩的藝術境界相似。同時也應看出，雖然方回用力學陶、和陶，但是他與陶詩的平淡詩風還有一些距離，二人精神境界不同，非方回用力學習可及。

〔註52〕楊鐮：《元詩史》，第357～359頁。

第五章　劉因及其「和陶詩」

劉因是元初北方的大儒和著名詩人，世代業儒，先輩曾在金朝為官。劉因從小就接受儒家教育，少有高志，希望能夠建功立業。他曾兩次被朝廷徵辟，第一次任教授近侍弟子的學官，不久因母病辭歸；第二次被辟為集賢學士，他以疾固辭，終未應召，被元世祖稱作「不召之臣」。〔註 1〕在劉因去世之後，元人滕安上作《挽夢吉》詩：「天才如水氣如蜺，千里真堪一息馳。幼歲襟期希聖解，暮年志趣和陶詩。意長日短終成恨，病與閒宜匪好奇。幾向西齋同夜宿，微言還有故人知。」〔註 2〕從這首挽詩當中，我們可以瞭解到劉因「和陶詩」應作於其晚年隱居之時。劉因「和陶詩」共計七十六首，在元代屬於和陶較多的詩人。

第一節　劉因的生平及其仕隱心態

一、劉因的家世及生平

劉因（1249～1293），字夢吉，號靜修，保定容城（今河北容城縣）人，元初著名的理學家和文學家，與許衡、吳澄並稱為「元初三大理學家」。劉因世代業儒，最遠可考其五世祖劉琮。高祖劉昉，

〔註 1〕《元史・劉因傳》，卷一百七十一，第 4010 頁。
〔註 2〕《全元詩》十一冊，第 42 頁。

為敦武校尉臨洮府錄事判官。曾祖劉俁，官至奉議大夫中山府錄事，其為政有聲，為人好禮，「每罷歸，望容城北門堠子下車，凡長一歲者，無貴賤皆拜」〔註3〕。祖父劉秉善，字文卿，少讀書，氣豪邁，以義雄稱鄉里。劉秉善雖未做官，卻得與金朝皇族聯姻，劉因的一個姑姑適金皇族完顏氏。後遭逢「貞祐之變」，舉家南徙，逃到了河南，家道也走向衰落。劉因之父名述，字繼先，金章宗泰和七年（1207）生，六歲值貞祐之變，從親南渡。劉因記述其父「早有大志，穎悟絕人，十六七棄舉子業」〔註4〕。壬辰之變（1232）後，劉述北歸，途中雙親皆歿，其妻亦病重，劉述歷盡艱難回到了故鄉容城。面對斷壁殘垣、滿目瘡痍，劉述泰然處之，發奮讀書：「遂刻意於學。大難之後，無書可讀。求訪百至，十年之間，天文、曆數、陰陽、醫方之書無不通，性學、史學尤所喜者。其書皆手所謄錄。往來燕趙間，交遊皆父行之天下名士也。」〔註5〕後有人舉薦他做官，他推辭不就。中統初，被辟為武邑令，不久就以病辭官。在劉因的記載中，其父「性不喜酒，好長嘯。嘗遊易州諸山，當秋風落木之下，危坐終日。時作一曲，其聲雖沖淡蕭散，而其慨然之所不能忘者，亦時見之。然其竹冠葛服，雍容樂易，人謂有真隱之風焉。先生平日明於藻鑒，或評論人物，或指明事體，或推究世變，人必待其驗而後服」〔註6〕。可見，劉述是一位樂觀曠達、瀟灑不羈之人，對劉因有很大影響。

關於劉因的出生，《元史》記載：

> 先生將生之夕，父夢神人馬載一兒至其家，曰：「善養之。」既覺而生，乃名曰駰，字夢驥。後改今名及字。〔註7〕

〔註3〕《全元文》，卷四六六，第419頁。
〔註4〕《全元文》，卷四六六，第420頁。
〔註5〕《全元文》，卷四六六，第421頁。
〔註6〕《全元文》，卷四六六，第421頁。
〔註7〕（元）蘇天爵：《靜修先生劉公墓表》，見《滋溪文稿》卷八，中華書局1997年版，第111頁。

劉因的出生頗具神話色彩，不過他的早慧倒是事實，《靜修先生劉公墓表》記載：「公生天資純粹，三歲識書，日記千百言，隨目所見，皆能成誦。六歲能詩，十歲能為文，落筆驚人。」〔註8〕他自己在詩中也寫道：「八齡書草字，觀者如堵牆。九齡與《太玄》，十二能文章。」〔註9〕劉因在幼年即受到良好的教育，首先得益於他的父親劉述，「（述）隱居教授，杜門絕交，萬事置之度外，惟以教子為事。曰：『始余四十未有自，嘗語人曰：「果無子則已，若有子必令讀書。我今教子，亦將以成吾之志而已』」〔註10〕。劉述的家教為劉因的學業奠定了紮實的基礎。

劉因師從何人，史書並無詳細記載，《元史》及《靜修先生劉公墓表》都載其曾師從硯彌堅。《元史》載：「國子司業硯彌堅教授真定，因從之遊，同舍生皆莫能及。」〔註11〕《靜修先生劉公墓表》記載的更為詳細：「故國子司硯彌堅教授真定，先生從之遊，同舍生皆莫能及，獨中山滕公安上差可比。硯公皆異待之，謂先生父曰：『令子經學貫通，文詞浩瀚，當為名儒。』」〔註12〕可見，這位硯先生對劉因頗為認可。硯彌堅，字伯固，應城（今湖北應城）人。他原是南宋儒生，在乙未（1235）年間被召至北方，以授徒為業，有《鄖城集》十卷傳世。劉因在詩中還提到過一位松岡先生，有詩《哭松岡先生》：

徙舍勞親意，擇師得子賢。從遊無半載，瞻仰似千年。
文字雖時樣，規模有正傳。門生感知己，佇立一潸然。〔註13〕

〔註8〕（元）蘇天爵：《靜修先生劉公墓表》，見《滋溪文稿》卷八，第111頁。

〔註9〕（元）劉因：《呈保定諸公》，見《靜修集》卷二十五，臺灣商務印書館《影印文淵閣四庫全書》，第1198冊，632頁。

〔註10〕（元）蘇天爵：《滋溪文稿》卷八《靜修先生劉公墓表》。

〔註11〕《元史》卷一百七十一。

〔註12〕（元）蘇天爵著，陳高華、孟繁清點校：《滋溪文稿》卷八，《靜修先生劉公墓表》，中華書局1997年版，第111頁。

〔註13〕（元）劉因：《靜修先生文集》卷八，中華書局1985年版，第156頁。

松岡先生的姓氏、事蹟均不詳。從詩中可以看出，劉因跟隨松岡先生學習的時間並不長，但是與他的感情卻很深厚。

劉因胸懷大志，希望成為聖賢之人，他在十八歲所作的《希聖解》中說：「天地之間，理一而已。爰其厥中，散為萬事，終焉而合，復為一理。天地，人也；人，天地也。聖賢，我也；我，聖賢也。」〔註 14〕在一些詩歌中也常常流露出自己的遠大抱負：「騶幼有大志，早遊翰墨場。」〔註 15〕「頭上無繩繫白日，胸中有石補青天。」〔註 16〕雖然劉因腹有詩書、才華橫溢，但在元初還未實行科舉取仕的情況下，出身布衣的他無法走上仕途，空有一腔抱負而難以實現。於是，他便走上教授生徒之路，聲名漸起，《靜修先生劉公墓表》記載：

> 先生杜門授徒，深居簡出。性不苟合，不妄接人。保定密邇京邑，公卿使過者眾，聞先生名，往往來謁。先生多遜避不與相見。不知者或以為傲，先生弗恤也。〔註 17〕

劉因深居簡出，專注於教書育人，即使有公卿貴胄前來拜會，他也多不相見。隨著劉因的名聲越來越大，加上朝中賢士大夫的推薦，劉因終於得到了朝廷的徵召。至元十九年（1282），「有詔徵其先生於家，擢拜承德郎，右贊善大夫」〔註 18〕。劉因的職責是教授近侍子弟，因先前的善贊大夫王恂新卒，劉因特來頂替他。然而不久之後，因繼母得病，劉因返家省親，他的首次出仕便就此結束，《元史》載：「後以老母中風，請還家省視，不幸彌留，竟遭憂制，遂不復出。」〔註 19〕此後數年，劉因仍舊以教書為業，生活過得頗為清苦。

至元二十九年（1292），元世祖忽必烈親自下詔，以集賢學士、

〔註 14〕（元）劉因：《靜修先生文集》卷一，中華書局 1985 年版，第 2 頁。

〔註 15〕（元）劉因：《呈保定諸公》，見《靜修先生集》卷六，第 115 頁。

〔註 16〕（元）劉因：《初夕》，見《靜修先生集》卷九，第 179 頁。

〔註 17〕（元）蘇天爵：《滋溪文稿》卷八，《靜修先生劉公墓表》，中華書局 1997 年版，第 111～112 頁。

〔註 18〕（元）蘇天爵：《滋溪文稿》卷八，《靜修先生劉公墓表》，中華書局 1997 年版，第 114 頁。

〔註 19〕《元史》卷一百七十一，第 4009 頁。

嘉議大夫徵辟劉因，再一次面對徵召，劉因「以疾固辭」〔註 20〕，並寫下著名的《上宰相書》，該文對瞭解劉因的仕隱思想有重要價值。文中首先就時人對其「高人隱士」的看法作出回應，表明自己並無隱居不仕之心：「且因之立心，自幼及長，未嘗一日敢為崖岸卓絕、甚高難繼之行；平昔交友，苟有一日之雅者，皆知因之此心也。但或者得之傳聞，不求其實，止於蹤跡之近似者觀之，是以有高人隱士之目。惟閣下亦知因之未嘗以此自居也。」〔註 21〕接下來，對第一次辭官進行說明：「向者，先儲皇帝以贊善之命來召，即與使者俱行。再奉旨令教學，亦即時應命。後以老母中風，請還家省視。不幸彌留，竟遭憂制，遂不復出。初豈有意於不仕邪？」（《元史‧劉因傳》）最後，就第一次被徵而不能立及應命進行解釋：「因素有羸疾，自去年喪子，憂患之餘，繼以痁瘧，歷夏及秋，後雖平復，然精神氣血已非舊矣。……至二十一日，使者持恩命至，因初聞之，惶怖無地，不知所措。徐而思之，竊謂供職雖未能扶病而行，而恩命則不敢不扶病而拜。因又慮，若稍涉遲疑，則不惟臣子之心有所不安，而蹤跡高峻，已不近於人情矣。是以即日拜受，留使者，候病勢稍退，與之俱行。遷延至今，服療百至，略無一效，乃請使者先行，仍令學生李道恒，納上鋪馬聖旨，待病退，自備氣力以行。」（《元史‧劉因傳》）劉因這篇文章寫得情辭懇切、哀婉動人，忽必烈在得知劉因的這個情況後，感慨地說：「古有所謂不召之臣，其斯人之徒與！」（《元史‧劉因傳》）劉因成為忽必烈口中的「不召之臣」。

關於劉因的進退出處，元人陶宗儀在《南村輟耕錄》中有一段記載：「中書左丞魏國文正公魯齋許先生衡，中統元年應詔赴都日，道謁文靖公靜修劉先生因，謂曰：『公一聘而起，毋乃太速乎？』答曰：『不如此則道不行』。至元二十年，徵劉先生至，以為贊善大夫，未幾辭去。又召為集賢學士，復以疾辭。或問之，乃曰：『不如此則道不

〔註 20〕《元史》卷一百七十一，第 4008 頁。
〔註 21〕《元史》卷一百七十一，第 4009 頁。

尊』。」〔註 22〕該記載的真實性頗為可疑，因為中統元年（1260）時許衡已五十二歲，而劉因才十二歲，言許衡拜謁劉因，似不合情理。但即便是杜撰，也反映了時人對劉因仕與隱的看法，劉因用「道不尊」回答了他的卻聘行為。

至元三十年（1293），劉因病逝，終年四十五歲，後朝廷對其進行表彰：「贈翰林學士、資德大夫、上護軍，追封容城郡公，謚文靖。」〔註 23〕元人歐陽玄在《靜修先生畫像贊》中對劉因有過一段評價：「微點之狂，而有沂上風雩之樂；資由之勇，而無北鄙鼓瑟之聲。於裕皇之仁，而見不可留之四皓；以世祖之略，而遇不能致之兩生。烏乎！麒麟鳳凰，固宇內之不常有也，然而一鳴而六典作，一出而春秋成。則其志不欲遺世而獨往也明矣。亦將從周公、孔子之後，為往聖繼絕學，為萬世開太平者邪？」〔註 24〕歐陽玄將劉因分別與曾點、仲由、商山四皓、魯之兩生和周公、孔子作比，指出其既有儒家積極用世的一面，又有隱士的高尚氣節，是對劉因極高的評價。張養浩有《挽劉夢吉先生》詩：「白髮山林僅四旬，兩朝不肯屈經綸。才名暗折世間壽，氣節偉高天下人。康節縱吟無限樂，希夷高臥有餘春。一生懷抱誰能識，他日休猜作遺民。」〔註 25〕張養浩對劉因的出處進退作出評論，既稱讚劉因的氣節高偉，又勸說世人不要以遺民身份來看待他。

二、劉因的仕隱心態

劉因出生之時，蒙古滅金已十五年，元太宗窩闊台採取了一系列措施來恢復發展生產，整頓中原政治經濟秩序，因此北方較為安定。

〔註 22〕（元）陶宗儀：《南村輟耕錄》卷二，上海古籍出版社 2012 年版，第 20 頁。
〔註 23〕《元史》卷一百七十一，第 4010 頁。
〔註 24〕《元史》卷一百七十一，第 4010 頁。
〔註 25〕（元）張養浩：《歸田類稿》卷十九，臺灣商務印書館《影印文淵閣四庫全書》，1192 冊，第 632 頁。

在蒙哥汗即位之後，忽必烈開邸金蓮川，任用劉秉忠、姚樞、郝經等一批漢族儒生，推行漢法。他們向忽必烈進言「崇儒重道」，陳述「以馬上取天下，不可以馬上治」、「農桑天下之本」〔註26〕等道理，努力使忽必烈接受和推行中原的封建文化和制度，取得了積極的成效。忽必烈登帝位後，在建元中統詔書中說：「朕獲纘舊服，載擴丕圖，稽列聖之洪規，講前代之定制。建元表歲，示人君萬世之傳；紀時書王，見天下一家之義。法《春秋》之正始，體大《易》之乾元。炳煥皇猷，權輿治道。」〔註27〕元朝逐步建立了較為完備的封建統治秩序。在父親的影響下，劉因從小就受到了良好的家庭教育，他常常以遠大自期，希望日後有所作為，所作《秋夕感懷》一詩，表露了他欲積極出仕的心態：「致身青雲間，高飛舉六翮。整頓乾坤了，千古功名立。」劉因淑世之心昭然可見。為了早日實現自己的抱負，他還寫下《呈保定諸公》詩進行干謁，希望得到提攜舉薦：

> 燕垂趙際間，人物燦珪璋。諸侯皆賓客，一郡宗賢良。士窮叫知己，人渴思義漿。諸公且勿嗔，賤子伸余狂。騶幼有大志，早遊翰墨場。八齡書草字，觀者如堵牆。九齡與太玄，十二能文章。遨遊墳素圃，期登顏孔堂。遠攀鮑謝駕，徑入曹劉鄉。詩探蘇李髓，賦薰班馬香。銜官賓屈宋，伯仲齒盧王。斯文元李徒，我嘗拜其旁。呼我劉昌穀，許我參翱翔。眼高四海士，兒子空奔忙。俗物付脫略，壯節持堅剛。前年脫穎士，峨峨勢方揚。欲求伸汩沒，今反墮渺茫。少小嬰憂患，痛切摧肝腸。零丁歎孤苦，片影弔愴惶。溺身朱墨窟，人事如冰霜。高才日陵替，壯志時悲傷。駑駘欺赤驥，鴟梟笑鳳凰。妾婦妬逸才，浪嚣讒舌長。紛然生謗議，鋒起不可當。不忍六尺軀，縮項俄深藏。諸公富高義，刮垢摩我光。去留從所適，爽氣生西廊。〔註28〕

〔註26〕《元史・劉秉忠傳》卷一百五十七，第3687頁。
〔註27〕《元史・本紀第四・世祖一》卷四，第65頁。
〔註28〕（元）劉因：《靜修先生文集》，中華書局1985年版，第115頁。

劉因的毛遂自薦並沒有讓他獲得入仕的機會，在之後的十餘年時間裏，他先後跟隨硯彌堅學習，往來於真定、雄州、順天等地。每每想起自己功業不就，都會激起劉因內心的波瀾。至元十五年，他作有《記夢》一詩，詩前小序云：「至元戊寅十一月二十四日，夢十餘老翁，衣冠甚偉，以章疏薦予，章中署予為金文山人而見稱之語甚多。既覺，惟記『松柏歲寒，桑榆晚景』之句，而每句之下又各忘其六字，遂以詩記之。」〔註29〕對沒能走上仕途，劉因始終心有不甘。至元十八年，劉因已三十三歲，這一年的除夕之夜，他感歎時不我待，伴隨著失落的情緒寫下《除夕》一詩，是當時心境的真實寫照：

百歲三分一，初心謾慨然。空囊難避節，青鏡不藏年。
靜閱無窮世，閒觀已定天。履端思後日，四鼓未成眠。〔註30〕

在漫長的等待當中，劉因的機會終於來臨了。至元十九年，在丞相不忽木、張九思等人的舉薦下，忽必烈下令召劉因入朝，擢拜承德郎、右贊善大夫。可是，劉因在任上沒多久，就因母疾辭歸，再也沒有赴任。按照劉因之前積極入仕的心態來看，他應該好好珍惜這次出仕的機會，努力有所作為，為什麼他沒有重返朝廷呢？回答這一疑問，需要瞭解當時朝廷的政治形勢。

忽必烈當政初期，倚重漢族文人，在中統元年「立中書省，以王文統為平章政事，張文謙為左丞」〔註31〕。後又設十路宣撫司，宣撫使和副使共計十九人，其中十分之八為漢人。可以說，忽必烈是充分信任漢族儒生的。但這種局面被李璮叛亂打破，忽必烈對自己充分信任的王文統參與叛亂感到十分震驚，也使他對漢族文人的態度有了很大改變。忽必烈重用回人阿合馬用來牽制漢人，「阿合馬為人多巧智，以功利成敗自負，眾咸稱其能。世祖急於富國，試以行事，頗有成績。

〔註29〕（元）劉因：《靜修先生文集》卷八，《四部叢刊》影印元至順間刊本，第7b頁。如無特別標注，下文劉因詩皆印自該本，個別詩句不再一一注釋。
〔註30〕《靜修先生文集》卷七，第1a頁。
〔註31〕《元史》卷四，《本紀第四．世祖一》，第63頁。

又見其與丞相線真、史天澤等爭辯，屢有以詘之，由是奇其才，授以政柄，言無不從，而不知其專愎益甚矣。」〔註32〕以阿合馬為首的勢力把控朝政，蓄意摧折漢臣，漢族文人逐漸被排擠到了權力的邊緣。至元十九年（1282），也就是劉因被徵召的這一年，阿合馬被擊殺，太子真金抓住機會，一方面改組中書省，清除阿合馬黨羽；另一方面積極推行漢法，議行科舉，他任用何瑋、徐琰等儒生，鼓勵他們說：「汝等學孔子之道，今始得行，宜盡平生所學，力行之。」〔註33〕他還徵辟楊仁風、馬紹等一批名儒宿彥，「表裏翊濟，履屐之間，無不勝任。一時宮府，號為得人」〔註34〕，劉因正是在此背景下步入仕途的。劉因上任後不久，就因母疾辭歸，後母親病卒，劉因就丁憂在家。這一時期，朝廷內部矛盾重重，危機四伏。

從至元十九年至二十二年，忽必烈不斷更換中樞大臣，在阿合馬被刺後，他起用親漢法派的和禮霍孫。至元二十年，忽必烈又罷免和禮霍孫，起用阿合馬派系的盧世榮，至元二十二年，又殺掉了盧世榮。這一年底，太子真金受驚嚇而猝死，漢法派失去了靠山。至元二十四年，忽必烈重置尚書省，任命桑哥為平章政事，桑哥掌權後開始對漢法派進行清算，一批漢族重臣被迫害致死。丁憂在家的劉因不會不瞭解此時朝廷的局勢，他不想置身政治漩渦，故而沒有在母喪服除後重新返回朝廷。他有詩云：「因觀倚伏機，亦愛柱下老。時危不易度，遜默庶自保。」（《和雜詩十一首》其五）劉因自知時世艱危，所以明智地隱退了。

至元二十八年，忽必烈又處死桑哥，並再次徵召劉因，劉因以疾固辭，拒絕出仕，並寫下情辭懇切的《上宰相書》。通過前後期對比可以發現，劉因對蒙元政權的態度有明顯的變化。青少年時期，劉因積極進取，以兼濟天下自任；中年以後，退隱情緒增長，對朝廷逐漸失

〔註32〕《元史》卷二百五，《列傳第九十二·姦臣》，第4558頁。
〔註33〕《元史》卷一百一十五，《列傳第二·裕宗》，第2890頁。
〔註34〕（元）程鉅夫：《故徽政院中議田君墓誌銘》，見《雪樓集》卷一七。

望。這種失望源於他對蒙元腐朽吏治的深刻洞察，對民族歧視、階級壓迫以及朝廷內部權力鬥爭的清醒認識。關於劉因的卻聘，歷來眾說紛紜，有認為劉因是有遺民情結，義不仕元的，也有認為劉因認識到元朝不足為輔，絕意仕進的。筆者以為，可以從蘇天爵的《靜修先生劉公墓表》中尋找答案：

> 自義理之學不競，名節隳頹，凡在有官，見利則動。有國家者，欲圖安寧長久之治，必崇禮義廉恥之風，敦求碩儒，闡明正學，彰示好惡之公，作新觀聽之幾，使人人知有禮義廉恥之實，不為奔競僥倖之習，則風俗淳而善類興，朝廷正而天下治。世祖皇帝再三聘召先生者，其以是歟？〔註 35〕

蘇天爵為劉因的再傳弟子，對劉因推崇備至。從以上《墓表》中可以看出，元廷徵召劉因，不過是為了崇禮儀、淳風俗，將其作為教化的工具，並未看重他的治國理政的才能。認識到這一點後，劉因便明智地放棄了仕進之路，轉而選擇授徒著述的生活道路。此外，劉因拒絕徵召跟他的性格也有很大關係。《元史》載：「性不苟合，不妄交接」、「公卿過保定者眾，聞因名，往往來謁，因多遜避，不與相見」〔註 36〕。他十五歲時作《擬古》一詩，即表達了對卑躬屈膝追逐名利之徒的鄙視：「多少白面郎，屈節慕身肥。奴顏與婢膝，附勢同奔馳。吮痛與舐痔，百媚無不為。」他這種清高傲岸的性格，與當時的官場是格格不入的。在辭歸之後，劉因依然心存魏闕，想起功業不就，內心充斥著失落與無奈，如《南樓》云：「登臨秋思動鄉關，展盡晴波落照間。歎老自非緣白髮，愛閒元不為青山。幾經分合世良苦，不管興亡天自閒。初擬憑欄浩歌發，壯懷空與白鷗還。」〔註 37〕劉因入仕與卻聘的人生經歷，都跟當時的政治形勢緊緊連在一起，他無法成為一

〔註 35〕（元）蘇天爵：《滋溪文稿》卷八，《靜修先生劉公墓表》，中華書局 1997 年版，第 114 頁。

〔註 36〕《元史》卷一百七十一，第 4008 頁。

〔註 37〕《靜修先生文集》卷八，第 5a 頁。

名經天緯地的政治家，也不是一個超脫世事的隱者，他一直在仕隱之間糾結矛盾著。

第二節　劉因的慕陶情結

劉因追慕陶淵明，推崇其詩，景慕其操行，將陶淵明視為異代知音。在劉因身上，有許多與陶淵明相似的地方，主要體現在以下幾個方面：

首先，二人有相似的人生經歷。陶淵明祖上三代為官，其曾祖陶侃為東晉名將，被封長沙郡公，都督八州軍事，聲威煊赫一時。祖父、父親做過地方太守，但到陶淵明父親這一代時，家道已經中落，陶淵明「少而窮苦，每以家弊，東西遊走」。（《與子儼等疏》）劉因的家庭環境與陶淵明相似，劉因高祖、曾祖也曾為官，祖父是金朝皇室姻親，家境富足，後來遭逢變故，家道走向衰落，幼年時生活清貧。陶淵明年少時熟讀儒家經典，胸懷大志，「猛志逸四海，騫翮思遠翥」（《雜詩》其五），最初抱著積極入世的心態，希望在政治上有所作為。劉因從小便接受儒家思想的洗禮，在少年時代即確立了遠大志向，希望「整頓乾坤了，千古功名立」（《秋夕感懷》）、「就引明河清，為洗崑崙泥」（《和飲酒》其八）。二人都有仕宦經歷，陶淵明一生有五次出仕，每次時間都不長，期間過著半仕半隱的生活，最終選擇了歸隱田園。劉因兩次被元廷徵辟，第一次任善贊大夫，教授近侍子弟，不多久即還家省親。第二次被聘為集賢學士、嘉議大夫，劉因堅辭不受，終老家鄉。在人生經歷上，劉因與陶淵明有著相似之處。

其次，二人都嚮往山林隱逸的生活。陶淵明「少無適俗韻，性本愛丘山」，在仕隱的矛盾中徘徊之後，他終於棄絕塵網，投入到山野田園的懷抱之中。和陶淵明一樣，劉因在為母丁憂之後一直隱居不出，他也嚮往隱逸生活，在為自己取的一些名號中可窺見一斑，如「雷溪真隱」、「牧溪翁」、「雪翠翁」、「泛翁」、「樵庵」等。而且他也對山野意趣充滿了喜愛，從他的一些詩歌中可以反映出來：「風光正及二三月，童子同來六七人。十日得閒須小醉，一年最好是深春。」〔註38〕（《春遊》）春天裏詩人與童子六七人外出遊覽踏青。「誰知此絕境，秋花亦芳鮮。采采泛清尊，山容變春妍。」〔註39〕（《秋晚登西山》）秋日裏悠然自在登山賞景，體會到了山林之樂。他經常在詩中吟詠巢父、黔婁、嚴光、陶淵明等人，尤其對陶淵明喜愛有加，和陶詩、集陶句、用陶典，不一而足。

最後，二人都堅守固窮安貧的思想。陶淵明在辭官之後，躬耕田園，「晨出肆微勤，日入負耒還。……田家豈不苦，弗獲辭此難。」（《庚戌歲九月中於西田獲早稻》）體會到了勞作之苦。但他不以為意，常以古代的貧士自慰：「何以慰吾懷？賴古多此賢。」（《詠貧士七首》其二）《南史·陶潛傳》記載：「江州刺史檀道濟往侯之，偃臥瘠餒有日矣，道濟謂曰：『夫賢者處世，天下無道則隱，有道則至。今子生文明之世，奈何自苦如此。』對曰：『潛也何敢望賢，志不及也。』道濟饋以糧肉，麾而去之。」〔註40〕由此可見陶氏的節操。劉因在辭官之後，隱居授徒，日子過得也很清苦。他在《和有會而作》中寫道：「況我營日夕，凶歲安得肥？衾裯一飽計，何暇謀寒衣？經過米麥市，自顧還自悲。」〔註41〕即便生活已經非常窮困了，他仍不改安貧樂道的志向。張養浩評價劉因：「才名暗折世間壽，氣節偉高天下人。」〔註42〕與陶淵明一樣，劉因也有著清高傲岸的人格。

陶淵明「少無適俗韻，性本愛丘山」，對自然的熱愛本於天性，這也成為他日後歸隱田園的內因。而劉因身為名儒，雖心慕桃源，卻始終懷有建功立業之心，難以割捨對文化道統、黎明百姓的深情和責

〔註38〕（元）劉因：《春遊》，見《靜修集》卷九，中華書局1985年版，第191頁。

〔註39〕《靜修先生文集》卷二，第4a頁。

〔註40〕《南史》卷七十五《列傳第六十五·陶潛傳》，中華書局1975年版，第1857頁。

〔註41〕《靜修先生文集》卷三，第5b頁。

〔註42〕（元）張養浩：《挽劉夢吉先生》，見《全元詩》第二十五冊，第41頁。

任。他之所以卻聘，一是因為不想捲入朝廷的紛爭之中，二是為了維護儒道和儒生的尊嚴。他意識到在當時的政治環境下，他安邦濟世的理想是無法實現的，這在他的詩中也有所反映，如《和飲酒二十首》其二云：「士生道喪後，美才多無成。」《和飲酒二十首》其二十云：「矧伊末世下，空有儒冠巾。」在拒絕了忽必烈的徵辟後，劉因隱居家鄉，教書授徒直至終老。

劉因創作了七十六首「和陶詩」，在浮世蹉跎中，他通過和陶來表達對陶淵明的嚮慕，對田園生活的嚮往，對道義節操的堅守，如「頗愛陶淵明，寓情常在茲」（《和飲酒二十首》其一）、「開襟受好風，試學陶夫子」（《和讀山海經十三首》其十二）、「每讀淵明詩，最愛桃源長」（《和歸園田居五首》其二）、「乾坤一東籬，南山久已傾」（《和九日閒居》）、「歸來誦陶詩，復與山經俱」（《和讀山海經十三首》其一），創作「和陶詩」成為劉因追求心靈自由自適的途徑，抒發苦悶與彷徨的出口，陶淵明成為他的心靈慰藉。又如《和擬古九首》其一：

> 鬱鬱歲寒松，濯濯春風柳。與君定交心，金石不堅久。君衰我不改，重是平生友。相期久自醉，中情有醇酒。義在同一家，何地分勝負？彼此五百年，幾許相愛厚？持刀斷流水，纖瑕固無有。〔註43〕

劉因神交淵明，實現了同氣相應的契合與跨越時空的唱和。劉因把陶淵明當做自己的隔代好友，二人的深情厚誼如金石般堅不可摧，字裏行間流露出對陶淵明的無限景仰。受陶淵明的影響，劉因對菊花情有獨鍾，寫下《採菊圖》《移甘菊》《對菊》等一系列詩歌，如「南山果識悠然處，不惜寒香持贈君」（《採菊圖》）、「政有南風曲中意，可能獨醉菊花秋」（《對菊》），借孤高的菊花來盛讚陶淵明傲岸不屈的人格。

〔註43〕《靜修先生文集》卷三，第5a頁。

第三節　劉因「和陶詩」的內容及風格

一、劉因「和陶詩」的內容

劉因在詩歌創作中，體現出了博採眾長的詩學主張，他在《敘學》中說道：

> 學者苟能取諸家之長，貫而一之，以足乎已，而不蹈襲靡束，時出而時晦，以為有用之文，則可以經緯天地，輝光日月也。……學詩當以六義為本，《三百篇》其至者也。《三百篇》之流，降而為辭賦。《離騷》《楚辭》，其至者也。辭賦，本詩之一義。秦漢而下，賦遂專盛，至於《三都》《兩京》極矣。然對偶屬韻，不出乎詩之律，所謂源遠而末益分者也。魏晉而降，詩學日盛，曹、劉、陶、謝其至者也。隋唐而降，詩學日變，變而得正。李、杜、韓，其至者也。周宋而降，詩學日弱，弱而後強。歐、蘇、黃，其至者也。〔註 44〕

劉因主張作詩為文要取法諸家，廣攬優長，同時又要「貫而一之」，以為為主，為我所用，形成自己的風格。「不蹈襲靡束」，強調推陳出新，自出心裁，要有創造性。劉因還論述了各個朝代的詩歌流變，勾勒出了詩學發展的軌跡。他將《詩經》歸為詩歌之源頭，後為辭賦，又列出了諸多詩人，如曹、劉、陶、謝、李、杜、韓、歐、蘇、黃等，都是他所學習的詩人。

劉因存詩千餘首，在元代屬於作詩較多的詩人。他的詩歌諸體皆備，詩風受元好問影響較大，與之相似。劉因寫下許多懷古詩，借歷史興廢抒發感慨，如七絕《白溝》：「寶符藏山自可攻，兒孫誰是出群雄。幽燕不照中天月，豐沛空歌海內風。趙普元無四方志，澶淵堪笑百年功。白溝移向江淮去，止罪宣和恐未公。」〔註 45〕白溝是北宋與遼國的界河，也是歷史上許多重要事件的發生地。劉因在詩中探討了北宋滅

〔註 44〕（清）王梓材，馮雲濠編撰：《宋元學案補遺》卷九十一，中華書局 2012 年版，第 5453 頁。

〔註 45〕《靜修先生文集》卷十，第 7b 頁。

亡的原因，弔古憑今，也顯示出他深刻的歷史洞識能力。諸如此類的詩還有《渡白溝》《白雁行》《宋理宗南樓風月橫披二首》《易臺》等，楊鐮評價他的這類詩「總是將滄桑興亡，歸結為歷史過程的一個組成部分，這樣滄桑興亡之感就脫離了個人的身世背景，還原為歷史本身。」〔註46〕他還有一些詩歌描寫民生疾苦，如《對菊》：「畫本流民今復見，詩家逃屋為誰留。黃茅安得千間廈，白布空歌萬里裘。」〔註47〕描寫了廣大百姓因戰亂而逃亡，流離失所的悲慘境遇。在《仲誠家藏張蔡公石女剪製香奩絕巧持以求予詩》中寫道：「東家健婦把鋤犁，西家處女負薪歸。哀哀正念誅求苦，對此無言空淚垂。」〔註48〕表現了戰亂之下女性的苦難生活。劉因的許多紀遊詩或寫山水風光，或記登臨古蹟，如《遊郎山》《觀雷溪》《登鎮州龍興寺閣》《登武遂城》等，這類詩往往寫得筆力縱橫，大氣磅礴，如《遊郎山》：「忽然長嘯得石頂，痛快如御駿馬蹄。萬里來長風，五色開晴霓。長劍倚天立，皎潔瑩鸊鵜。平地拔起不傾側，物外想有神物提。」〔註49〕該詩頗有李賀之風，想像奇特，色彩瑰麗。在他少年時代，時人便將其與李賀作比：「呼我劉昌穀，許我參翱翔。」〔註50〕劉因作為一位理學家，寫過許多討論理學內容的詩歌，如《講學而首章》二首、《講求仁得仁章》二首、《講八佾首章》二首、《講人之生也直章》等，對儒家經典進行闡釋。如《講八佾首章》其一：「以忍傷肌手自危，割餘痛切不勝悲。心同義理元無間，從此俱看未忍時。」〔註51〕劉因針對孔子提出的「是可忍孰不可忍」之說，闡發自己的認識。此外，劉因還創作了許多題畫詠物詩，如《巫山圖》《昭君扇頭》《仙人圖》《百蝶圖》等，這些題畫詩題材豐富，或描摹山水，或詠懷歷史，大多寄託了他的感慨和抱負。

〔註46〕楊鐮：《元詩史》，人民文學出版社2003年版，第280頁。
〔註47〕《靜修先生文集》卷九，第6b～7a頁。
〔註48〕《靜修先生文集》卷五，第3b頁。
〔註49〕《靜修先生文集》卷六，第1b～2a頁。
〔註50〕（元）劉因：《呈保定諸公》，見《全元詩》第十五冊，第16頁。
〔註51〕《靜修先生文集》卷十二，第4a頁。

劉因晚年學陶、和陶，實則借陶來澆胸中塊壘。他雖然告別了官場，但卻無法斷絕自己的淑世之心，無法捨棄對黎民蒼生的關懷，他的「和陶詩」在內容上與陶詩不盡相同，大致可分為以下幾類：

（一）「長歌以自振，貧賤固易居」——表達固窮安貧的思想

陶淵明在辭官歸隱之後，生活並非是悠然自在的，貧苦的生活倒是常態，但他一直安貧樂道，堅守君子固窮的志向。和陶淵明相似，劉因在歸隱之後以教書為業，生活也十分困窘。在他的「和陶詩」中，有很大一部分是描寫自己的貧居生活的。在《和有會而作》詩序中，他真實描述了自己的生活境況：「今歲旱，米貴而棗價獨賤。貧者少濟以黍食之，其費可減粒食之半。且人之與物，貴賤亦適相當，蓋亦分焉而已。因有所感而和此詩。」其詩如下：

> 農家多委積，淵明猶苦饑。況我營日夕，凶歲安得肥？衾裯一飽計，何暇謀寒衣？經過米麥市，自顧還自悲。彼求與此有，相直成一非。尚賴棗價廉，殆若天所遺。惟人有貴賤，物各以類歸。小兒法取小，淺語真吾師。〔註52〕

從詩中可以看出，劉因像陶淵明一樣，也參加農事勞動。雖然從早到晚辛苦勞作，一旦遇到荒年，卻連溫飽都難以滿足，可見他生活之貧困。又如《和飲酒二十首》其十：

> 十年小學師，一屋荒城隅。飢寒吾自可，畜養無一途。亦愧縣吏勞，催徵費馳驅。平生御窮氣，沮喪恐無餘。長歌以自振，貧賤固易居。〔註53〕

詩人長期以教書為業，生活卻一貧如洗，居住的環境十分荒涼，雖然自己勉強能夠抵禦飢寒，卻不足以養家糊口，更不要說去繳納稅負了。「長歌以自振，貧賤固易居」，詩人只有通過吟詩長歌來排遣沮喪的情緒，振奮精神。他在《和乞食》中寫到：「吾貧久自信，笑聽溝壑

〔註52〕《靜修先生文集》卷三，第4b～5a頁。
〔註53〕《靜修先生文集》卷三，第4a頁。

來。」〔註 54〕雖然詩人長期處於貧困狀態，但他卻能以樂觀通達的人生態度去面對生活。《和詠貧士七首》其一云：「陶翁本強族，田園猶可依。我唯一畝宅，貯此明月輝。」〔註 55〕詩人雖然只有「一畝宅」，卻蘊含著可與明月爭輝的高尚品德。詩人性格似顏延年，耿介孤高，不願與世俗同流，也體現出了他甘於貧賤、獨善其身的人格追求。

劉因在「和陶詩」中常以顏回來勉勵自己，如「魯甸五十畝，簞瓢足自娛。顏生未全貧，貧在首陽墟」（《和歸田園居五首》其四）、「參回豈不樂，履薄心常寒」（《和詠貧士七首》其五）、「萬鍾忘義理，一簞形色辭」（《和乞食》）。又如《和移居二首》其一：

> 十年寓蓀邑，渾家如逆宅。古意息吾廬，頹然在斯夕。床頭四子書，補閒薪水役。寒蔬掛庭柯，風葉滿粗席。藩垣護清貧，簞瓢閱今昔。珍重顏樂功，先賢重剖析。〔註 56〕

顏回是孔子最得意的弟子，孔子稱讚他：「賢哉，回也！一簞食、一瓢飲，在陋巷，人不堪其憂，回也不改其樂。賢哉，回也。」〔註 57〕顏回是古人安貧樂道的代表，為後世所稱讚和傚仿。「珍重顏樂功，先賢重剖析」，劉因以顏回自況，表達了自己固守窮節、安貧樂道的志向。

（二）「雖知無所濟，安敢遂忘情」——表達濟世的情懷

劉因有著強烈的用世之心，在其少年時代就確定了「整頓乾坤了，千古功名立」的雄心壯志，即便後來辭官歸隱，依然無法棄絕濟世之心，如《和飲酒二十首》其十六云：「乾坤固未壞，杞人已哀鳴。雖知無所濟，安敢遂忘情！」〔註 58〕雖然遠離廟堂之高，然而在內心深處，卻依然心繫黎民和家國。儒家思想歷來強調君子要有「先天下之憂而

〔註 54〕《靜修先生文集》卷三，第 2a 頁。
〔註 55〕《靜修先生文集》卷三，第 8a 頁。
〔註 56〕《靜修先生文集》卷三，第 2a～2b 頁。
〔註 57〕楊伯峻：《論語譯注》，《論語·雍也篇第六》，中華書局 1980 年版，第 59 頁。
〔註 58〕《靜修先生文集》卷三，第 4a 頁。

憂，後天下之樂而樂」（范仲淹《岳陽樓記》）的家國情懷，主張儒生要積極入世，投身社會、勇於擔當，劉因的這種思想正是傳統儒家思想的反映。又如《和擬古九首》其二：

客從關洛來，高論聽未終。連稱古英傑，秉田或從戎。建立天地極，蔚為蓋世雄。功成脫弊屣，飄然肅遺風。生世此不惡，君何守賤窮？急呼酌醇酒，延客無何中。〔註59〕

有客從關洛而來，縱談時事引起詩人的關注。他仍懷有「建立天地極，蔚為蓋世雄」的宏願，希望像歷史上的英豪一樣功成身退拂衣而去。「生世此不惡，君何守賤窮」，詩人亦問亦答，道出了「賤窮」的原因，是這個社會無法讓有志之士施展抱負。又如《和飲酒二十首》其三云：「阮生本嗜狂，欺世仍不情。酒中苟有道，當與世同名。何為戒兒子，不作大先生？……士生道喪後，美才多無成。」〔註60〕詩人借用阮籍的典故來比喻自己的處境，阮籍處於易代之際，在險惡的政治環境中小心求生，用連日的酩酊大醉來躲避政治迫害。「世生道喪後，美才多無成」，劉因借阮籍的身世遭遇來感歎自己的生不逢時。

終其一生，劉因都沒有實現他在政治上的理想抱負，這使他的內心充滿遺憾與惆悵，只有借和陶來分析解說世態，平復自己內心的波瀾，如《和飲酒二十首》其七：

生備萬人氣，乃號人中英。以此推眾類，可見美惡情。陰偶小故多，陽奇屹無傾。誰將春雷具，散作秋蟲鳴？既知治常少，莫歎才虛生。〔註61〕

劉因自少年時代就雄心萬丈，被視為人中英傑，理應做出一番事業。「既知治常少，莫歎才虛生」，詩人感歎時不我與，壯志難酬。其時，科舉廢止，文人失去了政治出路，生活艱難，很多人甚至掙扎在貧困線上。面對這樣嚴酷的社會現實，劉因的失落感不難想見。

〔註59〕《靜修先生文集》卷三，第5a～5b頁。
〔註60〕《靜修先生文集》卷三，第3a頁。
〔註61〕《靜修先生文集》卷三，第3b頁。

元統治者入主中原之後，傳統的封建統治秩序被打破，原有的思想意識受到一定程度的衝擊，禮教、倫常等觀念開始崩壞，這使劉因非常痛心，他希望恢復和匡正儒學，在《和詠貧士七首》其二中，劉因表達了自己的關心：

王風與運頹，一輊不再軒。消中正有長，冬溫見瓜園。人才氣所鍾，亦如焰後煙。寥寥洙泗心，千載誰共研？龍門有遺歌，三歎誦微言。意長日月短，持此託後賢。〔註62〕

劉因哀歎王道的不振與儒學的凋零，「寥寥洙泗心，千載誰共研」一句用孔子的典故，「洙泗」指洙水和泗水，孔子曾在洙泗之間聚徒講學，傳播儒家文化。可如今儒學式微，還有誰能像孔子一樣傳播儒學呢？劉因承擔起了這份責任，他效法孔子，將自己的濟世之心投入到了傳播儒家文化中去，從另一個途徑去實現自己的人生價值。

張宏生在《宋詩．融通與開拓》中談到：「劉因在自己的作品裏，時而傾訴著難以言說的悲苦，也時而抒發著清曠的神思，而一直未曾忘卻的主題，是自己身為儒者所難以割捨的、對文化道統、黎民百姓、天下蒼生的深情和責任。」〔註63〕他的歸隱並不意味著就放棄了自己的志向，他只是在「道不行」的社會現實中尋找淑世為民的另一途徑，通過授徒傳道來堅守作為儒生的責任，通過獨善其身來保持高尚的節操。

（三）「開襟受好風，試學陶夫子」——表現對淵明的追慕

劉因在元代的政治環境中無法施展抱負，內心是矛盾的、失落的。他通過和陶來調和內心的苦悶，獲得心靈的慰藉。在劉因的「和陶詩」中，有很多直接表達對陶淵明的仰慕：

頗愛陶淵明，寓情常在茲。（《和飲酒二十首》其一）

〔註62〕《靜修先生文集》卷三，第8a頁。
〔註63〕張宏生：《宋詩融通與開拓》，上海古籍出版社2001年版，第23頁。

陶令自高士，葛侯亦奇才。（《和讀山海經十三首》其十三）

翁復隱於酒，世外冥鴻飛。（《和詠貧士七首》其一）

淵明老解事，撫事如素琴。（《和詠貧士七首》其三）

考察劉因的這些「和陶詩」，或嚮往淵明隨遇而安的人生境界，或稱讚其曠穎的人生態度，或追慕其高潔的隱士風範。總之，在劉因筆下，陶淵明是一個可敬可愛之人。劉因尤其欣賞陶淵明不慕榮利的品格，在詩中頻頻提及，如《和九日閒居》：

深居忘晦朔，好事惟侯生。偶因菊酒至，喜聞佳節名。香醪泛寥廓，醉境還空明。青天凜危帽，浩空秋秋聲，緬懷長沙孫，生氣流千齡。乾坤一東籬，南山久已傾。回看聲利徒，僅比秋花榮。撫時感遺事，可見萬古情。興詩此三復，淹留豈無成？〔註64〕

在重陽佳節，面對著飄香的菊花酒，詩人不禁想起陶淵明，雖然已過千年之久，但陶公不重名利的品格依然熠熠生輝，令人追懷。再看那些追名逐利之人，終將像秋花一樣凋零不存。在這裡，劉因表達了自己對「聲利徒」的厭棄，他想要傚仿陶淵明，掙脫現實中名利的枷鎖。

又如《和讀山海經十三首》其十二：

扶疏窮巷陰，回車想高士。厭聞世上語，相約扶桑止。讀君孟夏詩，千載如見爾。開襟受好風，試學陶夫子。〔註65〕

淡泊名利、重義輕利是儒家傳統思想的表現，孔子云「君子喻於義，小人喻於利」，把重視道義還是追求利益當作是君子和小人的區別。古代的高士如伯夷、叔齊等歷來為人們所推崇，被視為安貧樂道、抱節守志的典範，對他們加以歌頌也成為中國文化的傳統。劉因敬仰陶淵明的品德和節操，讀著陶詩，宛如見到陶淵明其人。他要追隨陶淵明的步伐，學習他的淡泊和曠達。「淵明老解事，撫世如素琴。似人猶可愛，況乃懷好音」（《和詠貧士七首》其三），劉因不斷詠歎陶淵明的

〔註64〕《靜修先生文集》卷三，第1a頁。
〔註65〕《靜修先生文集》卷三，第10b頁。

傲視權貴、安貧守節，他也在學陶慕陶中完成了對自我人格的完善與超越。

（四）「只見柏參天，豈知根獨冷」——闡發理趣

劉因從小接受儒家教育，曾跟隨名重一時的大儒硯彌堅先生學習經學，後來他又接觸理學著作，「及得周，程，張，邵，朱，呂之書，一見能發其微，曰：『我固謂當有是也』」〔註66〕，並在主導思想上發生轉變，成為一位理學家，並提出許多富有哲學意味的見解。如《唯諾說》云：「凡物，無無對者，無無陰陽者，而聲亦然。其意象之清濁闔闢，亦莫不合也。姑以進退存亡、吉凶消長體之，則可見矣。」〔註67〕指出了事物矛盾對立的普遍性問題，具有樸素的辯證色彩。作為理學家的劉因將理學思想融入到「和陶詩」創作之中，繼承和發展了陶詩說理的特點，在詩歌中寄予懷抱、感慨人生，這些詩歌往往蘊含哲理，富有理趣，如《和雜詩十一首》其二：

胸中無全山，橫則變峰嶺。不及靈椿秋，遂謂長春景。只見柏參天，豈知根獨冷？井蛙見自小，夏蟲年不永。天人互償貸，千年如響影。廓哉神道遠，瞬息苦馳騁。平生遠遊心，觀物有深靜。〔註68〕

「只見柏參天，豈知根獨冷」，寓意任何事物都是有兩面性的，具有辯證色彩。「井蛙見自小，夏蟲年不永」與莊子《逍遙遊》「朝菌不知晦朔，蟪蛄不知春秋」〔註69〕有相通之處，言不同的視野有不同的境界，站得高才能看得遠，蘊含深刻的哲理。又如《和詠貧士七首》其七：

生類各有宜，風氣異九州。易地必衰悴，蓋因不同儔。水物困平陸，清魚死濁流。麟亡回既夭，時也詎無憂。天亦無奈何，自獻敢望酬？寄語陶淵明，雖貧當進修。〔註70〕

〔註66〕（明）宋濂等撰：《元史・劉因傳》卷一百七十一，第4008頁。
〔註67〕《全元文》卷四六四，第372頁。
〔註68〕《靜修先生文集》卷三，第6b頁。
〔註69〕（宋）呂惠卿撰：《莊子義集校》，中華書局2009年版，第5頁。
〔註70〕《靜修先生文集》卷三，第8b頁。

萬事萬物都有其所適宜生長的環境，不同的地域風氣千差萬別，所以改變環境會導致其衰亡，就像在水中存活的生物不適應陸地的環境，性喜清水的魚必定會死於濁水之中，具有樸素的辯證法色彩，也表現了劉因深處濁世而獨善其身的思想。又如《和飲酒二十首》其十八云：「人生皆樂事，憂患誰當得？人皆生盛時，衰世將盡惑。水性但知下，安能擇通塞。」指出了盛衰、憂樂互為依存，相互轉化，需要一分為二看待問題。

劉因的「和陶詩」中，也有一展宏大的磅礴之氣的，如《和詠荊軻》：

> 兩兒戲邯鄲，六國朝秦嬴。秦人鷙鳥姿，得飽肯顧卿？燕丹一何淺，結客報咸京。當時勢已危，奇謀不及行。政使無此舉，寧免繫頸纓。如丹不足論，世豈無豪英？天方事除掃，孰御狂飆聲。我欲論成敗，高歌呼賈生。乾坤有大義，迅若雷霆驚。堂堂九國師，誰定討罪名？一戰固未晚，何為割邊庭？區區六孱王，山東但空城。孟荀豈無術？乘時失經營。今雖聖者作，不救亂已成。酒酣發羽奏，亂我懷古情。〔註71〕

陶詩肯定荊軻刺秦的行為，對刺秦不成表達了惋惜之情。劉因的和詩與陶詩原旨不同，他不贊成刺殺的行為，認為九國之兵不敵秦國，一是師出無名，二是抵抗的決心不夠堅定，常常割地求和，三是沒有施行仁政、發動人民來共同抗秦，最終導致了失敗。全詩深沉凝重又透露出曠遠豪氣。「願清黃河源，以洗萬里流」（《和讀山海經十三首》其三）、「忽憶少年事，猛志隘九州」（《和擬古九首》其八）、「就引明河清，為洗崑崙泥」（《和飲酒二十首》其九），劉因像陶淵明一樣，並非一身靜穆，也有豪氣干雲的一面。

要之，劉因在「和陶詩」中展現出了一位儒者的情懷，他心繫百姓、關心蒼生，憂慮道統的無法延續。他羨慕淵明的曠穎灑脫，想要

〔註71〕《靜修先生文集》卷三，第9b頁。

學淵明適意的生活，卻又難以安放自己的濟世之心，在糾結和矛盾中多了幾分沉鬱。他生活貧苦，以至於到了食不果腹的地步，但依然能做到固守窮節，安然處之，以古代的先賢來激勵自己，保持高尚的情操。此外，劉因作為燕趙之人，身上還有股豪氣和慷慨之情，也融入到了他的「和陶詩」中。

二、劉因「和陶詩」的風格

劉因在詩歌創作實踐中一直秉承著博採眾長的詩學理念，這也成就了他詩歌風格的多樣性，既有奇崛詭誕，又有大氣磅礡，既可沖淡閒婉，又可平淡自然。明代詩論家胡應麟評價劉因詩歌：「劉步吉，古選學陶沖淡，有句無篇。歌行學杜，《龍興寺》《明遠堂》等作，老筆縱橫、雖間涉宋人，然不露儒生腳色。元七言蒼勁，僅此一家。至律絕種種頭巾，殊可厭也。」〔註 72〕胡氏對劉因的五古、七古和歌行體評價較高，對他的律詩和絕句並不認可，「頭巾」是指學究氣過重，詩中好發議論。《四庫全書總目》評價劉因詩：「風格高邁而比興深微，闖然升作者之堂。講學諸儒未有能及之者。」、「古選不減陶柳，其歌行律詩，直溯盛唐。」〔註 73〕清人王灝云「氣骨超邁，意境深遠」〔註 74〕。從以上評論可以看出，明清詩論家對劉因的古詩學陶有較為一致的看法，認為劉因的古詩沖淡、風格高邁。劉因的「和陶詩」雖然未達到陶詩的高度，總體上也呈現出沖淡自然的風格。

（一）沖淡自然

劉因對陶淵明十分仰慕，就像他在《和飲酒二十首》其一中所言：「頗愛陶淵明，寓情常在茲。」劉因和陶淵明有相似的人生經歷，又

〔註 72〕（明）胡應麟：《詩藪．外編卷六》，上海古籍出版社 1958 年版，第 241 頁。

〔註 73〕《四庫全書總目》卷一六六，第 1430 頁。

〔註 74〕（清）王灝：《靜修先生文集跋》，見《靜修先生文集》二，中華書局 1985 年版，第 253 頁。

都對大自然傾注著無限的熱愛，所以當他置身於山野之中，遠離塵世的喧囂嘈雜，感受到大自然的美好靜謐，在詩歌中表現出沖淡平和的詩風，如《和歸園田居五首》其一：

少小不解事，談笑論居山。為問五柳陶，栽培幾何年？安得十畝宅，背山復臨淵？東臨漢陰圃，西家鹿門田。前通仇池路，後接桃源間。熙熙小國樂，夢想羲皇前。石上無禾生，燦爛空白煙。營營區中民，擾擾風中顛。未論無田歸，歸田誰獨閒？迂哉仲長統，論說徒紛然。〔註75〕

詩歌首句化用陶詩「少無適俗韻，性本愛丘山」，很自然地拉近了與陶詩的距離。「東臨漢陰圃，西家鹿門田。前通仇池路，後接桃源間」，描繪了令人嚮往的幽居之地，體會到了如羲皇上人般的怡然自得。詩人寫田園之景，抒田居之樂，以淳樸自然的語言表現出了閒適的生活情趣。又如《和飲酒二十首》其十一：

士窮失常業，治生誰有道？身閒心自勞，齒壯髮先老。客從東方來，溫言慰枯槁。生事仰小園，分我瓜菜好。指授種藝方，如獲連城寶。他年買溪田，共住青林表。〔註76〕

「士窮失常業，治生誰有道？」詩歌開篇寫自己窮苦潦倒的處境，「齒壯髮先老」，身體也呈衰頹之勢。好在還有客人從遠道而來，好言安慰他，並且給他帶去瓜果蔬菜，教他種植果蔬的方法。詩人如獲至寶，內心十分感激，「他年買溪田，共住青林表」，希望有朝一日可以相伴度過餘生。詩人通過生活中的一些場景，用樸實平淡的語言描繪出了與客人之間真摯的情感。同時，詩中也表現出了詩人對躬耕田園的熱愛，充滿閒適之情，與陶詩相似。

又如《和讀山海經十三首》其四：

瀟湘帝子宅，縹緲乘陰陽。欲往從之遊，風波道阻長。秋風動環佩，星漢搖晶光。月明江水白，萬里同昏黃。〔註77〕

〔註75〕《靜修先生文集》卷三，第1a～1b頁。
〔註76〕《靜修先生文集》卷三，第4a頁。
〔註77〕《靜修先生文集》卷三，第11b頁。

瀟湘是娥皇、女英遊走的去處，雲霧飄渺宛如仙境。詩人想要隨從她們一道雲遊，奈何被風浪阻隔。秋風吹動了詩人身上的玉佩，泠泠作響，月亮升起，江面籠罩著一層白光，銀河璀璨，星光閃耀。詩最後兩句描繪出一幅絕美的畫面，語言平淡，境界深遠。劉因的一些「和陶詩」語言淺近如話，毫無雕琢之氣，如《和擬古九首》其七：

西山有佳氣，草木含清和。道逢方瞳翁，援琴為我歌。音聲一何希，一唱三歎多！問翁和此誰，指我蟠桃華。所望在千年，君今將奈何？〔註 78〕

詩歌語言淺白通俗，情韻雋永，陶詩中頗多人生無常，良景易逝之歎，劉因此詩亦是如此。又如《和詠貧士七首》其五：

飲酒不為憂，立善非有干。偶讀形神詩，大笑陶長官。傷生遂委運，一如咽止餐。參回豈不樂？履薄心常寒。天運安敢委？天威不違顏。莊生雖曠達，與道不相關。〔註 79〕

詩人對安於貧賤的顏回表達敬仰之情。從詩中可以看出，劉因從平淡白然的語言風格到自得其樂的閒適之情與陶淵明並無二致，顯示出了作為一名隱士的淡泊情懷。

（二）富有理趣

中國古代哲學講究樸素的辯證觀，尤其是宋代理學家，注重思辨，如張載的「一物而兩體」〔註 80〕論，程頤講「動靜無端，陰陽無始」〔註 81〕，朱熹的「凡事無不相反以相成」〔註 82〕等，對劉因有較大的影響。劉因作為一位理學家，在詩中常常抒發人生況味，探討義理，

〔註 78〕《靜修先生文集》卷三，第 6a 頁。
〔註 79〕《靜修先生文集》卷三，第 8b 頁。
〔註 80〕（宋）張載：《大易篇》第十四，見《張載集》，中華書局 1983 年版，第 48 頁。
〔註 81〕（宋）程頤：《易說．繫辭》，見《二程集》經說卷第一，中華書局 1980 年版，第 1027 頁。
〔註 82〕（宋）朱熹：《中庸一．綱領》，見《朱子語類》卷六十二，中華書局 1986 年版，第 1481 頁。

一些詩歌具有濃厚的理學色彩。他還將理學精神融入「和陶詩」中，如《和飲酒二十首》其十六：

> 四時有代謝，寒暑皆常經。二氣有交感，美惡皆天成。天既使之然，人力難變更。區區扶陽心，伐鼓達天庭。乾坤固未壞，杞人已哀鳴。雖知無所濟，安敢遂忘情！〔註83〕

四時代謝、寒暑往來、二氣交感，這些都是生活中常見的現象，為天理之常，不可改變。天下有治有亂，有善有惡，也不是人力所能改變，蘊含著樸素的辯證法。又如《和飲酒二十首》其十八：

> 人生皆樂事，憂患誰當得。人皆生盛時，衰世將盡惑。水性但知下，安能擇通塞。不見紇干雀，貪生如樂國。古今同此天，相看無顯默。〔註84〕

盛衰相依、憂樂相繼，一切都在陰陽對立中轉化，水擇下流又是客觀存在的事實，詩人通過平實的語言娓娓道出，富有理趣，引人思考。又如《和雜詩十一首》其二：

> 胸中無全山，横側變峰嶺。不及靈椿秋，遂謂長春景。只見柏參天，豈知根獨冷。井蛙見自小，夏蟲年不永。天人互償貸，千年如響影。廓哉神道遠，瞬息苦馳騁。平生遠遊心，觀物有深静。〔註85〕

劉因用理學家的心情來看待生活，所以在他的筆下，一些生活中常見的現象都被注入哲學的思考。他進一步發展了陶詩說理的成分，「盛衰閱無常，倚伏誰能通？天方卵高鳥，地已產良弓」（《和飲酒二十首》其十七）、「時危不易度，遜默庶自保。不見春花樹，隆冬抱枯燥」（《和雜詩十一首》其五），在其「和陶詩」中常常蘊含著哲思和人生的感慨。

和陶淵明一樣，劉因的「和陶詩」有著平淡自然的藝術特點。但作為理學家的劉因在「和陶詩」裏融入對歷史蒼生的思考，所以他的

〔註83〕《靜修先生文集》卷三，第4a頁。
〔註84〕《靜修先生文集》卷三，第4a～4b頁。
〔註85〕《靜修先生文集》卷三，第6b頁。

和陶多了幾分深沉，少了幾分自然真純。陶淵明的詩清明澹遠、穎曠超邁，劉因和陶則更多抒發情感、排遣憂愁，多了幾絲被無奈纏繞的哀傷。劉因題為和陶，卻議論在在，這些都是劉因身為理學家難以割去的特徵，也是他為詩的準則和深意所在。

第六章　戴良及其「和陶詩」

戴良是元末明初的一位重要隱逸詩人，他堅持忠元立場，在元滅亡之後，拒不仕明，隱於四明山中，以遺民自居。戴良極其推崇陶淵明，其五言古體中專門有一類「和陶詩」，足見其對陶淵明的仰慕之深。現存戴良「和陶詩」共計五十一首，載於《九靈山房集》卷二十四，包括《和陶淵明雜詩十一首》《和陶淵明擬古九首》《和陶淵明移居二首》《和陶淵明飲酒二十首》《和陶淵明歲暮答張常侍一首》《和陶淵明連雨獨飲一首》《和陶淵明詠貧士七首》，另有《和陶淵明歸去來兮辭》一首。

第一節　易代文人與遺民心態

蒙元在統一全國之後，為加強其統治，逐步任用漢族知識分子，承襲漢族文化與政治制度，民族矛盾逐漸得到緩和。在元中葉之後，經過幾十年的統治，漢人已普遍接受並認同蒙古異族入主中原的事實，尤其是在元明易代之際，忠君愛國取代了異族情緒，出處氣節替代了華夷之辯，許多漢族士人或隱居山林，或公然拒絕與朱明王朝合作，戴良即是其中典型的代表。

戴良（1317～1383），字叔能，號九靈山人，婺州浦江（今浙江金華）人。他通經、史、百家、醫、卜、釋、老之學，學問駁雜。曾向黃溍、柳貫、吳萊學習古文，與柳貫尤其交好，對其推崇有加：「惟公出處，關時隆替。出與時行，處於道具。倏而岐陽之鳳，忽焉空谷之駒。千載曷窺，蜀山巍巍。」〔註 1〕在柳貫死後，戴良為其作祭文：「肇自童蒙，月夕風晨。婆娑誘掖，猶記德容。教我食我，戒我勸我……我觀先生，我得我失，若闕厥躬，一朝棄我，山摧谷崩。」〔註 2〕為經紀其家，持心喪三年。至正九年（1349），余闕持使者節來鎮浙部，戴良和宋濂一起拜見，向余闕拜師學詩，深得余闕賞識：「士不知詩久矣，非子吾不敢相與。」〔註 3〕戴良勤勉好學，再加上余闕的悉心指導，詩藝精進，聲名日顯，與另外三位金華籍詩人宋濂、王禕、胡翰並稱為「金華四先生」。余闕作為元末遺民的代表人物，戴良對其十分崇敬，將為之題寫的「天機流動」匾額視作珍寶，在後期隱居四明時依然「讀之不知涕泗之橫流也」〔註 4〕。余闕的忠節觀念也深深影響了戴良，戴良之後渡海北上的行為與之不無關係。

至正十八年（1358），明軍攻打婺州，大破之，改州為寧越府。其時朱元璋剛剛控制浙東，處於陳友諒與張士誠的夾縫之中，迫切需要一批文臣謀士為其出謀劃策。戴良聲名在外，自然會引起朱元璋的注意。朱元璋遂召戴良與胡翰等十三人入幕府，二人輪番講經史，陳治道。第二年，設郡學，用戴良為學正，不就，對此《明史》記載：「太祖即旋師，良忽棄官逸去。」〔註 5〕戴良棄官逸去，從中可以看出他對朱明政權的不合作態度，這也為他後來之死埋下禍患的種子。他在任職期間作有《郡齋度歲二首》，表達自己內心的痛苦：

〔註 1〕（元）戴良：《祭先師柳待制文》，見《九靈山房集·山居集》卷七，《四部叢刊》影印明正統黑口本，第 49 頁。如無特別說明，下文所引戴良詩歌皆出自該本，個別詩句不再一一注釋。

〔註 2〕（元）戴良：《祭先師柳待制文》，見《九靈山房集》卷七，第 49 頁。

〔註 3〕（明）趙友同：《故九靈先生戴公墓誌銘》，見《九靈山房集·山居集》卷三十，第 218 頁。

〔註 4〕（元）戴良：《祭先師柳待制文》，見《九靈山房集》卷七，第 49 頁。

〔註 5〕（清）張廷玉：《明史》，中華書局 1974 年版，第 4144 頁。

失脚雙溪路，今經兩度春。不堪飛雪夜，還作望鄉人。
世事方如夢，生涯笑此身。惟應兩蓬鬢，不負歲華新。
條風才應律，柏酒又浮杯。舊臘隨宵盡，新年逐曉來。
浮生蒼狗變，莫景白駒催，自歎憂時客，初心寸寸灰。〔註6〕

戴良以「失腳「自喻，表達了自己被迫出仕的矛盾心態，「望鄉」既是指故鄉九靈山，也是指自己心繫的元廷。

至正二十一年（1361），元廷擢授戴良為淮南儒學提舉，這是掌管一省的教育、祭祀等文化事務的官職。時朱元璋已定兵浙東，於是戴良避地吳中，投靠張士誠。與朱元璋公然抵抗元廷不同，張士誠雖然也割據一方，但在至正十七年（1357）已歸順了元朝，戴良追隨張氏，也是傚忠於元廷的表現，是他此次出仕的重要心理依據。他為在朱元璋攻吳時絕食而死的周貞作傳，表達對周貞捨身取義的由衷讚美：「嗟乎！士君子立天地間，不欲懷才抱藝，自附逸民之列者，懼其潔身以亂倫耳。今貞雖隱處江湖，然能以善醫，拯人之危困，起人之死至眾。其遇貧無依，又往往傾行橐濟之，不復顧有無，可不謂仁乎？世衰民散，君臣道廢，一旦寇兵及境，或望風欵附，或執殳效驅馳，以冀須臾毋死者何限。今貞僅於逆旅中，視死如歸，可不謂義乎？能仁與義，謂之潔身亂倫，可乎？嗚呼！世之不及此者眾矣。」〔註7〕對周貞的視死如歸高度肯定，對依附新朝者大加斥罵，這也表現出了元明易代之際戴良的心態。

至正二十五年（1365）十月，朱元璋舉兵伐吳，戴良料張士誠將敗，於次年挈家浮海至膠州，計劃投奔擴廓帖木兒。在啟程之際，他寫下《泛海》一詩：「我行無休隙，此去何渺茫。東海蹈仲連，西溟遁伯陽。輕名冀道勝，重己企時康。孰謂情可陳，旅念坐自傷。」〔註8〕對於此次北上，他也料到前途渺茫兇險難測，但還是毅然決然出發了。

〔註6〕《九靈山房集》卷三，第20頁。
〔註7〕《全元文》五十三冊，卷一六三八，第19頁。
〔註8〕《九靈山房集》卷三，第61頁。

因戰亂阻隔，行至半道，避地於山東昌樂、益都等地。對於這段經歷，戴良在《贈蒲察鎮撫詩序》中記載：「近十數年來，海內多故，兵戈四起，而東南為尤甚。余南鄙之陋儒，蓋久而厭亂，遂挈家泛海，渡黑水、登蓬萊，行萬里以歸我王相總兵公。」〔註 9〕王相總兵公即擴廓帖木兒，當時駐兵在河南、山東兩地。又有《抵膠州》云：「舟行無休期，晨夜涉風水。蹈越歷吳鄉，乘楚造齊鄙。逗浦波尚險，即陸路才砥。依稀見州郭，倉皇問官邸。土牆訝半頹，草屋驚全圮。……幽燕去魂斷，伊洛望心死。日暮坐空床，浩然念枌梓。」〔註 10〕戴良歷經兇險到達，眼前所見卻令他失望不已，「魂斷」、「心死」之語，是其悲觀思想的真實寫照。他還作有《至昌樂》一詩：「既同喪家狗，亦類焚巢燕。僕御心盡灰，妻孥淚如霰。」〔註 11〕意識到元朝即將覆滅，戴良將自己比作喪家之犬、覆巢之燕，聯想到自己還未有任何政治作為，內心失落與絕望交織。他身在魯地，心繫故土，對家鄉親友充滿思念之情，《山東九日二首》其二云：「年年此日倍思親，況在天涯作竄臣。昌樂城中風雨急，幾回和淚灑衣巾。」〔註 12〕《秋思二首》其一云：「我家遠在浙東西，萬里悲秋思轉迷。欲向長途寄安信，歸鴻飛盡暮鴉啼。」〔註 13〕戴良淪為竄臣浪子，寄希望於鴻雁傳書，其遺民心態躍然紙上。

至正二十八年（1368），元滅，與戴良過從甚密的同門好友如宋濂、胡翰、王褘等，都入朝為官步入仕途，而戴良則走向一條相反的道路。他南隱四明山中，改名方雲林。那時四明有山水之勝，隱居著眾多的耆儒故老，全祖望《甬上寓公偶志》記載：「吾鄉僻在海上，然累代星移物換之際，必多四方避地之士。方明之出，西域丁鶴年居定

〔註 9〕《九靈山房集》卷十三，第 94 頁。
〔註 10〕《九靈山房集》卷九，第 61 頁。
〔註 11〕《九靈山房集》卷九，第 62 頁。
〔註 12〕《九靈山房集》卷九，第 66 頁。
〔註 13〕《九靈山房集》卷九，第 66 頁。

海，金華戴九靈居慈谿永樂寺，曹吳志淳居中鄞東湖，山陰張玉笥居中鄞四明山中，永嘉高則誠居中鄞櫟社，龍子高亦居慈谿，南昌揭伯防，錢塘楊彥常，會稽盛景章，魏郡邊魯生，永嘉張養浩俱居鄞。」〔註14〕戴良與他們相交好，結伴吟詩、宴集唱和，抒發故國之思，如《寄鶴年》云：「衰年避地方蓬轉，故國傷心忽黍離。天末秋風正蕭瑟，一鴻聲徹暮雲悲。」〔註15〕充滿了悲愴抑鬱之氣。又如《駱鄭二君子見訪賦絕句八首》云：「兩袖龍鍾雙淚塵，故園幾度入愁眉。相過莫說未歸事，一段傷情只自知。」〔註16〕刻畫出一位孤獨愁苦的老翁形象，流露出孤獨悲哀的情緒。入明之後，他寄情山水、放浪詩酒，過上了隱居的生活：「移家東海上，汩沒度危時。草市腥江鮑，民居雜島夷。衣冠隨俗變，姓字畏人知。保己無深計，翻言命可疑。」〔註17〕（《歲暮感懷四首》其二）戴良隱姓埋名，以遺民自附。

洪武十五年（1382），明太祖朱元璋以禮幣征良至京師，試文辭若干篇，想授戴良以官職，戴良以年老辭，不就，因此忤旨下獄。洪武十六年（1383），戴良卒。戴良曾說過：「若乃處榮辱而不二，齊出處於一致；歌《黍離》、《麥秀》之音，詠剩水殘山之句。則於二子，蓋庶幾乎無愧。」〔註18〕他與揚雄、沈約作比，認為自己在學問文章上不如他們，但是在氣節上卻勝過二子。在入明之後，戴良隱姓埋名不與世接，面對朱元璋的徵辟，他固辭不受、堅守氣節，並最終為此付出了生命的代價。戴良作為元遺民的代表人物，清曾安世曰：「而先生獨以一儒學提舉，肩名教而心元室，航海從王，間關避地，瀕九死不悔，以卒自裁。夫寧不知立功名者之富貴寵榮乎？抑豈悼顯榮之不終，懼危機之易觸，而甘心行遁乎？要其不必有文山、疊山之任，

〔註14〕（清）全祖望著，朱鑄禹校注：《全祖望集匯校集注》，上海古籍出版社2002年版，卷四十九。
〔註15〕《九靈山房集》卷二十五，第179頁。
〔註16〕《九靈山房集》卷十七，第121頁。
〔註17〕《九靈山房集》卷十七，第121頁。
〔註18〕（元）戴良：《九靈自贊》，見《九靈山房集》卷十八，第121頁。

而常矢乎文山、疊山之心者，其所沐浴乎宋遺民之澤者深，而觀感乎忠宣殺身成仁之烈者至也。夫乃歷乎二十餘年艱虞窮悴、流離奔竄之苦，而終不易其初志歟」〔註19〕，高度評價了戴良的忠節。

第二節　戴良對陶淵明的接受

戴良追慕陶淵明，創作效陶、和陶詩歌，與之實現了跨越千年的精神對話。首先，戴良有感於和陶淵明相似的人生經歷。二人都處於易代之亂世，有著避難隱居的經歷。陶淵明一生輾轉、五次出仕，最終歸隱田園，既是其性格使然，也是現實逼迫他做出這樣的抉擇。戴良一生大部分時光是在避難和隱居中度過的，他為躲避婺州戰亂避難山中，「投跡此山中，酒杯與誰執？故歡隨歲去，新愁帶春入。」〔註20〕（《山中度歲》）朱元璋伐吳時，他又挈家泛海，惶惶如喪家之犬。入明以後，他隱於四明山中，與諸多遺民詩酒唱和，歌哭竟日。其次，戴良十分欣賞陶氏的隱逸高志與忠節思想，如「平生慕陶公，得似斜川時」（《和陶淵明飲酒二十首》其一）、「所以彭澤翁，折腰愧當年。不有酣中趣，高風竟誰傳」（《和陶淵明飲酒二十首》其二）、「陶翁種五柳，蕭散本天真。」（《和陶淵明飲酒二十首》其二十）沈約《宋書》記載陶淵明在入宋之後，所作詩文只書甲子，不紀年號，戴良對此深有感焉，他認為陶淵明是忠於前朝，並以此來激勵自己：「紀晉慚陶令，依劉誤禰衡。世偏欺逆旅，天亦薄遺氓。」（《歲暮偶題二十二韻》）戴良有感於陶淵明的堅守節操，聯想到自己的身世處境，於是借和陶、擬陶和效陶，來抒發內心的情感。三是二人都喜飲酒，卻又有所不同。陶淵明「性嗜酒，家貧不能常得」，他對酒的喜愛是出自天性，時常沉醉酒鄉：「偶有名酒，無夕不飲」（《飲酒二十首》序）、「得歡當作樂，斗酒聚比鄰」（《雜詩十二首》其一》）、「悠悠迷所

〔註19〕李軍、施賢明點校：《戴良集》，吉林文史出版社2009年版，第386頁。

〔註20〕《九靈山房集》卷二，第12頁。

留，酒中有深味。」(《飲酒二十首》其十四) 陶淵明對酒的喜歡很純粹，而戴良與陶氏不同，他在《和陶淵明飲酒二十首》序中說：「余性不解飲，然喜與客同倡酬。士友過從，輒呼酒對酌，頹然竟醉，醉則坐睡終日，此興陶然。」他本人並不擅長喝酒，不過是喜歡和友人共飲，以酒助興。

從戴良的生平可以看出，他的足跡除了泛海北上到過山東以外，活動範圍主要在江浙一帶。在朱明政權建立之後，他隱於四明山中，隱逸生活成為他重要的精神支撐。戴良在詩歌中不斷談到自己對隱居生活的嚮往，如《歲暮感懷四首》其三：

已被虛名誤，偷生亦偶然。兵戈十年久，妻子幾家全。往事溪雲外，余齡逝水前。艱難有如此，何日賦歸田？〔註21〕

詩人感慨自己的人生已被虛名所誤，面對著長久不息的兵戈戰亂，苟且偷生於世上。生活艱難，心情鬱悶，詩人不由得生出歸隱的念頭。又如《居田》：

我生非匏瓜，於世可無食。躬耕實所慕，戮力歸稼穡。當春土脈動，農事滿阡陌。晨興負耒去，日入弗遑息。我苗今已長，我耕有餘隙。斗酒勞近鄰，只雞禮過客。人生但如是，亦足慰平昔。此意誰復知，千載惟沮溺。〔註22〕

陶淵明詩云「晨興理荒穢，帶月荷鋤歸」、「時復墟里人，披草共來往。相見無雜言，但道桑麻長」，他自食其力，躬耕勞作，沉醉田園。戴良在詩中也描繪出一幅美麗祥和的田園圖景，詩人日出而作，日落而息，體會到了躬耕田園的美好。又如組詩《治圃四首》：

三春豐雨澤，晨興觀我畦。嘉蔬有餘滋，草盛相與齊。戮力治荒穢，指景光已西。好月因時來，歸路杳然迷。暮鳥尋舊林，晚獸遵故蹊。我亦息微勞，去去安吾棲。

長夏罕人事，齋居有餘閒。北窗多悴物，且遂灌吾園。攢根既舒達，積葉亦蔥芊。瓜及繞畦長，新葵應節鮮。抱甕

〔註21〕《九靈山房集》卷十七，第121頁。
〔註22〕《九靈山房集》卷一，第10頁。

一回視，生意盈化先。在我豈不勞，即境多所歡。悠悠千載間，樊生信為賢。

苒苒素秋節，淒淒天宇清。挈杖視西園，俛仰傷我情。藜藋日就凋，惟見野草青。草青亦幾日，霜露早已零。萬物會有終，人生無久榮。功勳茍不建，未若託林坰。所以荷蕢翁，長歌悲磬聲。吾其理吾圃，聊以隱自名。

窮冬霜露下，谷風轉淒其。以今四運周，感茲百卉腓。披榛歸北囿，墟里故依依。桑竹餘朽株，臺榭有遺基。野老相與至，嘲諧談昔時。談罷輒引觴，陶然無所思。紛紜世中事，寒暑相盛衰。此理茍不勝，役役徒爾為。既以適吾願，何能忽去茲。〔註 23〕

四首詩生動再現了詩人一年四季躬耕田園的生活，三春「治荒穢」，長夏「灌吾園」，素秋「視西園」，窮冬「歸北囿」，展示了田園四季的自然景色，並將農村常見之物寫進詩中，「嘉蔬」、「瓜瓞」、「新葵」、「藜藋」、「桑竹」等，讓人身臨其境嗅到了田園鄉土氣息。四時勞作不同，田園風光各異，但都寄託著詩人對躬耕田園的熱愛。

戴良對陶淵明的接受，主要表現在以下三個方面：

一、直接表達對陶翁的追慕

在戴良的詩歌尤其是「和陶詩」中，有許多直接稱頌淵明的詩句：

陶翁固貧士，異患猶不干。公田足種秫，亦且居一官。（《和陶淵明詠貧士七首》其五）

平生慕陶公，得似斜川時。此身已如寄，無為待來茲。（《和陶淵明飲酒二十首》其一）

陶翁種五柳，蕭散本天真。劉生荷一鍤，似亦返其淳。（《和陶淵明飲酒二十首》其二十）

陶翁徙南村，言笑慰相思。斗酒洽鄰曲，亦有如翁時。（《和陶淵明移居二首》其二）

〔註 23〕《九靈山房集》卷八，第 58 頁。

以上詩歌，既有對陶淵明固窮安貧品格的讚揚，又有對其隱士風範、自然性情，深味酒中真趣的認可。在戴良眼裏，陶淵明有不同的形象，他既是貧士，又是隱士，還是好酒的飲者，無論哪一種形象，戴良都寄寓了喜愛、推崇的感情。

二、使用陶詩的典型意象

陶淵明在詩歌中常常使用酒、菊、鳥、桑竹等生活中常見的事物，它們被賦予豐富的內涵，陶淵明通過這些典型意象來表現自己的人生態度與志趣思想。酒是陶詩中頻繁出現的意象，他不僅創作有《飲酒二十首》《止酒》《述酒》等詩，更是借酒來抒發感情：「得歡當作樂，斗酒聚比鄰」（《雜詩十二首》其一）、「斗酒勞近鄰，只雞禮過客」（《居田》）、「歡然酌春酒，摘我園中蔬。」（《讀山海經十三首》其一）這裡的酒，是其悠閒、快適心情的寫照；「何以稱我情？濁酒且自陶」（《己酉歲九月九日一首》）、「酒云能消憂，方此詎不劣」（《影答形》）則表現了詩人的苦悶心跡；「悠悠迷所留，酒中有深味」（《飲酒二十首》其十四）、「但恨在世時，飲酒不得足」（《擬輓歌辭三首》其一）更是借酒抒發對人生的感慨。

戴良生活在元明易代之際，時代的更迭、漂泊無依的人生經歷，使他對現實社會有切身的感受，更能體驗到生活的艱辛與人生的苦痛。他喜歡與眾人一起酣飲，「余性不解飲，然喜與客同倡酬。士友過從，輒呼酒對酌，頹然竟醉，醉則坐睡終日，此興陶然。」（《和陶淵明飲酒二十首》序）雖然也有表現宴飲之樂的詩篇，如「斗酒洽鄰曲，亦有如翁時」（《和陶淵明移居二首》其二）、「殷勤無與比，常若接杯酒」（《和陶淵明擬古九首》其一），但更多的則是借酒消愁，抒發人生苦短，及時行樂的情感：

> 人生滿百世豈多，尊中有酒且高歌，有酒不歌奈老何？（《短歌行》）
>
> 人生此世中，如日難再晨。有酒不肯飲，奈此墳下人。（《飲酒古墓下作》）

為勸座上人，且盡杯中酒。明晨索鏡看，吾顏已非舊。（《郡齋夜飲分韻得晝字》）

有酒且歡酌，何用歎此生。（《和陶淵明飲酒二十首》其七）

世間有真樂，除是醉中境。可能得美酒，一醉不復醒。（《和陶淵明飲酒二十首》其十三）

勸君勿沉憂，沉憂損天和。尊中有美酒，胡不飲且歌。（《和陶淵明擬古九首》其七）

身處時代漩渦之中的戴良，既有國破家亡的痛苦，又有身世飄零的感慨，還有有志不申的苦悶，種種感情交織在一起，讓戴良一時無所適從，他只好寄情於酒，以慰愁懷，以泄幽憤。又如：

此生如聚沫，忽忽風浪驚。沉醉固無益，不醉亦何成。（《和陶淵明飲酒二十首》其三）

惟於酣醉中，歸路了不迷。時時沃以酒，吾駕亦忘回。（《和陶淵明飲酒二十首》其九）

伊洛與瀍澗，幾度弔亡國。酒至且盡觴，餘事付默默。（《和陶淵明飲酒二十首》其十八）

衰鬢隨年改，愁懷借酒寬。何鄉為樂土，身世各艱難。（《辛亥除夕三首》其一）

作為儒生，出仕是戴良自覺的人生追求。但面對明廷的延攬，他又不得不止步仕進，因為他內心的忠節思想不允許他做貳臣。詩人借酒澆愁，抒發黍離之悲、故國之思，以酒來撫慰自己的失落無奈。因此，戴良詩中的酒意象，也被染上了悲楚的色彩。他的飲酒，遠沒有陶淵明那樣灑脫。

陶淵明愛菊、詠菊，菊花成為其詩歌中寄託情感的重要載體。「芳菊開林耀，青松冠岩列」（《和郭主簿二首》其二）、「秋菊有佳色，裛露掇其英」（《飲酒二十首》其七），菊象徵著詩人的高潔操守；「採菊東籬下，悠然望南山」（《飲酒二十首》其五）菊是隱逸脫俗的意象；「酒能祛百慮，菊為制頹齡」（《九日閒居》），菊還是延年益壽的仙藥。

陶淵明賦予了菊花這一意象典型的象徵意義，並為後世所認可和接受。戴良在詩中也廣泛使用菊之意象：

牆頭有叢菊，粲粲誰復採。蹉跎歲年晚，香色日以改。（《和陶淵明擬古九首》其九）

我廬有叢菊，近亦開幾株。恐從分別來，靈根日就蕪。（《感懷六首》其六）

菊可壽衰質，酒能消隱憂。顧茲孤蹇跡，孰慰年歲流。（《九月八日閒居無事，因

誦淵明「秋菊滿園，持醪靡由」之語慨歎久之，忽雲莊提學攜酒見過，遂歡然共醉》）

摘萸新貯囊，採菊細擎掌。（《苦橋賓集分韻得雨字》）

在戴良詩中，菊依然繼承了陶詩中所蘊含的意義，菊象徵著高潔的人格操守，亦有益壽之功效，菊是陶淵明人生理想的象徵，這一點也契合戴良的審美認知。

此外，鳥之意象在陶詩中以不同的形象出現，有「飛鳥」、「高鳥」、「羈鳥」、「歸鳥」等，所代表的意義也不盡相同，如「猛志逸四海，騫翮思遠翥」（《飲酒二十首》其五）、「望雲慚高鳥，臨水愧遊魚」（《始作鎮軍參軍經曲阿》）詩中之「鳥」是自由、昂揚向上的象徵，表現其早年的用世之心；「羈鳥戀舊林，池魚思故淵」（《歸園田居六首》其一）是把仕途失意比作「羈鳥」；「棲棲失群鳥，日暮猶獨飛」（《飲酒二十首》其四）是寂寞、孤苦心理的象徵；「山氣日夕佳，飛鳥相與還」（《飲酒二十首》其五）、「眾鳥欣有託，吾亦愛吾廬」（《讀山海經》其一）則隱喻著回歸、歸隱，是陶淵明放棄仕途的心理寫照。戴良詩中也有大量的飛鳥意象，相較陶詩而言，戴詩中的鳥意象更多的是象徵著回歸，表現了詩人渴望回歸家鄉、回歸故國的感情：

一鳥墮泥塗，嗷嗷鳴聲悲。（《和陶淵明飲酒二十首》其四）

越鳥當北翔，夜夜思南棲。(《和陶淵明飲酒二十首》其九)

馬老猶伏櫪，鳥倦尚歸山。(《和陶淵明歲暮答張常侍一首》)

暮鳥尋舊林，晚獸遵故蹊。(《治圃四首》其一)

落葉響空山，羈鳥號莫林。(《感懷十九首》其十六)

遊魚返重淵，飛鳥歸莫山。(《感懷十九首》其十六)

詩中之「鳥」多帶有悲傷的色彩，象徵著遭受離亂、漂泊在外的浪子對回歸故土的渴望，對故國家園的思念。戴良借「鳥」這一意象，表達了對元朝的眷戀之情。在他的詩中可以讀出濃烈的故國之思，如「故國日已久，朝暮但神遊。誰謂相去遠，夙昔隘九州」(《和陶淵明擬古九首》其八)、「悠悠從羈役，故里限東隅。風波豈不惡，遊子念歸途。」(《和陶淵明飲酒二十首》其十）顧嗣立在《元詩選》中評價戴良：「叔能自元亡後，故國舊君之思，往往見於篇什。其自贊曰：『處榮辱而不二，齊出處於一致，歌黍離麥秀之詩，詠剩水殘山之句，則於二子，庶幾無愧。』蘇伯衡贊其畫像曰：『其跋涉道途也，類子房之報韓，其傍徨山澤也，猶正則之自放，叔能殆欲終其身為有元之遺民者歟。』」是對其忠義思想的高度評價。

三、對陶詩的互文性建構

1967 年，克里斯蒂娃在《批評》雜誌上發表題為《巴赫金：詞語、對話與小說》的論文，首次提出了「互文性」這一概念，她說：「任何文本的構成都彷彿是一些引文的拼接，任何文本都是其他文本的吸收和轉化。互文性概念取代了互主體性的概念，而詩性語言至少是被當做雙重語言來閱讀的。它們相互參照，彼此牽連，形成一個潛力無限、開放的動態網絡，並且不斷地衍生和再衍生出以結點為紐帶的文本系統，以此構成文本過去、現在、將來的巨大開放體系和文學符號學的演變」。〔註 24〕在互文性理論中經常提及的一個概念是「底文」（soustexte），又叫「文下之文」、「互文本」，它指的是那些被吸收和被轉化的文本。

戴良在詩中大量引用、化用陶詩詞句，極盡追摹，甚至達到了亦步亦趨的地步，二者之間存在著明顯的互文關係，陶詩就是戴詩的「底文」，即被吸收和被轉化的文本，如《詠懷三首》其三：

> 少小秉微尚，遊心在六經。苒苒歲年遲，乃與塵事冥。入秋多佳日，何以陶我情。園蔬青可摘，新穀亦既升。命室釀美酒，一壺聊復傾。兒女在我側，親戚還合併。終觴無雜言，但說歲功成。至樂固如此，是外徒營營。〔註 25〕

熟悉陶詩的讀者不難發現，該詩很多詞語和語句正是來自於陶詩，戴良對此進行了惟妙惟肖地模擬。首句「少小秉微尚，遊心在六經」模擬自陶淵明「少年罕人事，遊好在六經」；「苒苒歲年遲，乃與塵事冥」則從「閒居三十載，遂與塵事冥」句化出；「入秋多佳日」乃模擬「春秋多佳日」；「園蔬青可摘，新穀亦既升」化用「園蔬有餘滋，舊穀猶儲今」；「一壺聊復傾」化用「一觴雖獨進，杯盡壺自傾」；「兒女在我側」化用「弱子戲我側」；「親戚還合併」化用「親戚共一處」；「終觴無雜言，但說歲功成」模擬「相見無雜言，但道桑麻長」；「至樂固如此」化自「素心正如此」。戴詩幾乎每一句都來自陶詩，純然是互文性的建構。

在戴良的詩作中，存在著大量的學習、化用陶詩詩句的例證，以《治圃四首》最具代表性，如下表所示：

序號	戴良詩句	陶淵明詩句	說　明
1	《治圃四首》其一：三春豐雨澤	《和郭主簿二首》其二：和澤周三春	化用詞語

〔註 24〕轉引自秦海鷹《互文性理論的緣起與流變》，《外國文學評論》，2004 年第 3 期。

〔註 25〕《九靈山房集》卷一，第 9 頁。

2	《治圃四首》其一：晨興觀我畦／勠力治荒穢	《歸園田居六首》其三：晨興理荒穢	化用句意、詞語
3	《治圃四首》其一：嘉蔬有餘滋	《和郭主簿二首》其一：園蔬有餘滋	化用句意、詞語
4	《治圃四首》其一：草盛相與齊	《歸園田居六首》其三：草盛豆苗稀	化用詞語
5	《治圃四首》其一：指景光已西	《庚子歲五月中從都還阻風於規林二首》其一：指景限西隅	化用句意、詞語
6	《治圃四首》其一：好月因時來	《和郭主簿二首》其一：凱風因時來	化用句意、詞語
7	《治圃四首》其一：暮鳥尋舊林，晚獸遵故蹊	《歸園田居六首》其一：羈鳥戀舊林，池魚思故淵	化用句意、詞語
8	《治圃四首》其一：去去安吾棲。	《雜詩十二首》其七：去去欲何之	化用句意、詞語
9	《治圃四首》其二：長夏罕人事	《歸園田居六首》其二：野外罕人事	化用句意、詞語
10	《治圃四首》其二：齋居有餘閒	《歸園田居六首》其一：虛室有餘閒	化用句意、詞語
11	《治圃四首》其二：北窗多悴物	《五月旦作和戴主簿一首》：南牕罕悴物	化用句意、詞語
12	《治圃四首》其二：且遂灌吾園	《戊申歲六月中遇火一首》：且遂灌我園	化用句意、詞語
13	《治圃四首》其二：新葵應節鮮	《酬劉柴桑一首》：新葵鬱北牖	化用詞語
14	《治圃四首》其二：在我豈不勞	《己酉歲九月九日一首》：人生豈不勞	化用句意、詞語
15	《治圃四首》其二：即境多所歡	《癸卯歲始春懷古田舍二首》其二：即事多所欣	化用句意、詞語
16	《治圃四首》其二：樊生信為賢	《怨詩楚調示龐主簿鄧治中一首》：鍾期信為賢	化用句意、詞語
17	《治圃四首》其三：苒苒素秋節	《和郭主簿二首》其二：清涼素秋節	化用句意、詞語

18	《治圃四首》其三：淒淒天宇清	《辛丑歲七月赴假還江陵夜行塗中一首》：昭昭天宇闊 《己酉歲九月九日一首》：淒淒風露交	化用句意、詞語
19	《治圃四首》其三：挈杖視西園	《和劉柴桑一首》：挈杖還西廬	化用句意、詞語
20	《治圃四首》其三：草青亦幾日，霜露早已零。	《形贈影一首》：草木得常理，霜露榮悴之。	化用句意、詞語
21	《治圃四首》其三：萬物會有終，人生無久榮。	《歸園田居六首》其四：人生似幻化，終當歸空無。	化用句意、詞語
22	《治圃四首》其三：功勳苟不建，未若託林坰。	《飲酒二十首》其二：善惡苟不應，何事空立言？	化用句意
23	《治圃四首》其三：吾其理吾圃，聊以隱自名。	《辛丑歲七月赴假還江陵夜行塗中一首》：養真衡茅下，庶以善自名	化用句意、詞語
24	《治圃四首》其四：谷風轉淒其	《和劉柴桑一首》：谷風轉淒薄	化用句意、詞語
25	《治圃四首》其四：以今四運周	《和劉柴桑一首》：時忘四運周	化用句意、詞語
26	《治圃四首》其四：感茲百卉腓	《於王撫軍座送客》：百卉具已腓	化用句意、詞語
27	《治圃四首》其四：披榛歸北囿	《歸園田居六首》其四：披榛步荒墟	化用句意、詞語
28	《治圃四首》其四：墟里故依依	《歸園田居六首》其一：依依墟里煙	化用句意、詞語
29	《治圃四首》其四：桑竹餘朽株，臺榭有遺基。	《歸園田居六首》其四：井竈有遺處桑竹殘朽株。	化用句意、詞語
30	《治圃四首》其四：野老相與至，嘲諧談昔時。談罷輒引觴，陶然無所思。	《飲酒二十首》其十四：故人賞我趣，挈壺相與至。……父老雜亂言，觴酌失行次。	化用句意、詞語
31	《治圃四首》其四：紛紜世中事，寒暑相盛衰。	《和劉柴桑一首》：棲棲世中事，歲月共相疏。	化用句意、詞語

32	《治圃四首》其四：此理苟不勝，役役徒爾為。	《飲酒二十首》其二：善惡苟不應，何事空立言？	化用句意、詞語
33	《治圃四首》其四：既以適吾願，何能忽去茲。	《移居二首》其二：此理將不勝，無為忽去茲。	化用句意、詞語

在以上戴良詩歌與陶詩的互文性建構過程中，有些詞句之間胎襲模擬的痕跡十分明顯，幾乎是原詩的翻版。我們還可以發現，一些語詞在作為底文的陶詩中和當前文本的戴詩中意義並未發生改變，但在互文性構建過程中，當這些語詞攜帶著原來的語境進入當前文本的語境中時，二者勢必會發生某種對話和交融，便產生了獨特的意義。如「暮鳥尋舊林，晚獸遵故蹊」，該句的底文來自「羈鳥戀舊林，池魚思故淵」。當我們讀到戴良這兩句詩的時候，會自然而然想起與陶詩所對應的詩句。再由此聯繫到《歸園田居》一詩的寫作背景，當時陶淵明厭倦了污濁的官場，從彭澤縣令任上辭官歸隱，就像倦鳥歸林、池魚入淵，充分表現了詩人辭官歸隱後的愉快心情和田居之樂。而戴良此時也隱居山林之中，定能感受到陶公當時的怡然心境，故而當前文本與底文便交織在一起，形成了作者、讀者、文本、歷史、社會等的多維聯繫。

不僅限於模擬具體的詞語和詩句，戴良在一些詩中還對陶淵明的原詩從整體上進行仿寫，包括詩的結構、內容、情感方面，與陶詩幾乎完全相合。如下所示：

和陶淵明詠貧士七首（其五）

陶翁固貧士，異患猶不干。公田足種秫，亦且居一官。我無半畝宅，三旬纔九餐。況多身外憂，有甚饑與寒。委懷窮簷下，何以開此顏。清風颯然至，高歌吾掩關。〔註26〕

詠貧士七首（其五）

袁安困積雪，邈然不可幹。阮公見錢入，即日棄其官。芻稿有常溫，採莒足朝餐。豈不實辛苦？所懼非飢寒。貧富常交戰，道勝無戚顏。至德冠邦閭，清節映西關。〔註27〕

〔註26〕《九靈山房集》卷二十四，第178頁。
〔註27〕《陶淵明集箋注》，第258頁。

從上例可以看出，戴良從整體上對陶詩進行仿寫，這使得戴良詩歌與陶詩有了相同的思想情感，二者之間構成了更深層次的互文性關係。元朝滅亡，戴良拒與新朝合作，甘願忍受飢寒交迫的生活。他效法陶淵明固窮守節的精神：「舉世嘲我拙，我自安長窮。孤客難為辭，寄意一言中」（《和陶淵明擬古九首》其二）、「寸心固云苦，中有千歲寒」（《和陶淵明擬古九首》其五）、「介然守窮獨，富貴非所思」（《和陶淵明擬古九首》其六），不為貧困所移，心懷忠義，秉志不改。這些表述與陶詩中「何以慰吾懷，賴古多此賢」（《詠貧士》其二）「從來將千載，未復見斯儔。朝與仁義生，夕死復何求」（《詠貧士》其四）等情感一脈相承。又如：

飲酒古墓下作

峨峨溪南山，上有雙高墳。白楊夾徑路，過者為悲辛。人生此世中，如日難再晨。有酒不肯飲，奈此墳下人。惟此墳下人，生慮亦良勤。營營復擾擾，將事百年身。安知奄忽間，已與山鬼鄰。愚者固久泯，賢才亦長湮。吾今且行遊，遑恤賤與貧。〔註28〕

擬輓歌辭三首（其三）

荒草何茫茫，白楊亦蕭蕭。嚴霜九月中，送我出遠郊。四面無人居，高墳正嶕嶢。馬為仰天鳴，風為自蕭條。幽室一已閉，千年不復朝。千年不復朝，賢達無奈何。向來相送人，各自還其家。親戚或餘悲，他人亦已歌。死去何所道？託體同山阿。〔註29〕

二詩都是輓歌辭，先寫墓地所處的環境，白楊環繞，高墳聳立，營造出獨宿荒郊野外的寂寥氛圍。中間寫人生之短暫與生命之無常，不管賢才或是愚者，最終結果是一樣的，都要歸於塵土。最後是對生命、人情世故發出喟歎與議論。當我們在閱讀這一組詩歌時，能很清晰地

〔註28〕《九靈山房集》卷二，第12頁。
〔註29〕《陶淵明集箋注》，第292～293頁。

感受到詩歌中所蘊含的濃鬱的感傷情緒，或是對年歲不永、歲月如流的嗟歎，或是對功業難就、人生失意的感傷。二詩主旨相似、結構相同，同時二詩之間的互文關係還體現在藝術形式上，最突出的表現就是連珠格的運用，上遞下承，使得結構緊湊，語意連貫，可以看出該詩是戴良對陶詩悉心的仿寫。又如《感懷十九首》其一：

> 黃虞去我遠，大道邈難追。悠悠觀世運，終古歎興衰。王風哀以思，周室日陵遲。二伯方迭起，七雄更相持。兼併逮狂秦，干戈益紛披。復聞晉虜亂，五胡乘禍機。殺伐代相尋，昏虐無休期。群生困塗炭，萬象翳氛霏。豈無憂世者，咄嗟吾道非。楚狂隱歌鳳，商山淪採芝。去去君勿疑，古今同一時。〔註30〕

很明顯，上詩模擬的是陶淵明《飲酒二十首》其二十：

> 羲農去我久，舉世少復真。汲汲魯中叟，彌縫使其淳。鳳鳥雖不至，禮樂暫得新。洙泗輟微響，漂流逮狂秦。詩書復何罪，一朝成灰塵。區區諸老翁，為事誠殷勤。如何絕世下，六籍無一親！終日馳車走，不見所問津。若復不快飲，空負頭上巾。但恨多謬誤，君當恕醉人。〔註31〕

二詩的互文關係也很明顯。戴良「黃虞去我遠，大道邈難追。悠悠觀世運，終古歎興衰」句緊扣陶詩「羲農去我久，舉世少復真。汲汲魯中叟，彌縫使其淳」二句，意思完全相同。接下來兩首詩表現的都是禮樂崩壞，干戈迭起，儒家學說不復傳矣。在結束部分，二詩也同樣抒發了對儒學衰微、江河日下的擔憂之情。可以說，兩首詩在主題、結構、語詞等方面都存在著明顯的互文關係。

綜上，無論是在藝術形式上，還是在具體語詞上，抑或者是句意上，戴良都曾大量地借鑒、化用陶詩，並將之鎔鑄到自身的創作實踐中，這造成的結果就是戴良詩歌與陶詩之間構成了十分明顯的互文關係。這種互文關係的構建使得戴良的詩歌具有了陶詩的精神內涵，也

〔註30〕《九靈山房集》卷十五，第106～107頁。
〔註31〕《陶淵明集箋注》，第197頁。

呈現出與陶詩相似的藝術風格。正如業師范子燁先生指出的那樣：「互文性概念強調的是把寫作置於一個座標系內予以觀照：從橫向上看，它將一個文本與其他文本進行對比研究，讓文本在一個文本的系統中確定其特性；從縱向上看，它注重前文本的影響研究，從而獲得對文學和文學傳統的系統認識。」〔註32〕事實上，相較於傳統的影響研究，互文性理論充分揭示了寫作活動內部多元文化、多元話語相互交織的事實，也因此呈現了寫作的深廣性及其豐富而複雜的文化、歷史內涵，凸顯出了現代理論的光輝。

第二節　戴良「和陶詩」的內容及風格

關於戴良的《和陶詩》，見於以下記載：

謝肅《密庵稿文稿》辛卷《和陶詩集序》載：「若夫陶潛，乃晉室大人之後，恥事異代，超然高舉，安於義命。雖無益於國，而其心則見於《歸去來辭》與諸詩賦焉。……先生生金華，學於古待制柳公、文獻黃公、忠宣余公，德行文學，咸有師授，蔚乎士林之望也。嘗一出仕，遭時多故，即浮人海，至乎中州，方與豪傑者交，而鼎已遷矣。遂南還四明，棲遲於荒閒寂寞之地，不知寒暑之幾易也。其流離顛頓，寒饑苦困，憂悲感憤，不獲其意者，莫不發之於詩。詩之體裁音節渾然天出者，又絕似淵明，非徒踵其韻焉而已，因名之曰《和陶集》。以予相交之善而深知其音也，俾論次以為之序。」〔註33〕

明人趙友同《戴公墓誌銘》云：「嘗以所居在九靈山，晚年自號九靈山人，故學者咸以九靈先生稱之，所著述有《和陶詩》一卷、《九靈山房集》三十卷、《春秋經傳考》三十二卷藏於家。」〔註34〕

〔註32〕范子燁師：《春蠶與止酒——互文性視域下的陶淵明詩》，社科文獻出版社2012年版，第9～10頁。

〔註33〕李軍、施賢明校點：《戴良集》，吉林文史出版社2009年版，第371頁。

〔註34〕《九靈山房集》卷三十，第218頁。

楊士奇《東里集》卷十《跋戴九靈和陶詩》云：「九靈姓戴名良，字叔能，號九靈山人，金華人，少與宋景濂、胡仲申同學文，亦齊名。九靈洪武初屢徵不出，變姓名，隱四明山中二十餘年。後坐累於京。此集余得之丁鶴年，九靈別有文集四冊，余嘗於趙彥如家見之。醇粹博雅，有六一風致，亦一時巨擘也。」〔註35〕

由上可知，在明代的時候，戴良的《和陶詩》或《和陶集》還存留著，並且是單獨行世的。但是到了清代，已不可見。乾隆三十六年戴殿江後跋云：「若《春秋經傳考》《和陶集》不知尚存與否。」《四庫全書總目》卷一百六十八《九靈山房集提要》：「良世居金華九靈山下，故自號九靈山人。其集曰《山居稿》、曰《吳游稿》，曰《鄞游稿》、曰《越游稿》，後跋又云集外有《和陶詩》一卷。今檢集中《越游稿》內已有《和陶集》一卷。而其門人趙友同所作《墓誌亦云《和陶詩》一卷、《九靈山房集》三十卷，不在集目之內。或本別有《和陶詩》一卷而為後人合併於集中者，未可知也。」戴良《和陶詩》是否已散佚，難於考證。羅海燕在論文《戴良生世、交遊與著述考略》中考證《越游稿》中52首「和陶詩」即所謂獨立刊版行世的《和陶詩》一卷，〔註36〕姑備一說。

戴良作「和陶詩」五十一首，另有《和陶淵明歸去來兮辭》一首，它們大約作於壬子秋（1372），當時戴良隱居在四明一帶。《和陶淵明歸去來兮辭》序記載：「余客海上，追和淵明歸去來詞。蓋淵明以既歸為高，余以未歸為達。雖事有不一，要其志未嘗不同也。」其辭曰：

> 歸去來兮，時不我偶將安歸？念此生之如寄，忽感悟而增悲。老冉冉其將及，體力欻乎莫追。旁人見余以驚愕，曰：「影是而形非。」望東南之歸路，想兒女之牽衣。顧迷途之已遠，愧前賢之知微。緬懷故山，若蹲若奔。鬱乎松楸，

〔註35〕（明）楊士奇著；劉伯涵，朱海點校：《東里文集》，中華書局1998年版，第142～143頁。

〔註36〕羅海燕：《戴良及其文學研究》，河北大學2009年碩士學位論文，第20～21頁。

擁我衡門。田園故在，圖書尚存。散襟頹簷，亦有一尊。無囂聲之入耳，無憂色之在顏。比鷦鷯與蝘蜓，固無適而不安。胡出疆以載質，脂余牽之間關。奉先師之遺訓，冀國光之一覯。豈禍福之無門？乃一出而一還。因傷今以懷昔，心欲絕而桓桓。歸去來兮，姑放浪以遐遊。既反觀而內足，復於世以何求？使有榮而有辱，寧無樂以無憂。匪斯世之可忘，懼夫人之難疇。我之所歷，如水行舟，始欹傾於灘瀨，終倚泊乎林邱。視末路之狂瀾，睹薄俗之横流。知此來之幸濟，誠祖考之餘休。已矣乎！富貴真有命，利達亦有時。時命未至，誰為留歲。云莫矣，今何之。古人不可見，來哲亦難期。逐猿鶴以長往，俯隴畝而耘耔。歌接輿之古調，和淵明之新詩。為一世之逸民，委運待盡蓋無疑。〔註 37〕

辭中既有對故鄉親友的思念，又有對淵明高尚品節的敬慕，還有對自身功業不就的追悔，籠罩著一層悲涼的色彩。是時戴良身為遺民，漂泊無依，他將陶淵明引為知己，和其詩、想其人，用陶淵明蔑視權貴、委運仁化的態度來慰藉自己。

戴良的「和陶詩」主要以組詩的形式出現，完全按照陶詩的原韻、原字進行追和。其中一些詩篇既和韻又和意，如《和陶淵明詠貧士七首》《和陶淵明移居二首》等：

和陶淵明移居二首（其一）

昔我客華嶼，古寺分半宅。窮年無俗調，看山閱朝夕。如何捨之去，遙遙從玆役。朋遊方餞送，賦詩仍設席。共言新居好，今更勝疇昔。高歌縱逸舟，持用慰離析。〔註 38〕

移居二首（其一）

昔欲居南村，非為卜其宅。聞多素心人，樂與數晨夕。懷此頗有年，今日從玆役。弊廬何必廣，取足蔽床席。鄰曲時時來，抗言談在昔。奇文共欣賞，疑義相與析。〔註 39〕

〔註 37〕《九靈山房集》卷二十四，第 174 頁。
〔註 38〕《九靈山房集》卷二十四，第 178 頁。
〔註 39〕《陶淵明集箋注》，第 91 頁。

二詩都寫遷居之樂，鄰曲友朋相聚一堂，把酒高歌，極富情趣。詩歌語言清新樸素，淺近如話。

和陶淵明詠貧士七首（其七）

疇昔解塵鞅，撫劍遊東州。鎧劬十年久，遂與樵牧儔。世人見不識，翳然成俗流。子廉感妻仁，靖節為子憂。因念南歸日，此責復難酬。吾事可奈何，終以愧前修。〔註 40〕

詠貧士七首（其七）

昔有黃子廉，彈冠佐名州。一朝辭吏歸，清貧略難儔。年饑感仁妻，泣涕向我流。丈夫雖有志，固為兒女優。惠孫一晤歎，腆贈竟莫酬。誰云固窮難，邈哉此前修。〔註 41〕

陶詩歌詠貧士黃子廉，亦以自況，「子廉感妻仁，靖節為子憂」，戴的和詩亦歌詠黃子廉與陶淵明二人事蹟。

戴良另外一些「和陶詩」，則僅步陶詩原韻，內容上卻與陶詩不相干，是借和陶抒發一己懷抱，如《和陶淵明飲酒二十首》和《和陶淵明雜詩十一首》中的一些篇目：

和陶淵明飲酒二十首（其十一）

我如北塞駒，困此東南道。有力不獲騁，長鳴至於老。苒苒陰陽移，萬物遞榮槁。既無騰化術，此身豈長好。一朝委運往，恐遂失吾寶。何當攜曲生，縱浪遊八表。〔註 42〕

飲酒二十首（其十一）

顏生稱為仁，榮公言有道。屢空不獲年，長饑至於老。雖留身後名，一生亦枯槁；死去何所知？稱心固為好。客養千金軀，臨化消其寶。裸葬何必惡，人當解其表。〔註 43〕

陶詩重在闡釋名不足賴、身不足惜，處在身名之外，以稱心如意為好，表現了陶淵明的曠達，戴的和詩則感歎時光易逝、功業不就，充滿失落苦悶的情緒。

〔註 40〕《九靈山房集》卷二十四，第 178～179 頁。
〔註 41〕《陶淵明集箋注》，第 260 頁。
〔註 42〕《九靈山房集》卷二十四，第 177 頁。
〔註 43〕《陶淵明集箋注》，第 183 頁。

和陶淵明雜詩十一首（其十一）

文武久不作，周德日以涼。老聃隱柱史，莊叟避濠梁。正聲淪鄭衛，禮俗變遭鄉。是來談治道，夏蟲以鳴霜。悠悠邈黃唐，古意一何長。〔註44〕

雜詩十一首（其十一）

我行未云遠，回顧慘風涼。春燕應節起，高飛拂塵梁。邊雁悲無所，代謝歸北鄉。離鵾鳴清池，涉暑經秋霜。愁人難為辭，遙遙春夜長。〔註45〕

陶詩是寫行役之苦，而戴和詩則談論治道，內容完全不相關。由上可知，戴良並不規規於陶詩原意，也有借陶之酒、翻為新聲的作品。

戴良的「和陶詩」按照思想內容，大致可分為以下三類：

一、「風波豈不惡，遊子念歸途」——表達回歸之思

回歸是陶淵明詩歌的重要主題，他作有《歸園田居》五首和《歸去來兮辭》，表達了對歸隱山林、回歸自然的渴望。戴良半生飄零，曾渡海北上，滯留齊魯，在朱元璋奪取中原前後，又渡海返鄞，「馬老猶伏櫪，鳥倦尚歸山。一來東海上，十載不知還」（《和陶淵明歲暮答張常侍一首》），隱居四明山中長達十餘年。他隨身帶有一幅《九靈山房圖》，借睹畫作來慰藉思鄉之情：「吾有先人敝廬實處其中，置琴一張，書萬卷，松篁梅桂之屬鬱乎蒼蒼。先人之丘隴，諸父兄弟咸在。而吾乃宦遊淮泗，宿留齊魯之邦，值兵亂，蹈巨海而東，至於四明。……今覽是圖於寓室，庶九靈之山在衽席之上，而吾亦不知其身之客也。」〔註46〕他思鄉的情緒時時在詩中流露，如《和陶淵明飲酒二十首》其九：

我卜山中居，柴門林際開。湖光並野色，一一入吾懷。勿言此居好，殆與素心乖。越鳥當北翔，夜夜思南棲。蛟龍

〔註44〕《九靈山房集》卷二十四，第176頁。
〔註45〕《陶淵明集箋注》，第250頁。
〔註46〕（元）烏斯道：《九靈山房記》，見《戴良集》，第372頁。

去窟宅，常懷蟄其泥。此土固云樂，我事寡所諧。惟於酣醉中，歸路了不迷。時時沃以酒，吾駕亦忘回。〔註47〕

此詩作於洪武五年，當時戴良改換姓名，寓居慈谿。詩序記載：「壬子之秋，乍遷鳳湖，酒既艱得，客亦罕至。湖上諸君子知余之寡歡也，或命之飲，或饋之酒。行遊之暇，輒一舉觴。飲雖至少，而樂則有餘。因讀淵明飲酒二十詩，愛其語淡而思逸，遂次其韻以示里中諸作者，同為商確云耳。」〔註48〕從詩中可以看出，雖然詩人居住之地湖光山色，環境清幽，他可以和友人開懷暢飲，其樂陶陶。但是詩人依然渴望回到家園，「勿言此居好，殆與素心乖。越鳥當北翔，夜夜思南棲」，詩人借鳥來表達拳拳思歸之心。又如《和陶淵明飲酒二十首》其十：

悠悠從羈役，故里限東隅。風波豈不惡，遊子念歸途。朝隨一帆逝，暮逐一馬驅。如何十舍近，翻勝千里餘。在世俱是客，且此葺吾居。〔註49〕

詩人早年行役在外，經歷了許多兇險波折，盼望早日回到家鄉。而今隱居之地雖與故鄉相隔不遠，家山在望，卻依舊不得歸去，充滿無奈之情。他在《和陶淵明詠貧士七首》其七中說：「疇昔解塵鞅，撫劍遊東州。鎧劬十年久，遂與樵牧儔。……因念南歸日，此責復難酬。吾事可奈何，終以愧前修」〔註50〕，字裏行間充滿了自責與愧疚。

戴良不僅有對歸家的渴念，也包含對故國深深的思念：「烏鵲失其群，棲棲無所依。豈不遇良夜，誰共星月輝。兩翮已云倦，何力求奮飛。遙見青松樹，決起一來歸。孤危正自念，復慮歲晚饑。苟遂一枝託，安知溝壑悲。」（《和陶淵明詠貧士七首》其一）元滅，戴良就如同一隻失群之鳥，孤獨無依，無所適從，他多麼渴望奮力高飛，有所作為，但已經無法實現濟世之志，充滿失落和淒涼之感。戴良之言

〔註47〕《九靈山房集》卷二十四，第177頁。
〔註48〕《九靈山房集》卷二十四，第176頁。
〔註49〕《九靈山房集》卷二十四，第177頁。
〔註50〕《九靈山房集》卷二十四，第178～179頁。

「歸」，還有對隱逸山林的渴望，《和陶淵明歸去來兮辭》序云：「余客海上，追和淵明歸去來詞。蓋淵明以既歸為高，余以未歸為達。雖事有不一，要其志未嘗不同也。」〔註 51〕雖然戴良「未歸」，但和陶淵明還是有相同的地方，即二人的「志」是相同的。筆者以為，戴良所稱之「志」當是其隱逸高志，他在辭中寫「逐猿鶴以長往，俯隴畝而耘耔。歌接輿之古調，和淵明之新詩。為一世之逸民，委運待盡蓋無疑」〔註 52〕，希望做一世「遺民」，將自己的心靈安放於山水之間。「我昔道力淺，磬折久忘歸」（《和陶淵明飲酒二十首》其四）、「一聞倚伏言，頗恨歸不早」（《和陶淵明雜詩十一首》其四）戴良對自己「歸不早」而心生悔意。

[illegible]、「尊中有美酒，胡不飲且歌」——表達飲酒之樂

陶淵明喜歡飲酒是出於天性，他在《五柳先生傳》中說自己：「性嗜酒，家貧不能常得」，一個「嗜」字足見他對酒的喜愛之深，所以他「偶有名酒，無夕不飲」（《飲酒二十首》序），「忽與一樽酒，日夕歡相持」（《飲酒二十首》其一），以至於「試酌百情遠，重觴忽忘天」（《連雨獨飲》）。與陶淵明不同，戴良並非善飲之人，《和陶淵明飲酒二十首》序載：「余性不解飲，然喜與客同倡酬。士友過從輒呼酒對酌。頹然竟醉，醉則坐睡終日，此興陶然」。喜歡與客「同倡酬」，士友經過「輒呼酒對酌」，可以看出戴良喜歡和友人一起飲酒酬唱，增添歡聚時的興致。他與鄉鄰共飲：「陶翁徙南村，言笑慰相思。斗酒洽鄰曲，亦有如翁時」（《和陶淵明移居二首》其二），與旅途中結交的朋友把盞：「我昔途路中，談笑得石友。殷勤無與比，常若接杯酒」（《和陶淵明擬古九首》其一）。他也體會到了酒中至樂，如《和陶淵明飲酒二十首》其十三：

> 世間有真樂，除是醉中境。可能得美酒，一醉不復醒。

〔註51〕《九靈山房集》卷二十四，第 174 頁。
〔註52〕《九靈山房集》卷二十四，第 174 頁。

陶生久已沒，此意竟誰領。東坡與子由，當是出囊穎。和陶三四詩，粲粲夜光炳。〔註53〕

人世間的真樂莫過於醉中之境，詩人希望能夠一醉不醒，沉醉其中。在戴良飲酒的詩歌中不單單表現酒中之樂，更多的是借酒澆愁，希求解脫：

淵明曠達士，未及至人情。有田惟種秫，似為酒中名。過飲多患害，曷足稱養生。此生如聚沫，忽忽風浪驚。沉醉固無益，不醉亦何成。〔註54〕（《和陶淵明飲酒二十首》其三）

幽蘭在濬谷，眾卉沒其英。清風一吹拂，卓然見高情。萬物皆有時，泰至否自傾。蟄雷聲久悶，未必先春鳴。有酒且歡酌，何用歎此生。〔註55〕（《和陶淵明飲酒二十首》其七）

棲棲徒旅中，美酒不常得。偶得弗為飲，人將嘲我惑。天運恒往還，人道有通塞。伊洛與瀍澗，幾度弔亡國。酒至且盡觴，餘事付默默。〔註56〕（《和陶淵明飲酒二十首》其十八）

勸君勿沉憂，沉憂損天和。尊中有美酒，胡不飲且歌。我觀此身世，變幻一何多。無相亦無壞，信若空中花。戚戚以終老，君今其奈何！〔註57〕（《和陶淵明擬古九首》其七）

「有酒且歡酌，何用歎此生」，是詩人對自己人生遭際的慨歎；「伊洛與瀍澗，幾度弔亡國。酒至且盡觴，餘事付默默」是對故國的憑弔；「此生如聚沫，忽忽風浪驚。沉醉固無益，不醉亦何成」、「我觀此身世，變幻一何多。無相亦無壞，信若空中花」是對生死的參悟。戴良知道「沉醉固無益」，但「不醉亦何成」，充滿了無奈之情。戴良自小

〔註53〕《九靈山房集》卷二十四，第177頁。
〔註54〕《九靈山房集》卷二十四，第176頁。
〔註55〕《九靈山房集》卷二十四，第176頁。
〔註56〕《九靈山房集》卷二十四，第177頁。
〔註57〕《九靈山房集》卷二十四，第176頁。

接受儒家傳統的教育，以治國平天下為人生的追求，但是時局的變化、朝代的更迭使他沒有一展抱負的客觀條件。他也可以像同門宋濂那樣投奔新朝，但內心的忠節思想不允許他作出那樣的人生選擇，所以他是矛盾的，渴望有所作為又不願做貳臣，只好隱逸山林做遺民，遠離廟堂之遠。「若復不醉飲，此生端足惜」（《和陶淵明飲酒二十首》其十五）、「當時不痛飲，為事亦徒勤」（《和陶淵明飲酒二十首》其二十），戴良「痛飲」、「醉飲」一心求醉，借酒來麻醉內心的痛苦憂愁；「惟尋醉鄉樂，一任壯心違」（《和陶淵明飲酒二十首》其四）、「人生無定在，形跡憑化遷。請棄悠悠談，有酒且陶然」（《和陶淵明歲暮答張常侍一首》），借酒來忘記自己的初心與壯志。

陶淵明的飲酒諸詩，將個人對歷史、社會以及人生的思考附於酒中，呈現出陶氏曠達、超脫的情懷，詩風平淡沖遠。而戴良的和陶飲酒詩雖模擬陶詩，卻是借酒澆愁，這與他遺民的身份有關係，他堅持操守，內心是孤獨和淒涼的，所以其「和陶詩」也籠著一層苦悶與愁思。

三、「舉世嘲我拙，我自安長窮」——表達固窮安貧的思想

戴良晚年生活過得十分窘困，其《和陶淵明詠貧士七首》序中記載了當時的情狀：「余居海上之明年，適遭歲儉。生計日落，饑乏動念，況味蕭然。」他在其「和陶詩」中多有反映，如《和陶淵明詠貧士七首》其五：

> 陶翁固貧士，異患猶不干。公田足種秫，亦且居一官。我無半畝宅，三旬才九餐。況多身外憂，有甚饑與寒。委懷窮簷下，何以開此顏。清風颯然至，高歌吾掩關。〔註 58〕

和陶淵明相比，戴良認為自己的窮困潦倒有過之而無不及，陶氏還有官可做有田可耕，而自己宅無半畝，甚至淪落到了三旬九餐的地步。

〔註 58〕《九靈山房集》卷二十四，第 178 頁。

雖有誇張成分，但足以表明他生活的困難程度。即便物質生活極其困乏，面對颯然而至的清風，詩人依然能夠「高歌」以「開顏」。

在和陶《詠貧士》詩中，多有描寫其窮苦之狀：

> 代耕非所願，十年躬灌園。晨興當抱甕，破突寒無煙。（《和陶淵明詠貧士七首》其二）

> 時秋屬收斂，此願竟莫酬。自余逢家乏，歲月幾環周。（《和陶淵明詠貧士七首》其四）

> 僦居當陋巷，舉目但蒿蓬。豈忘翦刈心，家窶罕人工。（《和陶淵明詠貧士七首》其六）

戴良不但面對著物質上的貧窮，還忍受著精神上的痛苦與煎熬，如《和陶淵明詠貧士七首》其二：

> 大道邈難及，我已後義軒。代耕非所願，十年躬灌園。晨興當抱甕，破突寒無煙。寥寥千古心，豈暇相磨研。鳳兮有遺歌，三歎諷微言。餘生倘可企，託知此前賢。〔註 59〕

詩中寫到自己的亡國之恨，表達了心念故國舊主的節義操守，這種思想在《和陶淵明擬古九首》其八中表現得更為明顯：

> 故國日已久，朝暮但神遊。誰謂相去遠，夙昔隘九州。此計一云失，坐見歲月流。歲月未足惜，恐遂忘首丘。在昔七人者，抱節去衰周。不遇魯中叟，履跡將安求！〔註 60〕

詩中流露出眷懷故國之深情。元朝滅亡，戴良拒與新朝合作，甘願忍受飢寒交迫的生活。他效法陶淵明固窮守節的精神：「簞瓢世所棄，鼎食眾爭欽。固窮有高節，誰見昔賢心」（《和陶淵明詠貧士七首》其三）、「舉世嘲我拙，我自安長窮。孤客難為辭，寄意一言中」（《和陶淵明擬古九首》其二）、「寸心固云苦，中有千歲寒」（《和陶淵明擬古九首》其五）、「介然守窮獨，富貴非所思。豈不瘁且艱，道勝心靡欺」（《和陶淵明擬古九首》其六）、「道喪士失己，節義久吾欺。於心苟不愧，窮達一任之。」（《和陶淵明飲酒二十首》其十二）戴

〔註 59〕《九靈山房集》卷二十四，第 178 頁。
〔註 60〕《九靈山房集》卷二十四，第 179 頁。

良以固窮守節作為自己的人生準則，不為貧困所移，心懷忠義，秉志不改。

此外，戴良在「和陶詩」中還抒發感時傷世的情感。戴良的一生經歷許多坎坷波折，在朱元璋攻下婺州後，他棄官逃往吳中；後逢朱元璋定兵浙東，他又去投奔張士誠。在戰火燒至吳中時，戴良渡海北上，請求援兵，卻中道受阻，滯留齊魯一帶；在元亡之後，他屢避徵辟，寓居鄞地，終因忤逆辭官自裁而死。可以說，戴良的一生充滿了悲劇色彩。與之同時代的桂彥良在《九靈山房集序》中說：「先生異時在承平之世，從鄉郡大儒待制柳公貫、侍講黃公溍遊，俊偉秀發，軒然時輩中已有文名。然志在用世，未暇切切於此也。及事與志乖，所如多不合，知其無所就功名，遂抑情遁跡，盤桓乎山巔海澨，訪羽人釋子而與之居。益肆力於文，……往往無愧於古之能言者。」〔註 61〕戴良有用世之志，但所遇多不合，無法施展自己的抱負，在「和陶詩」中常常抒發時光流逝、功業不就的感慨：「行矣臨逝川，前途無由騁」（《和陶淵明雜詩十一首》其二）、「夏蟲時不永，安睹歲月遷。嗟我在世中，倏忽已華顛」（《和陶淵明雜詩十一首》其九》）、「我如北塞駒，困此東南道。有力不獲騁，長鳴至於老」（《和陶淵明飲酒二十首》其十一》）、「靡靡歲云晏，此已非吾時。深居執蕩志，逝將與世辭」（《和陶淵明飲酒二十首》其十二》），都體現出了他矛盾的心態。

關於戴良的「和陶詩」，謝肅云：「詩之體裁音節渾然天出者，又絕似淵明，非徒踵其韻焉而已，因名之曰《和陶集》。以予相交之善而深知其音也，俾論次以為之序。予得而誦之，則其豪放之氣、猛烈之志，寓於高雅閒淡之辭，足以使人嗟歎詠歌之者，不但與靖節異世同符，而《離騷》之怨慕、《出師表》之涕泣，亦莫不具在其間也。」〔註 62〕認為其「和陶詩」在體裁音節上渾然天成，與陶淵明

〔註 61〕（元）桂彥良：《九靈山房集序》，見《九靈山房集》後序，第 220 頁。
〔註 62〕李軍、施賢明校點：《戴良集》，吉林文史出版社 2009 年版，第 384 頁。

絕似；又有「豪放之氣」、「猛烈之志」和「高雅閒淡之辭」，與陶淵明是「異世同符」。謝肅還將戴良的「和陶詩」與韋應物、柳宗元、白居易、王安石、蘇軾等人做對比：「自淵明之後，人知重其詩者不為甚少，韋蘇州學之於憔悴之餘，柳柳州效之於流竄之後。仿之而氣弱者，非王右丞乎？擬之而格卑者，非白太傅乎？而蘇長公又創始和之，自謂無愧於靖節矣，然以英邁雄傑之才率意為之，故無自然之趣焉。有自然之趣，而無柳白黃蘇之失者，其為先生是集乎？當與陶詩並傳於後無疑矣。」〔註63〕認為以上諸人的擬陶和陶之作多有所失，王安石「氣弱」，白居易「格卑」，蘇軾「無自然之趣」，皆不如戴良，對他作出很高的評價。王禕稱：「九靈之詩，質而敷，簡而密，優游而不迫，沖澹而不攜，庶几上追漢魏之遺音，其復自成一家者歟。」〔註64〕揭汯評其詩：「詞深興遠，而有鏘然之音，悠然之趣。清逸則類靈運、明遠；沉蔚則類嗣宗、太沖」〔註65〕，也認可戴良的和陶創作。

因為戴良用心、用力模擬陶詩，與之構建互文性關係，所以他的和詩與陶詩詩風相似。首先，戴良「和陶詩」繼承了陶詩平淡自然的風格，語言質樸淺近，如《和陶淵明飲酒二十首》其七：

> 幽蘭在濬谷，眾卉沒其英。清風一吹拂，卓然見高情。萬物皆有時，泰至否自傾。蟄雷聲久閉，未必先春鳴。有酒且歡酌，何用歎此生。〔註66〕

詩人以山谷中的幽蘭來自比，流露自己的高潔之志，詩歌平淡之中又有深味。又如《和陶淵明擬古九首》其一：

> 皎皎雲間月，濯濯風中柳。一時固云好，相看不堅久。我昔途路中，談笑得石友。殷勤無與比，常若接杯酒。當其

〔註63〕（元）謝肅：《和陶詩集序》，見《密庵集》卷十四，四部叢刊本，第10a頁。

〔註64〕（元）戴良著，李軍、施賢明點校：《戴良集》，吉林文史出版社2009年版，第384頁。

〔註65〕（元）戴良著，李軍、施賢明點校：《戴良集》，吉林文史出版社2009年版，第383頁。

〔註66〕《九靈山房集》卷二十四，第177頁。

定交心，生死肯余負。一朝臨小利，何者為薄厚。平居且尚然，緩急復何有。〔註 67〕

詩歌寫出了與友人之間的真摯情感。戴良很多「和陶詩」沖淡有致，如「天春布陽德，萬物發華滋。凌霄直微類，近亦附喬枝」（《和陶淵明飲酒二十首》其八）、「我卜山中居，柴門林際開。湖光並野色，一一入吾懷」（《和陶淵明飲酒二十首》其九）、「陶翁種五柳，蕭散本天真。劉生荷一鍤，似亦返其淳」（《和陶淵明飲酒二十首》其二十），與陶詩風相近。

戴良還繼承了陶詩貴「真」的一面，如《和陶淵明飲酒二十首》其十六，流露出對兒女的牽掛與深愛：

大男逾弱冠，粗嘗傳一經。小男年十二，王骨早已成。亦有兩女子，家事幼所更。女解事舅姑，男可了門庭。悉如黃口雛，未食已先鳴。此日不在眼，何以慰吾情。〔註 68〕

該詩模擬陶淵明《責子》詩，以陶詩口吻表達了對兒女的深情，語言平易曉暢，感情真實動人。

因為戴良遭時多故，過著流離顛沛的生活，一生鬱鬱不得志，所以在平淡詩風中又見憂悲感憤之氣，如《和陶淵明雜詩十一首》其三：

義馭不肯遲，榮悴詎可量。舉頭望穹昊，日月已宿房。隕霜凋眾類，慘慘未渠央。李梅忽冬實，又復值愆陽。物化苟如此，祇亂我中腸。〔註 69〕

戴良感慨造化弄人，生不逢時，內心悲憤不已。又如《和陶淵明詠貧士七首》其一：

烏鵲失其群，棲棲無所依。豈不遇良夜，誰共星月輝。兩翮已云倦，何力求奮飛。遙見青松樹，決起一來歸。孤危正自念，復慮歲晚饑。苟遂一枝託，安知溝壑悲。〔註 70〕

〔註 67〕《九靈山房集》卷二十四，第 175 頁。
〔註 68〕《九靈山房集》卷二十四，第 177 頁。
〔註 69〕《九靈山房集》卷二十四，第 175 頁。
〔註 70〕《九靈山房集》卷二十四，第 178 頁。

詩人就如同這隻無所依憑的失群之鳥，雙翅疲倦，已經無力高飛。想要棲於一枝，又不知會面臨怎樣的危險，不禁悲從中來。

總體而言，戴良的「和陶詩」缺少陶詩的淡然、悠遠與超脫，呈現出孤獨、失落與愁苦的情緒，他認同陶氏的堅貞守節，通過和陶來表達自己的志向，排遣內心的愁緒。戴良接受傳統的儒學教育，深受理學思想的浸染，對於忠節問題看得尤為重要，所以他選擇了做遺民，並為此付出了沉痛的代價。對於自己的人生選擇，他在「和陶詩」中有過論述：「結交數丈夫，有仕有不仕。靜躁固異姿，出處盡忘已。此志不獲同，而我獨多恥。先師有遺訓，處仁在擇裏。懷此頗有年，茲行始堪紀。四海皆兄弟，可止便須止。酣歌盡百載，古道端足恃。」（《和陶淵明飲酒二十首》其十九）他重視「擇裏」和「古道」，堅守氣節直到生命的最後一刻。誠如清人杭世駿所言：「公之心跡行事，如青天白日，曉然昭著於天下，肯事異性，以苟全性命於亂世哉？」〔註71〕

〔註71〕（元）戴良著，李軍、施賢明校點：《戴良集》，吉林文史出版社2009年版，第387頁。